Best Time

白马时光

R e m e m b e r You In Every Sunset

暮山见忘集

丁墨 著

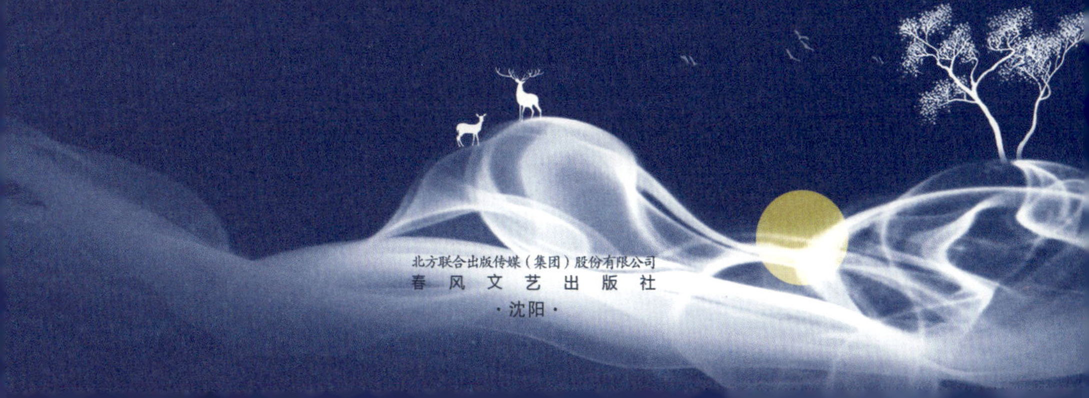

北方联合出版传媒（集团）股份有限公司
春 风 文 艺 出 版 社
·沈阳·

图书在版编目（CIP）数据

暮山见忘集 / 丁墨著 . — 沈阳：春风文艺出版社，2020.7

ISBN 978-7-5313-5804-6

Ⅰ . ①暮… Ⅱ . ①丁… Ⅲ . ①中篇小说—小说集—中国—当代②短篇小说—小说集—中国—当代 Ⅳ . ① I247.7

中国版本图书馆 CIP 数据核字（2020）第 083134 号

北方联合出版传媒（集团）股份有限公司
春风文艺出版社出版发行
http://www.chunfengwenyi.com
沈阳市和平区十一纬路 25 号　　邮编：110003
三河市兴博印务有限公司印刷

出 品 人： 李国靖	**特约监制：** 何亚娟　夏　童
责任编辑： 尹明明	**特约策划：** 何亚娟　张　丝
特约编辑： 张　丝	**营销编辑：** 于文燕
责任校对： 曾　璐	**封面绘图：** 小　茜
内文绘图： Benyo	**封面设计：** 小茜设计 Miniqian Designstudio/QQ:310094811
版式设计： 赵梦菲	**幅面尺寸：** 160mm × 235mm
字　　数： 320 千字	**印　　张：** 19
版　　次： 2020 年 7 月第 1 版	**印　　次：** 2020 年 7 月第 1 次
定　　价： 45.00 元	**书　　号：** ISBN 978-7-5313-5804-6

目录

目录

我在找一个可以**孤独终老**的地方，

让我对这个世界——**渐忘**。

赵耀往前跑了两步。
两步百米。
然后他跳到了半空中。
清瘦的身影无声无息，宛如仙人。

祝阳想，她真是个妖精。

他得到了一个**妖精般**美妙的女人。

人生中的一些相遇，

或许是注定的。

哪怕你曾在黄河以北，

我在长江以南。

你在云端，我在地底，

上天也会让我们神奇地**相遇**。

你这一生，一定会遇见一个人。

他或许在你的生命里停留很久，

或许只给你一眨眼的时光。

慕春风

（一）

每当任甜站在自家店门口，望着对面的郦都豪庭小区，就暗暗握拳对自己说：将来一定要努力挣钱，挣很多很多钱，有朝一日也要去对面小区买个房子！

……就买最小的一居室，六十平方米那种！

不过后来当她得知这个湘城最贵的小区，几乎都是给有钱人建的大户型，即便是极小的小户型也价格不菲，就默默地摸摸鼻子，觉得自己还是多送几单外卖比较现实。

没错，任甜是一名满大街可见的外卖小店店主。大学毕业后，深爱吃外卖的她，毅然投身创业开店的大潮。如今已有半年，熬过一开始门可罗雀、入不敷出的时期，现在不仅收支平衡，勤快点每月还有五六千赚。其实任甜也不知道自己应该定个什么样的发展目标，只想要努力努力再努力，现在的生活忙碌而充实，她浑身充满干劲。

是日，下雨，又是下午，这种时候店里一般没有单子。任甜便沿着一排店面的屋檐下，溜达到隔壁的书店。一推开门，风铃轻响，收银员小姐和她熟，抿嘴唤："甜甜。"

任甜也冲她笑，抬头望去，满屋温柔明亮的灯光，摆满书，只有几个人，感觉舒服极了。

她便走到书架前，找最新的小说看。一般遇到合适的，她也会买一两本回去。加上收银员小姐吃过好多次她家外卖，所以有时候她在这里窝着看一下午，也没人管。

找到喜欢的作家的新书，任甜迫不及待地席地坐下，低头很快看入了迷。

“叮当叮当……”又是一阵风铃响。

任甜全无察觉，没有抬头。因为从事饮食行业，渐渐地，任甜的鼻子越来越敏锐。也不知过了多久，一恍神，她闻到一点清淡气息，有点熟悉。

一身黑色运动衣从她面前晃过。

刹那的头脑空白后，她的心开始狂跳，然后她慢吞吞地、小心翼翼地抬头，真的看到那人就立在一两米外的书架旁，抬着头，似乎正在挑书。

任甜脸有点红，毕竟偷窥帅哥不是什么光荣的事。但是想到自己整天和柴米油盐肉蛋辣椒打交道，有时候还要自己风里来雨里去地送外卖，也就这点宽慰了。

于是她慢慢举高手里的书，两只眼睛都从书后露出来，欲盖弥彰地看。

叫男人不合适，或许应该叫男孩，高高的个子，穿着那种大学理工男最爱的运动外套，不过衣服质地看着不错。他的头发没有很短，也没有很长，黑黑软软的，有点蓬松。皮肤白，眼睛长长的。当他盯着书架时，侧脸线条是那么清晰。

也不是那种放在人群里就一眼惊艳的帅，而是那种仔细一看，干净分明的好看。

任甜觉得他至多有二十五岁。

他的动作也不紧不慢的，从书架上拿了本书，任甜一瞄书皮：《构筑新经济的云计算方程式》。哦，是程序员。

他转过身来，任甜立刻低头，佯做全神贯注状。

两排书架间有七八十厘米的空地，任甜就靠坐在一排书架旁，以为他会就这么走了，像之前每次一样。谁知他原地站了几秒钟，在离她一米不到的空地坐了下来。

任甜彻底不淡定了。

当然在书店看书的不止任甜一个，但他每次都是挑好书结账就走，哪里像今天，也坐下了，而且坐得离她这么近。

任甜麻木地翻了两页书，忍不住又偷偷抬眼，发现他似乎看得很认真，白皙而关节分明的手指扣在书页上，两道乌黑的眉毛在灯光下沾染着微光。任甜低下头，继续看书。

看着看着，她又入迷了，倒是忘了身边的人。这样也不知过了多久，忽然听到旁边有人问："今天你不用去送外卖？"嗓音清清冽冽。

任甜抬起头，就撞进一双黑石头那样的眼睛里。他的表情很平静，书合上放在手里，看起来就像是看书看得累了，随意找身边的人闲聊一两句。

任甜的心中却怦的一下，像是被什么撞了下。

他记得她。她想。

他居然也记得她。

任甜第一次遇见他，是在一个月前的某个傍晚。

晚餐高峰，骑手调剂不过来，任甜干脆自己骑着自行车去送外卖。路上车多、人多，任甜沿着非机动车道最内侧骑，紧贴着人行道，结果拐弯时，有个老人带着孩子骑着电动自行车，逆行直冲过来！

任甜措手不及，下意识就往里侧拐，因为车速快，眼看就要撞上旁边的人，一只手突然伸过来，一把抓住车头，任甜一呆，自行车已稳稳当当停住，她急喘了口气，一抬头，望见的就是这双冷冷淡淡的眼睛。

那时候天气热一些，他穿的是套头卫衣、牛仔裤、运动鞋，像是刚从邻家走出来的男孩，抓车那一下动作却是快准狠。任甜愣了愣，连忙说："谢谢！谢谢！"

他没说话，松开车头，看了眼那个逆行的老人，样子有点凶。

任甜突然就觉得——这个男孩奶凶奶凶的……好帅啊。

他盯了老人的背影几秒钟，才说："小心点。"

任甜答："嗯嗯！"

他走了。

任甜这个弯就要转过去时，飞快回头，看到一道挺拔瘦削的背影。

遇上个帅哥，帅哥还英雄救美了，这种遭遇足以让任何女人心情雀跃。不过第二天任甜就把这事丢到了脑后。然而过了几天，她又遇到他了，在附近的兰州拉面馆。虽然只隔了两张桌子，他却似乎连看都没看到她，更别提会认出她。那天他吃了一份大碗牛肉拉面，任甜吃了一份小碗牛肉拉面。

后来，在书店又遇到过两次，不过都是擦身而过，或者匆匆一瞥。任甜于是明白，他大概就住在附近。不过，那次路上的撞车事件后，两人说话，这还是第一次。

回到眼前，任甜忙答："下午没人点外卖，不用送。"

他没说什么，可是也没再看书，就靠坐在这里，目光从她身上移开，看着周围。

任甜就这么安静地和他坐了几秒钟，鼓起勇气问："你也住在附近？"

"嗯。"

任甜觉得他真的是个很干净清爽的男孩子，喉咙里这么低低的"嗯"一声，都让你感到清醇。

"你的店在哪里？"他问。

任甜手往门外比画："这边过去五个门面就是。"有点不好意思，"店面很小，但是干净。"

他还是没什么表情，也不说话了，低头看着书，似乎打算继续翻。

"我叫任甜，酸甜苦辣的'甜'。"任甜说，心跳略快。

"傅澹春。"他答道，"水波澹澹的'澹'，春天的'春'。"

任甜在心里描画出这几个字，又问："你是程序员吗？"

傅澹春点了下头，然后抬眸，手往玻璃窗外一指："我在那儿上班。"

任甜循着他指的方向望去，是栋极现代化的写字楼，金碧辉煌。她奇道："今天你不用上班？"今天是工作日，而且之前有两次她碰到他，也是在工作日的白天。

他答："我不用坐班。"

哦。程序员嘛。

这时傅澹春的手机响了，他接起，低低"嗯"了几声，说"我现在回来"，挂断后，拿着书站起："走了。"

任甜坐着没动，冲他挥挥手：“再见。”

他买书结账，推开书店的门，风铃再次轻响，任甜抬起头，看着他的身影消失。

这一天任甜的生活和平时没有什么不同，一到下午五点，她就开始忙碌，一直做外卖到晚上八点多，再收拾厨房、吃晚饭、洗澡，躺到床上时，已经快晚上十一点了。

她玩了会儿手机，又放下，望着天花板，发了会儿呆，忽然咧嘴笑了。

傅澹春。

那么奶凶奶凶的一个面瘫理工男，怎么有个这么老气横秋的名字啊！

（二）

夜已深，已经过了饭点。

任甜拖着疲惫的身躯走入兰州拉面馆，打算解决晚餐。

今晚她接了超过八十单，净赚一千五，发家致富指日可待。可心情莫名有些丧丧的。

她又抬头，望了眼不远处的书店。这两天，她每天下午闲的时候，都会跑去转一圈，却总是转了个空。

面馆里才两三桌客人，稀稀拉拉的。任甜垂头走向点餐台，走到一半，抬起头。

她感觉到有人在看自己。一盏孤灯下，那人穿着白色卫衣、牛仔裤，面前放着两盘凉菜、一杯啤酒，不是傅澹春是谁？

他的眼神静静幽幽，然后脸上泛起一点点笑。任甜脑子里有片刻空白，然后也笑了，点了点头。然后，手和脚的动作不由自主略僵硬，她走到点菜台前，给自己点了份小碗拉面，正要转身，听到身后一道声音：“要一份大碗拉面。”

任甜回头看他一眼：“你还没吃？”

傅澹春答：“刚刚在处理手头的事情。”

这个理由很合理。

两人点好餐，都转身往回走，不约而同沉默了几秒钟，任甜状似随意轻快地开口：“这两天去书店没看到你。”

傅澹春微垂着头，答：“出差了，今天下午刚回来。”

“哦，那还真巧。”

傅澹春没搭腔。

既然这样，任甜还单独坐一桌好像有点怪异，她大大方方地说：“介不介意一起坐？”

傅澹春摇头。

两人相对而坐，望了对方一眼，那气氛又诡异起来。于是任甜自言自语般说：“今天真是忙死了。”还伸了个懒腰。她人生得苗条，肤色白嫩，双拳一伸，拳头小小，嘴微微一瘪，就显出几分孩子气。

傅澹春的目光在她身上一扫，问：“有多忙？”

“接了八十多个单！”一提到这个，任甜的眼睛笑得眯起来，她有一双月牙般的眼睛，笑起来更弯，那份快乐能把所有人都感染。

傅澹春不懂外卖行情，问：“很多吗？”

“嗯！”任甜用力点头，于是职业病又犯了，和他说自己新店的规模、每天的客流量、顾客的偏好……他听得特别认真，白皙的脸微微仰着，时不时发问，像个孩子。于是任甜不知不觉就说了一堆，直到两人面条都吃完了。

两人你看看我，我看看你，任甜忍不住笑了，他脸上也闪过一丝笑。任甜的话语在舌尖转了两圈，才说：“我要回家了。”

傅澹春站起来：“我也回去。”任甜的心跳又快了一拍，低头往外走，他跟在后头。

到了门外，两人都静了两秒钟，任甜说：“再见。”

他“嗯”了一声，站着没动，脸在夜色里模模糊糊的。任甜感觉很奇怪，两人才正儿八经说过两次话，他于她而言，还是半个陌生人，她却有夜色缱绻的错觉。她转身往回走，一直没听到他的脚步声。

突然不想就这么走了，下一次见面不知道是什么时候。可也许真的只是陌生人，人家随意和你聊两句打发时间而已。世上哪有那么多的一见……甚至好感都不会有吧。他虽然是个看起来不太擅长交际、话语不多的工科奶凶男，但那张脸摆在那里，对他表示过好感的女孩应该很多吧。

“任甜。”他喊道。

任甜浑身一僵，慢慢转过身。

他像根竹竿似的杵在原地，喊了她，却不说话。因为隔了一段距离，彼此看不清脸上的表情。

任甜努力控制住自己的声音不抖：“怎么啦？”

“要不要加个微信？”他问。

任甜脸一红，语气随意：“可以啊。”话音刚落，他就朝她走来。任甜一边心道别胡思乱想了，人家加微信说不定只是想订外卖，一边抑不住心慌，掏出手机，眼角余光瞟着他走近。

“轰隆——”一声巨响，伴随着一声惊呼，任甜全身一抖，两人立刻转头望去，这一看不得了，十多米外，某个店面外的塑料棚子塌了，起码有两个人被压在下头，在塑料布下面挣扎着。

这里本就是条小路，人流不多，车也少。伴随着这声巨响，有几个人跑出店张望，但是没人上前。塌棚子的那个门面卷闸门是关着的，似乎没人。

任甜立刻跑过去。

傅澹春看着她的背影，又扫了一眼棚子下的两个人，脸上没什么表情，跟了上去。任甜拉开塑料布一角，刚想伸手把底下那男的扶起来，手臂被人一拉，傅澹春将她扯到身后，自己一把扶起了那男子。

他人看起来瘦，力气显然不是她能比的。任甜心头一暖，怎么有种被人护着的错觉……

那男子惊魂未定，眉毛、眼睛都皱到一起，连声道谢。任甜和傅澹春又合力抬起更多的塑料布，他将另一名男子扶出来。

结果第二名男子顶着一脸擦伤，劈头盖脸就问：“这是你们的店面？有没有搞错？是要杀人吗？”

任甜一愣，心中不悦，说：“这不是……”

傅澹春的脸色已冷下来，抬了抬手，示意任甜不用说话。任甜看着他，他盯着那男子，指了指那一摊塌下来的塑料棚，说：“你不愿意被我们救，可以爬回那里趴着。”

那男子脸色一下子变了，吼道：“你这人怎么说话的……”

第一名被救起的男子看了眼旁边紧闭的卷闸门，大概也觉得这男的脑子秀逗了，突然用很大的声音盖过他的嚷嚷，喊道：“谢谢你们啊！见义勇为！好人啊！”

任甜本来心里还有气，但是听到第一名被救起的男子的话，突然想笑，身边的傅澹春说：“走吧，没必要再在这里浪费时间。”

“嗯。”任甜又给第一人指了指最近的医院的方向，跟着他离开。

因为这个插曲，两人都有些沉默。任甜偷偷看他一眼，不知道是不是心理作用，感觉他的脸还是冷冰冰的。

他刚才又凶人了，很凶很凶，嘴也很毒。这家伙，该强硬的时候，一下子会变得非常非常强硬。跟着他不用担心被人欺负了……呸呸呸，她在想什么？

大概是察觉到她的目光，傅澹春抿了抿唇，说：“你……是不是觉得我刚才态度太坏了？”

任甜连忙摇头：“对付这种脑子不清楚的人，难道还要好声好气？你干得好，很解气！”

傅澹春嘴角一弯。

“啊，你手上流血了！”任甜喊道，傅澹春垂头，这才察觉右手手背上不知何时多了道细细的血痕，大概是刚才被塑料棚子什么的剐到的。

傅澹春看了眼，放下手：“没事。”

任甜想起那老旧的、有点脏的棚子，不赞同地说：“还是要处理一下，消一下毒，免得感染。”

傅澹春又看了看手，说：“哦，怎么弄？”

迎着他清清亮亮的眼神，任甜莫名心虚，但还是说出目前最合理的选择：“我家已经到了，有碘酒和创可贴。”

傅澹春往她指的方向望去，十步开外，真的是很小很小的一个店面，但即使是这么一瞥，透过玻璃门，也能望见里面布置得素雅干净。

他答：“好啊。”

夜色已经很深了，任甜店里的灯光非常柔和。她每天下工之后，都会把店前、店后收拾得干干净净，所以几乎没有什么油烟味。

傅澹春坐在小小的双人沙发上，给自己的手背涂碘酒，任甜在给他倒茶。他打量周围，灯光下有个小书桌，原木色，约莫是任老板的办公之处。桌角放着个小花瓶，里面插了枝百合。屋子再往里一点，就是干净整齐的操作台、货架、煤气灶等。几个脚凳散落各处，都是干净温暖的颜色。一旁有楼梯，通往二楼，不过看天花板结构应该只有一个小阁楼，大概是她睡觉的地方。

任甜已经端着茶过来了，一杯色泽金黄的茶放在他跟前，热气腾腾，还有隐约暖香，用的是宽口玻璃杯。

任甜说：“杯子是新的，我这里来的人少。”

傅澹春看那茶里有桂圆、红枣、枸杞、玫瑰花，愣了愣神，听到她说：“喝杯茶暖暖身体。”

傅澹春“嗯”了一声，他向来喝的都是顶级龙井，还没喝过这种女人爱喝的东西，抿了一口，口感有点腻，但是就如闻到的气味一样，暖香扑鼻，一口下去，胸口都暖和起来。

见他露出放松神色，任甜眼睛一弯，又笑了。

傅澹春喝着茶，问：“一个人住？”

任甜答：“嗯。”

好像又无话可聊了，两人静了几秒钟，他说：“我也是。”

任甜低头看着双手，搓了搓，有点想笑，但是努力忍着。许是茶的原因吧，傅澹春也觉得脸有点发热，放下不喝了，手指在杯口摩挲了两圈，说："明天下午去不去书店看书？"

任甜的耳朵都红了，说："没事就去。"

他说："好。"

于是任甜的脸也红了。

又都沉默了几秒，傅澹春站起来："谢谢你的碘酒，我回去了。"任甜也不知道自己怎么想的，从桌上盒子里拿起一张本店名片，递给他，笑嘻嘻地说："有需要可以订外卖。"说完恨不得咬断自己的舌头，好像带他回来擦碘酒就是为了卖一份盒饭给他似的。

傅澹春接过名片，看了眼，塞进口袋，点头："我明天就订。"

"……"

感觉更奇怪了有没有？

明昇投资集团的总裁第一秘书 Susan 今天心一直提着。因为临近中午时，总裁给她来了个内线电话，说："待会儿有我的东西，收到立刻送进来。"

Susan 不敢掉以轻心，只怕是什么顶重要的机密文件。

快十二点时，她接到楼下前台的电话，对方迟疑地问："Susan 姐，这里有个某团的外卖员，说是傅总订了一份外卖。"

Susan 身为一秘，很沉得住气："送上来。"

傅总每天的中饭，除了应酬，都是由公司领导小食堂的那位大厨亲自给他做好。外卖？Susan 望着面前这份打包得倒是很干净的、印着"暖食小坊"的饭盒，还是有点怔忪。

傅总原话：收到立刻送进来。

Susan 神色不变，想直接拎着外卖进去又觉得不妥，于是找了个托盘，将饭盒放上去，再将一次性餐具整齐地摆放在一侧，这才托着去敲他办公室的门。

里头两个大投资经理正在向傅澹春汇报工作，门一开，他们都停下不说了。

Susan 说："傅总，您的外卖到了。"话一出口，怎么感觉都不对。

那两个投资经理也有点惊讶，大概没想到大老板也会和普通人一样点外卖。不过他们的老板本来就不像正常人，在办公室里，一身黑色套头毛衣、牛仔裤，不仔细看，你会以为是哪里来的大学生。

这几年，互联网的爆发急速造就了一批年轻的创业者和富豪，仅仅二十六岁，从计算机系一毕业就创业，四年身家就晋升至几十亿的傅澮春毫无疑问是其中最成功的创业者之一。

"放着吧。"傅澮春说，脑海中浮现出那双笑得弯弯的眼睛，还有那张白皙柔美的小脸。他的嘴角扬了扬，对两个下属说："投一点二亿，他们的估值只能到这么多，对方想要再多就让他们滚蛋。你们走吧，我要吃午饭了。"

（三）

如果回望傅澮春二十六年的人生，可以发现它就像一条直线一样，简单清晰。

学霸，偏科，不通世故，感情空白……全国一流名校，计算机系学神，大学期间就开发软件卖给 IT 公司，毕业即获天使投资……四年来几乎不眠不休，资产规模成倍疯长。也就是最近半年好一点，傅总裁的心中不知何时开始有了倦怠感。这种倦怠并不是因为身体，他每周去打三次羽毛球，身体很不错；而是对这一切感到了一点点疲惫，总觉得人生还需要点什么，而他得去找到它。

不是没有女人芳心暗许或者来献殷勤，但是傅澮春看女人有他的宇宙直男审美。光彩照人、面容艳丽的系花？傅澮春皱皱眉，直觉告诉他这种美太有攻击性。娇娇弱弱啥也不懂喊哥哥的小姑娘？他没有耐性。商场上干练独立、思维成熟的女性？看起来似乎和他最般配，也是他最欣赏的，可是当他和人家接触时，莫名有种和姐姐谈恋爱的感觉……

毕竟很多时候，周围人都忘了，眼前赚钱不眨眼的商业巨鳄，其实也不过是个二十几岁的小伙子。

于是傅澹春也没有多想、多期望什么，女人，有没有都无所谓。还是赚钱最简单。

直至他遇到了任甜。

低垂的暮色，满路的行人，那个姑娘骑着车就这么冲到他跟前，看起来几乎是白白软软的一团，脸都吓白了，眼睛瞪得大大的，似乎打算把自己撞到路桩子上才作罢。傅澹春的身体反应向来就快，出手一把抓住。

然后就瞧见一双充满感激、温柔和些许依赖的眼睛。

紧抿的唇角显得有点倔，清澈灵动的眼睛特别特别干净。

她忙不迭道谢。

傅澹春扫一眼就知道怎么回事，不悦地看着那个逆行骑车差点和任甜相撞的老人。再一抬头，看到女孩眼中的那丝调皮，像是看透了他外表沉默、本性凶残。

傅澹春的心就像是被什么给轻轻地揉了一下，转身走了。

本来这一出小插曲，隔天傅澹春也就忘了。

然而显然女孩是他的邻居，过了两天，他走出兰州拉面馆时，看到女孩从对面的面包店经过。又过了两天，他走进书店时，看到一个毫不顾忌形象坐在地上捧着书读的身影。

尽管已坐拥数十亿资产，一直以来对自己的赚钱能力心里也有数，但其实傅澹春没有完全适应生活和社会地位的改变。甚至可以说，有时候，他拒绝这种改变。在人群中待得久了，他其实更想一个人安静地待着看书。山珍海味吃得久了，他最怀念的还是大学时经常吃的那一碗又细又白、汤香扑鼻的兰州拉面。所以，在不需要处理公务的时候，他更喜欢像从前那样生活：搭一辆吵吵闹闹的公交车，吃简单干净的快餐，流连于书店、电脑城，买一点街头小吃。

这或许也跟他父母的生活习惯和价值观有关。他给父母买了一栋四百平方米的别墅，带五百平方米的院子。父母种了四百五十平方米的菜，很累。

这个女孩带给他的感觉，清新、鲜活、可爱，既落落大方、独立努力，又有娇柔软和的一面，让他感觉不到攻击性，也没有不耐烦。更重要的是，她让他感觉到一种久违的毫无负担的亲切感。

只是傅澹春没想到，她的手艺居然真的不错。一份最简单的小辣椒香干炒肉饭，肉质香嫩，香干醇厚，微辣开胃而不油腻，不知不觉，他就把一份饭给吃得干干净净。

外卖袋里还有瓶饮料，傅澹春拿出一看，是金橘柠檬水，瓶子上贴了张字条：“祝您用餐愉快，这是友情赠品。”还附了一个笑脸的表情。

傅澹春握着饮料，笑了。

次日下午。

“来多久了？”清冽的嗓音就在耳边。

任甜的心怦怦跳，抬头，傅澹春已经在她身边坐下，手里也拿了本书。

“半个多小时吧。”她状似随意地答。

他翻了两页书，说：“我加了一会儿班。”

任甜“哦”了一声。

两人各自低头看书。

任甜心中却想：要命！真的要命！明明两人才见第三次，为啥对话这么有“老那个老那个”的感觉……主要怪他，每次见面都要主动交代自己的行踪。

平时也是这么看书的，可今天身边多了个人，虽然一句话不说，但是空气里仿佛都是异样的气息。他也没抬头看她，可任甜一举一动都感到拘束。他却仿佛看得全神贯注，除了翻书，没有任何动作。

只不过当任甜站起来打算去换本书时，他几乎是瞬间抬头，看了她一眼。

任甜小声嘀咕：“我去换本书。”

他点点头，低头继续看。

任甜嗒嗒嗒跑去换了本小说，捂在胸口。

怎么有种惹上了狼崽子的感觉啊？！明明他看起来是个那么不善言谈的理工男。

不知不觉就到了四点多，任甜的手机丁零一响：“您有新的外卖订单。”

该上工了。

任甜有点唾弃自己，一两个小时的时间，说看书自己就真的看书，一句话都没敢找人家说。一定是因为他看书的神态太学霸了。

傅澹春放下书，看着她。

任甜微笑："我去干活了，拜拜。"

手被人拉住了。他言简意赅："微信。"上次没加上。

任甜的脸又红了，乖乖拿出手机，翻出二维码。傅澹春脸色没什么变化，扫码加人。其实任甜有问题想问他，但终究还是问不出口。还太早呢。

而傅澹春犹豫了一下，到底还是不够熟，如果现在提出跑去她家帮忙，着实唐突，只好作罢，只轻声问："明天你来不来？"

任甜的耳朵快烧起来了，"嗯"了一声说："看情况吧，没事应该会来。"

他这才松开她的手臂："好，明天见。"

（四）

两周时间眨眼就过去了。

天气渐凉，人们也换上了初冬的服装。上午的阳光暖洋洋的，傅澹春走出接机口，身后两名助理推着行李车，等着接人的司机也忙着迎上来，满脸堆笑："傅总，辛苦了。"

一行人上了停车场的宾利车。

傅澹春揉了揉眉心，过去两天收购了一家无人机公司，有点累。过去他创业，做出东西来卖给别人。现在，他买别人的东西。因是正式的外交场合，所以他穿了身黑西装，如果此刻准女友任甜看到他，只怕会大吃一惊。

傅澹春并没有刻意隐藏自己的身份，但是任甜根本没问，他也不可能主动跟她说"我是身家五十亿的总裁"。任甜早已一门心思认定他是程序员，有时候看到他忙得苍白的脸色，还在旁边摇头嘀咕："都说程序员挣的是血汗钱，是真的啊……"

傅澹春想：我挣的的确是血汗钱……

想和你一起完成的事

Your Name ____________
His/Her Name ____________

《暮山见忘集》中的CP打卡记事：

一起泡图书馆 间 点	一起吃拉面 时间 地点	一起散步 时间 地点	一起踏青 时间 地点
一起度假 间 点	一起看夕阳 时间 地点	一起做饭 时间 地点	一起加班 时间 地点
一起看剧 间 点	一起钓鱼 时间 地点	一起爬山 时间 地点	一起游船 时间 地点

还有更多值得和你一起的打卡记事：

一起打游戏 间 点	一起看日出 时间 地点	一起蹦迪 时间 地点	一起做公益 时间 地点
一起逛超市 间 点	一起看烟火 时间 地点	一起看演唱会 时间 地点	一起滑雪 时间 地点
一起跨年 间 点	一起养花 时间 地点	一起打扫卫生 时间 地点	一起看星星 时间 地点

愿你也活成你故事中的主角！

潜意识里，傅澹春也不太想让她太早知道自己的身份。毕竟这份感情别说成熟了，他甚至根本还没得到她正式点头。金钱能考验太多人的人性，他不想她在判断他这个人时，受到干扰。

穿着高定西装、戴着宝石袖扣去见她，显然是不合适的。傅澹春想想，这桩收购案没什么事需要他亲自看着了，告诉司机："送我回家。"又告诉助理："三千万以内的决策，找副总，今天不要再打扰我。"

回家换回舒服的衣服，去见让他感觉舒服的人。

丢掉大衣、西装和皮鞋，换上薄羽绒服、牛仔裤和休闲鞋，感觉就像是放下了一套枷锁，傅澹春给自己泡了一大缸子龙井茶，站在阳台上，给某人发微信。

"订一份白辣椒炒肉盖饭。"

等了好几分钟，她才回复，而且回的是语音："傅澹春，不好意思啊，我这边出了点状况，这会儿特别忙，你看能不能先去吃别的？我下次再给你送。"

傅澹春立刻打电话过去："出什么状况了？"

任甜答："有人给我下了个一百份的订单，我忙不过来了！"

傅澹春失笑，心念一动，说："我过去帮忙。"

任甜意外了："欸？"

傅澹春进电梯，下意识要按负一楼到车库，想了想，还是去了一层。步行到小区门口，就有共享单车，他骑了一辆往她家去。一路和风习习，傅澹春想起读大学的时候，也是这样一个人、一辆单车，日日穿行于自习室、图书馆和宿舍。计算机系女生太少，有几个太艳丽，有几个太没劲。他从来没把谁放在心上，因为没一个让他感觉舒舒服服的。

像任甜这样。

任甜没想到他真来了，共享单车往门口一靠，身上披着风和阳光走进来。傅澹春也多看了任甜几眼——工作时候的她有点不同，即使一个人在家，围着围裙，戴着厨师帽、口罩和袖套，一眼看上去整洁卫生。

她瞪大眼睛望着他。

傅澹春脱掉外套，取下墙上挂着的另一条围裙围上，又去洗了手，问："我能干什么？"

任甜说："……饭煮好了，我来炒菜，你帮我分装打包吧。"

"好。"

一个程序员来帮她打下手、做外卖，想想都觉得不可思议。可任甜没有时间去考虑太多，她一做正事就极为认真，这些天也做熟了，两口锅同时下菜，左右开弓，哐哐哐炒得火热。傅澹春在一旁愣愣地看了一会儿，也不知想到什么，笑了，一个个把外卖盒子摆开，往里头盛饭。他第一回做，速度却很快。

这两锅炒好，任甜擦了把额头上的汗，转头一看，也有点发愣。原本只当他是个聊胜于无的下手，结果就这一会儿工夫，几十个饭盒被摆放得整整齐齐，并且里面都盛满了白米饭。而且……这人的手是怎么掌控的？每个饭盒里的米饭分量看起来几乎一模一样，连形状都差不多，就像是用量杯量过似的。而他站在一旁，哪有半点手忙脚乱，甚至还好整以暇地问她："还需要我做什么？"

"帮……帮我把菜分一下，锅里是五份小炒肉、五份香干炒肉的分量。"

"嗯。"

任甜就去准备下一锅的食材，转身之前，瞄到他的双手，心想：不愧是程序员理工男的手，灵巧稳重又能干。心头一甜，她就喜欢这种闷头干活、人狠话不多的技术男！

两人的配合竟然极为默契，一个小时后，一百份外卖全部打包好了，这时三名外卖骑手也等了有一阵子，两人帮着把所有外卖送到他们车上，任甜这才大大地松了口气。

"天哪。"任甜喃喃道，"简直不敢相信，我居然真的完成了这个订单。"

傅澹春说："你确实非常高效。"

任甜笑眯眯地望着他："今天真的谢谢你了，傅澹春同学，你也很有开外卖店的天赋，我看好你。"

傅澹春笑了笑："哦。"

“走，我请你吃大餐作为答谢。”

“能不能换个答谢方式？”

“你要什么？”

彼时，正值午后，阳光温煦。两人刚送走骑手，站在店门口，她完全还是个厨子打扮，而他虽然系着个围裙，却不像个厨子，挺冷清的一张脸，目光幽幽。

任甜有点扛不住了，轻咬下唇，硬顶着他的目光，看着他慢慢靠近。这人，即使到了这种时候，脸上也是不笑的，目光难辨地盯着她，盯得她脸上都快要被烧出个洞来。

很快，两张脸几乎贴到了一起，任甜甚至能听到自己喉咙里热热的呼吸声，有种快要死掉的感觉。然后他的唇贴了上来，轻轻吮了几下后移开，一只手臂不知何时从后面揽住了她的肩膀，那双眼暗得吓人。

任甜明知故问：“你……什么意思？”

他一言不发，又亲了上来。这回直接把她往店里推，推到了墙上，并且试图撬开她的唇。任甜全身僵直，双手捏拳，连后背都颤个不停。她拼命忍了忍，没忍住，脑子里就像有根线绷断了、爆发了，伸手搂住他的脖子，他搂着她的双臂一下子加重力量，轻喃道：“甜甜……”

过了好几分钟，这个吻才结束。

傅澹春搂着她坐在沙发上，两人的脸都有点红，任甜想要从他怀里挣脱，他却不肯放。

“做我女朋友。”他说。

任甜说：“你真想和我在一起？”

他点点头，虽然动作霸道，样子却有点乖。任甜就是受不了他这样奶凶奶凶的反差萌，心头荡了荡，说：“我有条件的。”

“你开。”

“……”本来任甜是很有气势的，可他只说了两个字，怎么感觉气势还压她一头了。

“第一，不许三心二意，绝对不要妄想脚踏两条船。有任何苗头我立马走人。”她看着他的脸色。

“不可能三心二意。”

任甜忍不住弯起唇角，轻哼一声，又说：“我觉得男女朋友是相互关联又各自独立的关系。你们程序员、搞 IT 的，工作时间很规律吧。我看过很多例子，搞你们这行的，上班离不开电脑，下班离不开游戏，电脑才是你们真正的女朋友。你要是也那么对我，那还是别开始了。”

傅澹春说：“如果我没记错，近两个月我所有下班后的时间，都是和你在一起。还包括一些上班时间。”

任甜脸红了一下，又说：“最后，也是最重要的，我现在正处于事业上升期，即使我们在一起，你也不能干涉我的事业，我忙的时候就会顾不上你，没太多时间陪你。你也要忍受，可以吗？”

傅澹春沉默了好一会儿，说：“我可以。”

任甜便弯着眼笑：“就这三条，没啦！”

傅澹春脸上也浮现浅浅的笑。

任甜说：“你有什么要求，也可以提。话先讲清楚。”

“我没有别的要求……”

任甜心头一暖，理工男果然好驾驭啊哈哈哈……

“……我只要人。”

（五）

虽然有了名分，但是任甜的生活和之前一段时间也没有什么不同。开着小店，和傅澹春一起看书、吃饭、散步或者做外卖。他们每天都会见面。哪怕是深夜，两人各自忙完一天的事，他也会跑到她的小店里，待上短短一刻钟。

这其中，任甜最喜欢的活动是散步。往往是在下午三四点钟，她还没开始忙，而他大概是翘了班，到店里来接她，牵着她的手穿过街道小巷，走到湘江边。周围都是树，江水盈盈，这个时间行人很少。傅澹春把她的手塞进自己的大衣口袋里，闷不作声朝前走。任甜心中暖洋洋地跟着，两人只是零零碎碎聊着一天发生的事，连迎面吹来的风，仿佛都是甘甜的。

这么走了一路，到她上工的时间了，他会把她送回店里。如果他不忙，就陪在店里帮忙。忙的话，他总要扯下店门口的帘子，搂着人亲上好一会儿，才放手离开。于是每天任甜几乎都是面红耳赤地开始晚餐配送的奋斗。结果一连好些天，都有顾客留言：

"今天摆盘好漂亮，有种甜蜜蜜的感觉。"

"老板娘人美心美，肉多饭足卖相好！"

"你家的外卖色香味俱全！"

…………

一不小心，还创了个销量小高峰。

而明昇投资集团的高层管理人员最近敏感地发现，大老板变得很是阴晴不定！

譬如明明下属犯了个不可饶恕的常识错误，照往常大老板啥都不用多说，往那儿一坐，阴冷的气场足以让所有人呼吸一滞。可这天，大老板眉目看着特别柔和，神色特别平静，听完下属战战兢兢的检讨后，也只瞅了人家一眼，说了句："扣掉年终奖金。下次再犯，滚出公司。"

特别温柔有没有！特别宽容有没有！只扣了人家两百万的年终奖！

但有的时候呢，明明没啥事，老板的眉眼间却仿佛笼罩着低气压，那冰冷的、英俊的、清秀的侧脸，散发着浓浓的生人熟人皆勿近的味道。

后来一秘 Susan 意外地发现了一个小规律——老板只要临时需要出差，心情似乎就变得很差呢！不过身为职场"白骨精"，Susan 绝不会随便和其他人八卦，而是默默记在心里，之后一旦有临时出差需求，就假装很随意地让二秘去通知老板。

果然，之后一段时间，她遭遇老板的冷脸就少了很多很多呢！

…………

对于这份宛如路边邂逅一朵清香小花般的感情，傅澹春的想法特别明确——认真相处、好好珍惜，只要合得来，就能走得远。至于自己的身家、身份什么时候对她坦白……咳咳咳，傅澹春想起这事时，摸了摸鼻子，一开始没有澄清，现在有点不知道怎么开口。而且，他还挺享受任甜把他当成个小程序员，关心他的衣食住行，看他的目光总是充满怜惜和爱慕的感觉。

而对于任甜来说，想得却比傅澹春要多一些。她想，他在那栋本区最高档的写字楼上班，职位肯定不会太低，否则哪有那么多空闲时间让他浪费，而且还住在附近那个全市最昂贵的小区里。就算是租的，听说最小的六七十平方米的一居室，一个月也要四千块租金。不过，任甜下定了决心，就算这个阶段，男朋友比她可能有钱那么一点点，但是她会更努力，争取有一天和他并驾齐驱，甚至超越他！毕竟他只是个上班族，而她在创业，就应该立志成为一个坚强的经济后盾！

这样过了一个月，两人的感情可谓是持续升温。有时候任甜望着一天起码有半天时间待在她店里的傅澹春，有点无法想象曾经没有他的一个人的生活。大部分时间，傅澹春会带电脑过来，在她的书桌上做事。有时候半天两个人各忙各的，也不说一句话。可任甜就是觉得，整个屋子给人的感觉都不一样了。他坐在那里，就占去了一大半的空间。

有时候两人不知不觉也会干点面红心跳的事，在那张小小的沙发上、料理台前、墙壁上……但是傅澹春并没有越雷池一步，有时候任甜甚至觉得他的需求有点像高中生，比她还容易面红耳赤。莫非……

一个理工男程序员，倒也不是不可能。

不过这么多天下来，虽然没有达成最后一步，但依着傅澹春话少手快易害羞而不减强势的性子，任甜上上下下里里外外，也被他吃得差不多了。

任甜第一次踏足傅澹春的家，是在一个深夜。

这天傅澹春傍晚才从她家离开，她照旧是面色绯红、手热胸暖、衣襟略皱、头发略乱、嗓音微哑、心头火燥。而任甜在他离开后发了好一会儿呆，浑身才仿佛恢复气力，抓紧时间干活。

像两个偷吃了一大罐糖被甜齁到无力的孩子。

其实傅澹春还得回公司加班。有个重要的投资项目需要他决策。会一直开到夜里十二点半，司机开车送傅澹春回家。

傅澹春前一天晚上出差，深夜两点多才到家。今天这么一折腾，躺上床也到了一点半。

最初创业的那几年，辛苦得像鬼。现在虽然松快了很多，却也落下了毛病。傅澹春在床上躺了一会儿，就感觉自己犯偏头痛了，痛得厉害，眼前飞黑蚊子，太阳穴一跳一跳的，很想吐。

这种情况基本只能硬扛。

傅澹春拉开床头抽屉，拿出止痛药，却发现是个空盒子，药吃完了。他捂着胸口起身，给自己倒了杯热水，喝了一大口，还是没有缓解。

再一看时间，已经快两点了，他刚想给秘书打电话——两个秘书都是二十四小时待命的，忽然心念一动，想起在任甜家的抽屉里也看到过止痛药。

怀着侥幸心理，他给任甜发微信：“睡了吗？”

任甜今晚生意太好，忙到了快十点，又觉得饿了，挣扎半天给自己泡了份方便面，结果吃完太撑，睡不着了，此时正在床上翻滚。看到微信，她心口一甜，回复：“还没有。”

傅澹春：“你家的止痛药还有没有？”

任甜一愣，马上爬起来看，回复：“还有，你怎么了？”

傅澹春：“头疼。等我一会儿，我过来取。”

任甜心想，那得多疼啊，都要吃止痛药了。她也是偶尔痛经痛得不行，才会吃上一粒。连忙回复：“你别动，我给你送来。你家楼栋号？”

傅澹春：“你别过来，太晚了不安全。等着我。”

傅澹春吃力地穿好外套，又干呕了一会儿，眼睛发花地往门外走，结果刚打开门，玄关的视频门禁系统响了，他心头一震，接起，看到小区门口保安那张笑脸："傅先生，有个姑娘说来找你。"然后小小的屏幕里，任甜出现了。她穿着厚厚的羽绒服，小小的一张脸似乎被冻得白白的，喊了句："傅澹春！"

傅澹春"哎"了一声，对保安说："她是我女朋友，让她进来。"

保安回答："好嘞！"

通信挂断，傅澹春干脆打开大门，然后靠在沙发上，闭目忍耐，心想：她是兔子吗，这么快就跑来了。

任甜是骑单车过来的，没一会儿就上了楼，一眼就看到沙发上的人，心头猛地一跳。傅澹春的脸色明显苍白，额头全是冷汗，睁开眼看着她，居然还笑了笑。

任甜连忙冲过去，握着他的手问："我送你去医院吧？"

傅澹春说："不用，老毛病了，止痛药带了吗？"

任甜掏出药，傅澹春剥出两颗丢进嘴里，任甜忙打开茶几上的一瓶矿泉水递给他。

傅澹春闭着眼深呼吸几次，说："扶我回床上，我这会儿眼花。"

任甜心都快被揉成一团了，有点想哭，拼命忍住，把他扶到卧室。乍一眼只感觉卧室大得出奇，也没有细看，又给他盖好被子。

傅澹春忍着难受，睁眼看她，说："害你跑一趟，现在太晚了，我不放心你一个人回去。你等我休息一会儿，再送你。"

"傅澹春你是神经病吧！"任甜说，"我是你女朋友，你都这样了，还要你送？真的不用去医院？还是去吧。"

傅澹春摇头："不用，就是没休息好，睡一觉就好。那你去客房休息，柜子里有新的床单、被罩。"

任甜说："你别管我，我晚上吃撑了，一点都睡不着，你睡吧，待会儿我自己去休息。"

傅澹春又笑了笑，到底难受得很，合目不语。任甜握着他一只手，见他另一只手始终搭在额头上，过了一会儿，伸手去按摩他额头两侧的太阳穴。他一动不动，又过了好一阵子，任甜停止按摩，手刚想挪开，却被他一把抓住，他闭着眼、哑着嗓子说："你怎么这么温柔？我喜欢得要命。"

任甜脸红了。

后半夜任甜不知何时趴在床边睡着了，迷迷糊糊间感觉有人抱起自己，放在床上。可她实在太困了，怎么也睁不开眼。后来又感觉有人在亲自己，亲得她睡梦里身体都软绵绵的，心里莫名地燥。

再度醒来时，天已大亮，她这才发现自己躺在一张全木的大床上，盖的被子是丝绸面料刺绣的，身旁人并不在。

她立刻下了床，昨天来得匆忙又焦心，根本没仔细看，这一看吓了一跳，这个卧室莫不是有五十平方米，全屋木饰，屏风格窗，清素吊顶，古风中带着些禅意。

有人走进来，西装革履，面色白皙，眼眸含光。

任甜下意识地问："你怎么穿成这样？"

傅澹春低头看了看，答："今天要开会。"

"哦。"任甜又问，"好些了吗？"

傅澹春点头："好多了，已经没事了。"

他走向她，任甜想起自己还没洗漱，连忙避开他往门外蹿："我去洗手间。"

傅澹春把她手一拉："房间里就有洗手间。"

"我用外面的吧。"

傅澹春拦着不让开："就用这个。"

任甜只好进了主卧的卫生间，傅澹春给她拿来一次性洗漱用品。任甜关上门，明明只是用个洗手间，可他莫名地坚持，让她莫名地心跳加速。

洗漱完，任甜打开门，就见他站在门外。她怔了怔，看惯了他穿运动衣、牛仔裤的模样，此时他一身黑西装，双手插在裤兜里，感觉很不一样。

任甜看了他两眼，立刻把目光移开，嗯……还挺帅。她说："那你去上班，我回去了。"

傅澹春没吭声。

任甜问："怎么啦？"

他把双手从口袋里抽出来，走向她。

任甜被按在了墙壁上，被黑西装全面覆盖。

这个吻的感觉很不一样，他冰凉的西装袖口挨着她的下巴，因为穿了黑西装，人更显得高大清瘦，亲得比之前每一次都猛，任甜有一种可耻的被人当作所有物肆意占有的感觉……

过了好久，他的唇才移开，任甜整个人都是软的，落在他的臂弯里。

他说："我送你回去。"

任甜说："好。"

他又说："喜欢吗？"

她说："喜欢。"

他说什么，她都愿意。就像朵朵白云之下，一阵微风轻轻吹过，小草轻轻弯腰，仿佛在说"什么都好"。

两人走到门口，任甜这才认真打量这套房子，意识到这人是非常任性地把一套接近两百平方米的房子，装成了宽敞无比的两室一厅。哪怕她不懂装修，也看得出这套房子的装修没有一二百万只怕下不来，更何况这套房子的市价绝对超过了四百万。

没人会租一套这样的房子，然后把它装修成这个样子。

五百万。

任甜意识到自己似乎错估了他的经济实力。也说不定是他家里的钱，毕竟一个程序员哪怕再优秀，这么年轻就坐拥五百万房产，好像也挺困难的。这么一想，任甜就想通了。

傅澹春就像知道她在想什么似的，搂着她进了电梯，说："有件事我想对你说。"

"好。"

傅澹春笑了笑，说："其实我挺有钱的。"

任甜点头："看出来了，我原来以为我们俩差不多，现在看来你比我有钱多了，我还要更努力啊。"

傅澹春揉了揉她的头发，感觉她似乎还是没理解他口中“挺有钱”的含义，算了，慢慢来，五十亿也不是什么值得挂在嘴边特意对女人说的数目。

（六）

因为这一次偏头痛的经历，傅澹春心中暗暗敲响警钟，还是得爱惜身体。

否则早些年拼了命挣下的一大笔财富，还有好不容易得来的女朋友，都便宜了别人。

傅澹春从不干赔本的事。

于是他通知 Susan，最近各种工作进度放缓，尤其周末不要安排工作，他要休假。Susan 立刻领命，此后不管谁来催傅澹春，她都挡着，就像铜墙铁壁一般。后来年底大 boss 求婚成功，她还被评为全公司优秀员工，这是后话。

任甜这周末也打算休息一天，就约傅澹春去城郊的月亮岛公园踏青。两人在微信上商量行程。

任甜已经做过简单攻略了，说：“可以坐 28 路公交直达。”

傅澹春说：“我开车吧。”

两人都好了两个多月，任甜还从未见过他开车，每次他登门入室，都是靠两条腿，或者共享单车。

任甜问：“你有车？”

“有。”

任甜眼睛一弯，她不是个拜金女孩，但男友有车确实便利很多。

“怎么没看你开过？”她问。

傅澹春答道：“你家太近，用不上。”

“哦……那好，那你出车，其他东西我来准备。”

傅澹春下到地下车库。车库一角，车停得不多。但是有一排连着的五个车位，车停得满满登登的。除了他最近上班开的一辆铁灰色的兰博基尼，其他四辆多少都落了点灰。

本来他买回这些车就是为了收藏，开不开不重要。

傅澹春想象了一下任甜坐在兰博基尼副驾驶的画面，心头一荡。但直觉告诉他，初次载美出游，这辆车或许会让对方不自在。还是算了。

傅澹春又看了看旁边的劳斯莱斯幻影、阿斯顿·马丁敞篷、法拉利跑车和宾利。最后目光落在宾利上，虽然看起来商务了点，但好歹不那么出挑。

周六，蓝天白云，阳光温暖，是冬日难得的好天气。任甜听到汽车鸣笛声，跑到店门口，就看到一辆黑色大气的宾利徐徐停下。车窗落下，露出傅澹春的脸。经过的路人有好几个盯着车看。

任甜有时候也会看汽车周刊，知道这辆车的价格在四百万以上。她愣了愣，傅澹春已经下车，走过来拥着她，问："还要拿什么东西？"

"哦。"任甜转身，从沙发上拿起一个背包和一个塑料提袋，傅澹春接过去，丢到车的后排，说："上车。"

任甜坐上副驾驶，系好安全带，隔着深色车窗，看到周围几个店面里的人都伸出脑袋在看。她可以想象出大家在议论什么，于是更觉心中不自在。

傅澹春没说什么，平平稳稳开车，出了这条街，到了大路，他其实习惯开快车，一个加速，把周围车辆抛开，又一个稳稳的平移变线。任甜连忙抓住车顶扶手，脱口而出："你开慢点！"

傅澹春这才意识到不妥，车速放缓。

"不好意思。"他说，"我一个人开习惯了。"

"这是你的车？"任甜问。

"嗯。"

她安静了一会儿，临近红绿灯，傅澹春停住车，转头看她："怎么了？"

"没什么……"

任甜想问"你怎么会有这么贵的车、这么贵的房子，加起来都快千万资产了"，可又问不出口。她忽然意识到这段时间几乎都是他介入她的生活里，而自己并不是真的了解这个男人。

他他他……不会是骗子吧？租了个豪宅，借了辆车，来骗她这个无知少女？她好歹……好歹也有一二十万存款了。

又或者，他是有钱，他长得也不错，这种男人怎么可能没有女朋友？他言谈间也挺会撩的。任甜一下子想到电视剧里那种衣冠楚楚的变态杀手，专门勾引单纯少女上钩，最后先奸后杀……

一时间，任甜心中胡乱闪过很多念头，后背甚至冒出阵阵凉意，双脚踩在车内昂贵的真皮垫上，却好像踩在云中。她又偷偷瞄一眼旁边的男人，英俊、冷漠、面无表情，你看不透他的心，她忽然觉得他挺陌生的。

这世上的事，就怕自己吓自己。等傅澹春开到了目的地，任甜下了车，感觉腿有点发软。好在公园周末人不少，到处都是暖洋洋的人气，任甜跟着他在江边的草地上走了一段，感觉心渐渐踏实回来。

到了一片空旷的绿树底下，这边人很少，傅澹春说："要不就在这里？"

"哦，好的好的。"

傅澹春打开她带的包，任甜把一张软垫取出来铺上，又拿出水和零食，说："你坐。"

傅澹春不动声色，依言坐下。任甜递了瓶水给他，在旁边坐下，望着江水，人还有点心猿意马。

傅澹春的手落在她肩上。

任甜心头一抖，低下头。他的手劲有点大，嗓音落在她的耳朵尖上："你不对劲，怎么了？"

"没什么！"

他的手劲一下子加大，还是初识时那副出手快准狠的模样，任甜瞬间就倒在了他的怀里，尽管之前亲热过很多次，但是这回心跳却快停了。

任甜被他按在怀里亲了好一会儿，整个人都不行了。他的脸色还是平平淡淡的，只有两颊染上些许绯红，任甜终于挣扎起身时，发现不远处的路人有的在往这边看，脸一红，说：“你太过分了！”

傅澹春神色不变：“现在可以说了吗？”

望着他的眼睛，任甜忽然意识到，认识这么久，他的眼睛始终是清澈的。此时在阳光和江水的映照下，更显微光凌凌。

“我问了，你不要觉得被冒犯。”

“不会。”

任甜又想，认识这么久，他脾气一直很好啊，除了动手快点，不像个藏着秘密的骗子或者变态啊。一点苗头都没有。

“这辆车是你的吗？”她问。

“是。”

任甜咬牙道：“怎么证明？”

傅澹春看她一眼，起身到车上取了驾驶证，上面有车型、车牌号和姓名，而且购买时间是两年前。

任甜憋了一会儿，又问：“那房子呢？也是你名下的吗？是你买的吗？”

傅澹春忽然笑了笑，说：“等一下。”掏出手机打给 Susan：“Susan，把我郦都豪庭那套房子的房产证影印本发过来。嗯，别的房子不需要。”

任甜左看看，右看看，就是不看他。

Susan 办事超高效，几分钟后就发了过来，傅澹春把手机递到她面前，又添了句：“你可以去房产局网站查。”

任甜觉得尴尬死了，说：“不是，我不是要查你，也不是在乎你有没有房和车。可是，一个程序员，即使再优秀，也买不起这些吧？”

她勇敢地看着他，傅澹春看着她亮晶晶的眼睛，又摸摸她的头，说：“最厉害的程序员呢？”

“……有多厉害？”

傅澹春坐直了，露出几分郑重神色，说：“任甜，我之前并没有和你说过自己详细的履历。我四年前大学毕业，毕业时已赚够创业所需的第一桶金，大概五百万。

创业四年，目前名下有一家金融投资公司，一家人工智能开发应用公司，两家互联网技术公司，还参股了两家房地产公司。事业目标基本实现，经济上没有任何压力。”

任甜呆呆地看着他：“那你为什么还在那栋写字楼里上班？”

“……那栋楼是我的。”

任甜只感觉到脑子里乱糟糟的，惊喜有之，恍惚有之，半信半疑有之，但更多的是仿佛置身于空中楼阁般的不安。

见她沉默，傅澹春也有些不安，问：“在想什么？”

任甜脑子里出现个清晰的念头：她想找的男朋友，不是这样的啊！

她站起来说：“我想回去了。等我考虑考虑，我们再说。”

傅澹春沉默了好一会儿，看着她收拾东西，也不说话，反而帮她把东西都搬上车，又替她打开车门，这举动让任甜心里有种说不出的滋味。

他把她送回家。

进屋后，任甜背对着他，说：“我想一个人休息会儿。”

傅澹春说：“好。甜甜，对不起，有些事瞒了你。但不管我的身份是什么，我这个人不会有任何变化。你明白吗？”

“你让我缓缓。”

任甜上了楼，过了一会儿，听到楼下一点动静都没有，她从楼梯上伸出脑袋，看到下面早没人了，玻璃门也替她关上了。她发了一会儿呆，有些愧疚，又有些委屈。他到底是不是认真的？他是不是吃惯了山珍海味才跑来吃她这个清淡小菜？他那么有钱，身边女人应该前仆后继吧？身边肯定诱惑不断吧？他瞒着自己，是想要考验自己？怕自己占他便宜？哼……诸多念头在脑子里翻滚，而后又想到他刚才默默听话折返回家、默默关门离开又对自己解释的样子，心口又酸酸疼疼的。

任甜快把自己的头发抓成鸟窝了。

手机响了一声，是他发来微信：“心情好了吗？”

任甜回复：“好又怎样？没好又怎样？”

他回答：“好了我就进来，没好我再等等。”

任甜睁大眼，立刻跑到二楼阁楼窗边，果然看到那辆宾利就靠边停在店门口。

他又发了条信息来："当你默认。"

任甜立刻回复过去："我还没想好！"

做晚了。楼下传来脚步声，有人上了楼。任甜干脆往床上一趴，用枕头捂着头，做死鱼状。

傅澹春进来看到这一幕，就笑了出来。任甜趴着不动，感觉到旁边床铺一沉。

任甜突然想起，这张床，他也上来过，起码十次。虽然并没有到最后一步。

显然，某人也表现出对这张床的熟悉。任甜感觉到他的气息逼近，暖暖地贴在她的后背，然后人就被抱住了。任甜挣扎了两下，没挣开，就不动了。他低头还想亲，被她躲过了。

"翻脸不认人了？"傅澹春说。

居然还恶人先告状了！她立刻转过身，愤怒地盯着他。阁楼上没开灯，窗帘也拉着，昏昏暗暗的，他秀气的脸近在咫尺。

任甜说："你为什么要和我在一起？是为了新鲜感吗？你不要不承认，别哄我。没人哄得了我。"

傅澹春沉默了好一会儿，说："我要是为了新鲜感，就不会到现在还没女朋友了。"

说得也是……

不对，这个不是重点！任甜的脑子拼命地转，又说："你保证不是玩玩而已？傅澹春，我不是随便的女人，我是……我是良家妇女，你不能随便招惹的！"

他的唇角弯起："我要的就是良家妇女。"

又不对……好像越说他越占理了。

结果又听到他平平静静地反问了一句："难道因为我有钱，就不是良家男人了？"

那倒也不是……

不对不对，关键问题始终还没说出来！

任甜直视他的眼睛，说："傅澹春，我只是个普通人，一个普普通通的小老百姓。我以为你是个程序员，就算比我条件好点，也和我差不多。别和我说什么这和有钱没钱、社会地位没关系，我想我们的社交圈子完全不同，接触的人也完全不同，甚至生活方式也会有很大不同。如果和你在一起，我会很没有安全感。如果我和你一样，也是个商业奇才，或者是富家千金，或许就不会把这种差距当回事。可我就是我啊，是个没什么眼界也没什么野心的普通人。我现在……我现在没有办法确定我们是否真的适合在一起。”

傅澹春看着她不说话。

任甜心里有些难受。

“没有安全感……是吗？”他轻声问。

任甜点点头。

“我也一样啊。”他说。

任甜一愣。

他松开她，和她并肩平躺下，一起望着矮矮的、倾斜的天花板，说道：“我过的不是你想象的那种生活。大学期间，我所有时间都拿来编程了，没有和女孩子接触过，也没人会喜欢我。毕业后，挣钱的速度超乎我的想象，眨眼间我就成了亿万富翁，成了人们眼中的成功人士、大老板。其实连我自己都有点没反应过来。下属敬畏我，同行既想从我这里赚钱，又要防着我。确实……有不少女人对我表示好感，甚至有特别狂热到令人讨厌的……”

任甜眉毛一竖。

他没察觉，继续说道：“我很清楚，她们是冲着我的钱来的。她们喜欢豪车、豪宅、珠宝，喜欢精致奢华的生活。可没人知道，我并不喜欢啊。穿西装我会觉得不自在，应酬场合我也会觉得疲惫，吃米其林不如吃一碗兰州拉面暖胃。我更喜欢一个人安静地待着看书。我花钱最多的地方，也就是买几辆车。”

任甜咬着唇不吭声。

“你说你是个小市民，我难道不是？我骨子里就是个小市民，一夜乍富而已。工作之余，我只想穿牛仔裤、运动鞋，吃小饭馆，去书店看书，和你像今天这样去踏青，如果能够赖在你这里不走就更好。我不要别的，只要简简单单的一个人和我过简简单单的生活。”

任甜有点想笑，可又有点莫名的难过。她突然想起了一件事，她今天一言不合就要回来，好好的郊游也泡了汤。她怨他瞒着自己，怕他只是贪图新鲜，她满心都缺少安全感。可她是否也忘了，身边这个男人也才二十六岁，走出大学校园才四年。

所以他……对于生活、对于爱情、对于未来，真的也会不安吗？

“可……为什么是我啊？”任甜说，“我承认我勉强算是小家碧玉，可你……太成功、太优秀了。”

傅澹春轻轻笑了，说：“我就想要小家碧玉，不浓不淡刚刚好，让我神魂颠倒。你也很优秀，独立又可爱，善良又温柔。我上哪儿再找你这么好的去？”

任甜扭头。

大学真的没有女孩喜欢他？真的都只是冲着他的钱来的？

都被他夸成这样了，再绷着脸好像也坚持不住了。任甜哼哼两声，低声说：“那你到底想要怎么样？”

傅澹春静默了几秒钟，说：“这些年，我总有种感觉，自己坐在那栋楼的楼顶，坐在高高的金钱堆上，却十分孤独。你可不可以陪伴我？我第一次和人谈恋爱，发誓会非常认真地对待这份感情，我想要和你一直走下去。”

任甜的眼睛酸酸的，内心又忍不住吐槽：他还是初恋……末了她吸了吸鼻子，答：“那就试试吧。”

逃

（一）

孙素葆觉得，北京的天空分明很高很蓝，今天天气这么好，天空就跟一面湖一样澄透，哪有传说中的有毒雾霾？

她拖着箱子从北京西站走出来，迎面扑来的是各种气味。人身上的、食物的、汽车的，还有各种说不出的味道，混在一起。到处都是人，各色的人。车子川流不息地跑在每条路上。她感觉到了一种新鲜却又浑浊的生气。这令她精神一振。

转了两趟公交车——她还不会乘地铁，终于到了刘佳怡租住的小区。这里处于西五环，孙素葆觉得真够远的，可大学舍友刘佳怡说，这里也算是繁华市区。下车一看，果然如此，高楼林立，车水马龙。傍晚的金黄阳光倾泻在马路上。

北京的马路可真宽啊。她想。

其实怀城这两年发展挺快的，写字楼和商业小区也建起不少，还有企业进入了湖南省十强呢。但孙素葆已经在怀城待了二十余年，从出生到大学毕业，每栋楼、每条路于她而言都如数家珍。如今到了北京，这陌生的、庞大的城市，却从第一秒起，就激起她的冲动和向往。

刘佳怡住在一栋足足有三十年历史的红砖楼里，小区里倒是干净整洁。不过孙素葆走在狭窄的楼道里，还是对此感到有点意外。但这种意外和不适应，很快又转化为强烈的新鲜感。

就是要过这样的生活。她想。

刘佳怡也是湖南人，和她大学做了四年好友，毕业就来了北京，在姐姐的公司上班。小日子应该过得挺滋润。而孙素蓿大学毕业后，在怀城的那家十强企业干了半年，没告诉任何人，留下一封辞职信，就北上投奔刘佳怡了。

刘佳怡还没下班到家，孙素蓿用密码打开门锁，进去一看，很小的一套两居室，一眼就能望到底。家具也很陈旧，但是挺干净的。孙素蓿粗略参观了一下，这大概比怀城普通工人住的房子还要狭小一点。但她并不在意，走到比较小的那间卧室一看，刘佳怡果然已经替她收拾干净了。她放下行李，倒在床上，望着天花板，长长叹了口气，又笑了。

没多久刘佳怡就回来了，两个人都很开心，抱在一起。刘佳怡说："今晚我做饭，让你尝尝我的手艺。"

孙素蓿惊讶地问："你会做饭了？"大学时，大家可都是啥也不会。

刘佳怡说："是啊，在外面租了半年房子，又是单身狗，要是你，你也什么都能学会。"

孙素蓿颇有兴致地看着她择菜、洗菜、切菜、淘米，点头说："我明天也学。"

刘佳怡笑道："那我等着。你的工作怎么样？什么时候上班？"

孙素蓿笑了："下周一上班。"

刘佳怡说："哇，你也够厉害的，在怀城还能搞定北京的工作。"

孙素蓿说："就是小文员，工资也低。好像离这里还挺远的，要坐一个小时地铁。不过我还是想好好干。我也想在北京干出一番事业。"

刘佳怡又洗了洗菜，才说："你辞职真的没跟家里说啊？留下一封信就走了？"

孙素蓿微微低头："嗯。"

刘佳怡叹了口气，说："可是……你那个未婚夫怎么办？我记得你们两家都有结亲的意思。而且你不是跟他都好了很多年吗？你来北京了，那你们俩的事怎么办？"

孙素蓿几乎是立刻说："谁说我和他好了很多年了？都是家长非要撮合，那我……也是因为一直把他当哥哥、当朋友，才经常在一起。我跟他之间，就像亲情似的，我才不想和他结婚。”

刘佳怡问：“那他呢？他怎么想？我还记得咱们上大学那会儿，他每个星期都来学校看你，还给你送吃的、送衣服。他还请过我们全寝室吃饭呢。其实我们都觉得他挺好的，长得不错，家里又那么有钱，这么多年对你也专一。要是我有个这样的青梅竹马，肯定一毕业就和他结婚，三年抱俩。我才不要跑到北京辛辛苦苦工作呢。”

孙素蓿咬着唇，说：“他其实也不喜欢我的，我觉得他对谁都客客气气的，对我也是。他肯定也是听家里的意思，才和我处着。我们俩真的跟亲人似的，在一块儿一点激情也没有。现在我走了，他也可以去找自己喜欢的女孩啊。这样对我俩不都挺好的。”

南方这时，一直下着连绵细雨。苏奉止便是在这样的阴雨天气里乘车下了高速，回到怀城。

他从三年前大学毕业起，一直都担任家里公司的副总裁。谁都知道，将来太子爷是要接班的。不过，作为这家湘西南第一企业未来的掌门人，苏奉止还真不招人讨厌。哪怕是公司里的那些老人，在他温文尔雅、处事周全的风格下，也渐渐都完成了站队。

大家也都觉得，这样一个接班人实在没什么可挑的。名牌大学毕业，心甘情愿回到湘城。没有任何架子，从虚心学习到独当一面，再到挑起大梁，年轻人一步步走得稳稳当当。

为人也无可挑剔。苏奉止长得好，又是这样的身份，太容易让未婚女人们想入非非。可人家从小就和大学教授、著名学者的千金孙素蓿是青梅竹马，听说这么多年都在一起。哪怕是去外地读大学那几年，苏奉止都是洁身自好，守着比自己小三岁的孙家千金。而且据说两家都已经在商议婚期了，只等苏奉止正式接班企业就结婚。在怀城，他们简直就是令人艳羡的金童玉女。

苏奉止倒不觉得自己和素蓿有那么值得羡慕，但和她结婚是肯定的，就跟吃饭、睡觉、呼吸那样自然。都这么多年了，他也没见过比她更适合自己的。

回到怀城后，苏奉止没有回家，而是直接去了公司，还有些事要处理。走进公司时，他感觉到气氛有那么点不对劲，不少员工都在交头接耳，有很隐约的躁动的感觉。苏奉止当作没看见，进了自己办公室后，刚想打电话叫秘书进来问一问，结果秘书已经带着人事部、行政部的两个经理，面色讪讪地进来了。

苏奉止放下电话："什么事？"

人事部经理不吭声，看向行政部经理。行政部经理轻咳一声，飞快地说："今天上午我们部门的孙素蓿递交了辞职信，人已经走了。我劝过她等您回来再说，但她执意要走。当时您在飞机上，电话也打不通。"

人事部经理接着说："她本来就在试用期，合同之前您也说过等正式入职再签，让她想在哪个部门待着就在哪儿待着。所以她现在辞职，我们也没有办法。"

办公室里的气氛，好像忽然下降至冰点。

苏奉止安静了一会儿，说："知道了。这事我和她会处理。"

他们都走了。

苏奉止一动不动坐了一阵子，掏出手机翻到孙素蓿的号码又停住，最后抬手按了按额头。

本想放在眼皮子底下，时不时就能看着。她初入社会，他也能照料、教导一二。怀城谁不知道她将来是他的老婆。结果才出差几天，她就不辞而别了。

到底是二十多岁的年轻人，想到刚才经理们一个个装傻充愣的表情，苏奉止的脸也有点绷不住。现在一个人静下来，第一个念头就是：他不在这些天，孙素蓿莫不是受什么委屈了？

当下就想把所有经理还有她的部门同事都叫过来，查问一通，但理智很快占据上风。听别人说，还不如听孙素蓿亲口说。他拿起外套起身，又吩咐秘书去买份礼物，决定今晚就去准岳父岳母家拜访，他得去找孙素蓿谈谈。

不过，在驱车去准岳父岳母家的路上，他的眼皮子怎么总在跳呢？

（二）

一转眼，孙素蓿在北京上班已经半个月。

尽管只是一份微不足道的文员工作，也依然忙得要死，有时候还要陪着程序员们加班。可孙素蓿干得很起劲，她想北京果然是北京，再小的公司也摆脱不了有繁忙的工作，连她这个小文员都躲不过。

可她喜欢这种感觉，尽管活得匆忙又卑微，却有种真正活着的感觉。她每天会提前半小时到达办公室，做好每一件小事；每一个需求、咨询，她都竭尽全力完成。每天她几乎也是最晚下班的，笑着送走那些蓬头垢面的技术宅男。

于是整个公司很快都知道了，行政部来了个清秀、有气质的美女，还非常温柔能干。孙素蓿的温柔和大都市女郎的温柔有着根儿上的不同，仿佛是与生俱来的，讲话轻言细语，举止秀气优美。

对于很多男人来说，女人身上的某些特质，拥有致命的吸引力。

于是那些技术宅男开始经常洗澡了，偶尔也会洗头了，有的还跑去买新衣服了！

“孙素蓿”这个名字开始被他们经常挂在嘴边，私下里也会拿她彼此打趣、互相怂恿，甚至跃跃欲试。有几个不要脸的，开始没事找事往行政部跑了。

但这种暗涌，孙素蓿是真没感受到。她长到二十四岁，从初中起就没人追过她，所以她着实是没有经验的。

尽管上班很充实，但孙素蓿内心深处还是有点心虚的。父母在电话里听到她不告而别、外出闯荡的消息之后，惊讶不已。

母亲说：“你……你怎么不跟我们说一声就走了？小苏知道这事不？”

“嗯……他现在应该知道了。”

“你啊，真是身在福中不知福，唉！”

父亲很开明，惊讶之后，倒是说：“蓿蓿出去闯荡一下也好，一直以来，我们和小苏把她保护得太好了。读万卷书，行万里路。至于小苏，我想他会处理好和蓿蓿的异地关系。”

孙素蓿心想：能不能别张口闭口就提他啊？这些年她觉得他也没干啥啊，到底给她身边的人都洗了什么脑，个个觉得他好，觉得他们俩应该在一起。

孙素蓿坚决不给苏奉止打电话。

然而他居然也没给她打。

这一天天过去，几乎每天睡觉前，孙素蓿脑子里都会自动想起这个人，想想他其实也挺普通的：长得是还可以，但她长得也不错啊。他从小就过着循规蹈矩的生活，好好念书，上了父母希望的大学，毕业后回家接手公司。连媳妇儿都谈了她这个双方父母期望的。他就不知道选个自己喜欢的？性格也是不温不火，以前有什么事都让着她，拿着哥哥的成熟和包容对待她。两人这么多年来，连架都没吵过一次。

不知道为什么，想到这里，孙素蓿隐隐就有种气鼓鼓的感觉。

索性不想了，现在她自由了，什么指腹为婚、青梅竹马，统统滚蛋吧！

苏奉止从来都是个有计划、目的明确的人。得知孙素蓿“离家出走”后，迎着双方父母还有周围人惊讶怀疑的目光，他先是错愕，继而隐隐有些生气，但很快平静下来。

一个人坐在两家人房子中间的花园地带，他抽完五支烟，回家睡觉。

在床上时，摸出手机，握了好一会儿，又放下了。

接下来的几天，他手中的各项工作依然按部就班推进。他对领导分工逐步做了些调整，同时批准了之前一直在犹豫的和华北某企业合作项目的考察。

半个月后的这天晚上，他在房间里收拾行李，母亲探头进来：“打算去找媳妇儿了？”

苏奉止神色不变：“去考察项目。”

母亲摸摸下巴说：“别人都奇怪蓿蓿为什么要甩了你，可我却好像明白为什么。就你这样，在公司里大动干戈，费了九牛二虎之力才安排好工作，既不影响公司运营，自己又能脱身。嘴巴上，却还不肯承认心里急了。唉，蓿蓿被老孙两口子养得太单纯了，本来就是个木头脑袋，你还绷着不会哄人家，她当然要甩你。”

苏奉止动作一顿：“妈，你是谁的妈？”

母亲哈哈大笑，拍拍他的肩，说：“在北京好好表现，可别再让你的小心肝跑了。”

苏奉止叠好一件衣服放进行李箱，头也不抬地说：“她跑不了。”

今天是平安夜。

孙素蓿去超市买了一些圣诞装饰，还买了很多菜，和室友刘佳怡一块儿把家里布置得五彩缤纷。刘佳怡感叹道：“我还从来没把家里布置得这么隆重漂亮过，蓿蓿你太细心了！”

孙素蓿微笑说：“过节就要把家里布置得有气氛，自己看着也会开心啊。”

“谁娶了你，真是有福气！这么精致会过日子！”

孙素蓿笑笑，心中却想：哪壶不开提哪壶啊！

刘佳怡主厨，孙素蓿打下手，两人忙得不亦乐乎。窗外数座高楼华灯璀璨，在圣诞夜被装饰成这座城市最美的风景。屋内，也是颜色鲜活、美味飘香。

孙素蓿的手机响了，她一看，是公司一个同事打来的。

“你好。”

“你好……孙素蓿，圣诞快乐呀。”男孩的嗓音有点抖。

孙素蓿笑了：“圣诞快乐，有什么事吗？”

男孩应该是在室外，他深吸口气，还能听到点嘈杂的背景音，他说：“我在你家楼下，有个东西给你，能不能下来一下？好冷啊，你下来多穿点。”

在刘佳怡坏坏的笑容里，孙素蓿慢慢下楼。

记忆中这个男孩工作表现很优秀，好像是他们部门的技术大拿，平时相处也很亲切。好像她最近见到他还挺多的。她心里感觉有点怪怪的，有点紧张。可转念一想，说不定人家是有什么工作上的东西，托她转交一下呢。

到了楼下，寒风凛冽，灯光幽静。男孩是很分明的北方长相，身材高挑，皮肤白，五官硬朗。完全不像苏奉止高高瘦瘦的，长着南方人的清秀五官。

孙素蓿问："什么事啊？"

男孩呵出口白气，笑了，很爽朗的模样，把藏在身后的东西递给她，那是份包装好的礼物。

孙素蓿忽然觉得尴尬，接也不好，不接也不好。她从来都不是很擅长拒绝别人。她斟酌了一下语气："这是……给谁的？"

男孩一下子笑了，说："当然是给你的。"

孙素蓿说："无功不受禄啊。"

男孩望着她，说："是圣诞礼物，祝你圣诞快乐。你……拿着吧，没别的意思，不值钱的小东西，我就是希望你圣诞节开心。"

孙素蓿有点绷不下去了，夜色里，没人瞧见她耳根都红了。从来没有男人对她说过这样的话。其实也没说什么特别的，平平淡淡的，却叫她心头一热。

她接过礼物，低着头说："那我明天也回赠你一份礼物。一定要收！礼尚往来。"

男孩的嘴巴都快合不拢了，也低着头，但又忍不住看她秀美宁静的模样，感觉心跳得怦怦的。

"那晚安，明天见。"男孩说。

"明天见。"

男孩转身走了，路上瞥见一个站着不动的男人，他也没太在意。

孙素蓿握着礼物，并没有什么拆开看的好奇冲动。刚刚的紧张感渐渐退去，她又有些懊恼，刚才实在不好意思推托，可收了这份礼物，会不会后面人家还来？那样是浪费人家的感情和时间啊。她心想明天就回赠一份中规中矩的体现"同事情谊"的礼物，如果他还有什么动作，就立刻和他说清楚。

心里谋划了好一会儿，才感觉到双脚和双手都有点冻僵了。她动了几下，脑子里却又突然想起苏奉止那张脸。他每年都送她圣诞礼物。其实中学的时候，他虽然内敛低调，但因为家世、长相，还有成绩，也是众人瞩目的风云人物。所以一开始他以绯闻男友身份送她圣诞礼物时，她内心不是没有小雀跃和粉红色少女泡泡的。

结果打开包装精美的礼物盒，看到两本湖北黄冈真题试卷集。

真题集封面上还写着他的赠言：“每周一测，圣诞快乐！”

…………

她甩甩头，甩掉脑海里那个乏善可陈的人影，她要回家拆圣诞礼物了！刚要转身，就看到一个人，好像在那条小路上站了好一会儿了，从阴暗处走出来，走到路灯下。

黑色挺拔的羽绒服、修长的双腿、乌黑的头发……并不是那种帅气逼人的五官，眉眼清淡，特别平静地望着她。

孙素蓿愣了愣，一时都没反应过来，心想：我是不是看花眼了？

苏奉止走到她面前，说：“素蓿，圣诞快乐。”

孙素蓿的心跳突然变得很急，慌里慌张的，连带着望着他的脸都莫名有些怯怯，有点想缩起来。这在她与这个男人多年的相处里，是从未有过的感受。

“你怎么会在这里？”她问。

他答：“出差。”说完居然没有停留，他和她擦身而过。孙素蓿转过头，看着他走进旁边的一栋居民楼，身影消失不见。

他从天而降之后，就……这么走了？他上旁边的楼干什么？

而且她怎么觉得……他刚刚好像，不太想和她说话。

（三）

房子是公司临时给苏奉止找的，他今天中午才住进来。此时夜幕沉沉，万家灯火的平安夜，苏奉止脱了大衣，躺在陌生的床上，用手机回复了几个工作邮件，然后抬头望着同样陌生的天花板。

瞧她刚才的样子，倒是过得很舒心，这么快就有了追求者。

她似乎还挺喜欢刚才那男孩的。

想到这里，苏奉止心里一阵烦闷，还是感到生气，有一种煮熟了的鸭子一脚踹开他飞走了的感觉。

躺了好一会儿，肚子开始咕咕叫，他坐起来，看见茶几上包装好的圣诞礼物：三套南极绒的女式加厚保暖内衣。想着北京太冷，这礼物最实用。两套换洗，一套备用。

忽然又有些懊恼。原本是打算找上门，陪她一起过圣诞。现如今，礼物都送不出去了。

孙素蓿盯着灶上咕嘟嘟开着的汤，有点发愣。

刘佳怡凑过来说：“从刚才回来就心不在焉，你不会是对刚才那个同事心动了吧？童养媳要私奔？哇，刺激。”

孙素蓿用手指戳了一下她脑门：“胡说八道。”

“那你发什么愣？”

孙素蓿于是又变得呆呆的：“我刚才……碰到苏奉止了。”

“啊？！”刘佳怡赶紧拉着她在客厅坐下，“千里追妻啊这是，啧啧……他人呢？”

孙素蓿忽然不想说同事送自己礼物，被苏奉止撞了个正着的事，感觉很没面子，只含糊说：“打了个招呼，他就走了，上旁边那栋楼了。”

刘佳怡眨巴着眼，试探地问：“今天是平安夜欸，外面又很冷。他既然是一个人，你要不要叫他过来一起吃饭？反正我们做得多。”

孙素蓿想了想，说：“也不是不可以。”

其实孙素蓿现在回想，才发觉从小到大，她过的每个圣诞节，几乎都有苏奉止的影子。

很小的时候，她就跟着奉止哥哥去教堂看人家祷告、放烟花。那时候一些年轻男女很时兴去教堂里跨年。她还记得苏奉止始终拉着自己的手，看到有些男女在教堂门口抱着亲吻时，他会用手挡住她的眼睛。再后来她上了中学，圣诞夜有些同学会溜出去狂欢，她也想去，可苏奉止会准时到教室门口接她，带她回家。

一年一度黄冈真题、海淀模拟、雅礼密卷的惊吓，就是从那时候开始的。

再后来，她上了大学。圣诞夜临近期末，经历过那么多，她已无欲无求，跑到学校门口的面馆通宵自习备考。苏奉止那时已经接手公司，就在旁边通宵加班，陪着她。

现在想想，有他的圣诞节，于她而言，还真是生无可恋。

想到这里，她居然不由自主地笑了，掏出手机，斟酌语气，发了条微信：“晚餐我们做得多了，你要不要过来吃饭？”

人都到北京了，她总不能丢下他一个人过平安夜。

结果十多分钟过去，所有菜都端上榻榻米了，她的手机还是没动静。刘佳怡瞅瞅她的脸色，也不多问了，说：“要不我们开餐吧？我都忍不住了。”

“嗯。”

两人刚拿起筷子，门铃叮咚响了。孙素蓿的心跳了跳，刘佳怡也睁大眼：“来了？快去开门啊。”

孙素蓿忽然有点走不动：“你去。”

刘佳怡扑哧笑了，嘀咕了一句：“我看你俩这样，是分不开的。”孙素蓿瞪她一眼，她跑去开门了。

“哇，苏大哥，快请进。素蓿在里头，我们正等着你呢。”

“打扰了。”

孙素蓿背对着门口，听着那熟悉、温润、低沉的嗓音，感觉整个后背都有点僵。她抬起头，看着刘佳怡领着他走到榻榻米旁坐下。苏奉止把手里提着的一袋水果递给刘佳怡，说：“来得仓促，这是送你的。”

“哇，谢谢，我沾光了。”刘佳怡接过水果放到了厨房里。

苏奉止另一只手又放下一盒包装好的礼物，就放在孙素蓿脚边，然后抬眸看她。

“来北京出差多久？”孙素蓿问。

“一两个月吧。”他答。

“你住在哪儿？”

“旁边。”

孙素蓿不吭声了，然后就看到他的手指在桌上随意点了几下，说：“是你妈妈告诉了我你的地址，并且叮嘱我一定要和你住在一起。”

孙素蓿在心中叹了口气，她就知道是这样：“哦。”

刘佳怡也不知道在磨蹭什么，半天不回来。两人都静了一会儿，苏奉止问：“在北京过得习惯吗？”

她答：“挺好的。”

“那就好。”他说，“我以前在北京实习过半年，这里确实什么都好，远比怀城广阔，机会和挑战也都更多。我也很喜欢。就是空气干燥，气候不太好。而且城市太大，生活就会辛苦。你马马虎虎的，得比在怀城时学会更好地照顾自己。”

孙素蓿安静了几秒钟，却问：“你来北京实习过？还待了半年？我怎么不知道。”她之前还以为他这辈子都打算窝在怀城做父母的乖宝宝呢。

苏奉止端起茶杯喝了一口，说：“大三的时候，那时你正高考，没和你说。”顿了顿，抬起漆黑的眸，“没想到几年后，你也跑来了。”

这时刘佳怡来了，还端着一盘切好的水果。三人碰了个杯，互道圣诞快乐，开始吃饭。孙素蓿看着苏奉止脸色极为正常，依旧是平时温和稳重的模样。可他刚刚最后那句话，就跟只小跳虫似的，一直在她耳朵里跳。据她对他的了解，怎么觉得……这话还是有点负气呢？

吃饭的氛围还是很好的。苏奉止并不是话多的男人，但什么话题他都能说上几句让你感兴趣的观点，显得博学而理智。他很注意照料同桌人的情绪，会在合适的时候倾听，合适的时候赞许。孙素蓿早已习以为常，苏奉止夹到她碗里的那些她讨厌的青菜和瘦肉，她也默默吃掉。

倒是刘佳怡，以前虽然见过苏奉止，却没这么深入地接触过。等吃完饭，她俩在厨房收拾，苏奉止作为客人，在客厅喝茶。刘佳怡小声说：“你老公真的好棒，男神级别好不好？你以为谁都能遇到总裁？现成一个放眼前，也很在意你，都为你追到北京来了。收了吧收了吧！”

孙素蓿说："他不是为我来的，是出差。"

"喊，我不信。"

过了一会儿，刘佳怡又贼兮兮地问："我还没有问过你，现在我特别想知道，之前……你俩实质进展到哪一步了，有没有……"

孙素蓿突然有种被人踩住尾巴的感觉，脸也红了，一扭身，出了厨房："没有！"

刘佳怡躲进了自己房间，孙素蓿坐在房间里，打开苏奉止送给她的礼物，看了一眼，又叠好放到衣柜里，心如止水。

苏奉止坐在一旁，看着她的一举一动，最后说："孙素蓿，我们谈谈。"

孙素蓿心想：终于来了。她居然非常镇定，卧室里只有一把椅子，被他坐了，她就在他对面的床上坐下。两人都沉默了一会儿，苏奉止柔声问："为什么想离开怀城，也不和我商量一下？突然就这么走了。"

答案孙素蓿已在心里想过千百遍，抬头坦然望着他，说："因为我想独立。我厌倦了怀城以及怀城的一切，也不想过父母安排好的一眼就能望到尽头的人生。我想要过不一样的生活，想要看看自己能闯出什么，哪怕失败，我也觉得不负此生。"

苏奉止的态度依然很平和，他点了点头："我明白了，也能够理解。而且我认为，你一定会成功。因为你从小……"他笑了笑，"就是个很理智、很踏实、心里有想法的女孩。"

孙素蓿本已做好和他对抗的准备，哪里想到他今天居然是开窍的，还说她踏实有想法？迎着他含着浅浅光芒的眼睛，孙素蓿莫名有点讪讪的，下意识点头："谢谢。"

两人又各自沉默了一会儿，孙素蓿鼓足勇气，开口时声音还是有点颤："所以我想，我们两家的那个意思，也不用当真。你今后会遇到自己真正喜欢的人，我想我也一定能遇到。"

苏奉止却没有反应，脸上也没什么表情。他盯了孙素蓿几秒钟，只盯得她心口闷闷的，而后他转头看着一侧。

可孙素蓿很清楚，他生气了。他生气就是这个样子，不发一言，浑身气场却冰冷得可怕，跟头倔驴子似的。

气氛变得这样难堪，孙素蓿几乎能听清自己短促的呼吸声。而后她就用手搓着身边的床单，反复搓。

“为什么？”他问。

孙素蓿抬起头，她觉得苏奉止这话问得挺没必要的，答道：“因为我们并不相爱啊。”

他又静了一会儿，慢慢地说：“是吗？我今天才知道。”

孙素蓿看得出来，他此刻非常非常愤怒。整个人一动不动，放在椅子扶手上的手却紧握成拳头。这让孙素蓿胸口也变得很闷，怎么有一种……是自己对不起他的感觉？像是为了说服他，也说服自己，她又说道：“我知道你是个很好的人，父母希望我俩在一起，你大概也觉得我是合适的结婚对象。这些年，你对我不错。但你仔细想想，我们俩之前的关系是不是更像兄妹，而不是恋人？”

他笑了笑，说：“我可没妹妹。”

孙素蓿觉得更加头疼、心乱，渐渐也带了气，淡淡地说：“我觉得你这个哥哥当得挺好的啊。从小带我上自习，给我父母推荐补习班。圣诞送我黄冈真题，生日送我中学生必读世界名著。工作也给我安排好。刚刚还送了我三套中年保暖内衣！除了谈情说爱，我觉得咱俩之间啥也不缺了。”

苏奉止怔怔望着她，她转头避开。他忽然说：“不止如此。素蓿，我吻过你。”

孙素蓿一愣，陡然间耳朵烫起来。他是吻过她，就那一次，他完全不像平时的自己，冲动、强硬、疯狂地吻了她，也吓到了她。

那是好几年前的事，她以为他肯定不记得了。因为之后两人再没提过，他也没再吻过她。哪里晓得现在这个谈分手的关头，他给翻出来了。

（四）

那年，她刚上大一，他大四毕业。

暑假，苏奉止从湘城回来了。“分居”四年，孙素蓿感觉他和以前有些不同了。有点陌生，越发地不动声色。尽管依旧是清秀长相，轮廓却比少年时更清晰硬朗。

本来两人还挺相安无事的。刚进入公司的太子爷时常来学校看她，陪她吃饭，有时还帮她复习高数。她刚离开高中生活，看着已染上社会气息的他，只感觉距离更远。哪怕两人是外人眼中的一对，她也没有半点他是男朋友的感觉。

那天，听说是他的几个大学同学来怀城了，有男有女。苏奉止请他们吃饭，和她打了招呼，但没有带她去。

到了晚上，正是周末，孙素蓿回家。母亲让她给隔壁送老家亲戚给的水蜜桃。孙素蓿去了，发现苏奉止还没回来，便随口问了句：“阿姨，奉止哥和同学吃饭还没回来呢？”

苏母马上说：“等他回来，我让他找你。”

孙素蓿那时候毕竟年纪小，对于这段“感情”，抱着懵懵懂懂、犹犹豫豫的心态。两边家长也不会说得太明确。她“哦”了一声，就回家了。

结果到了夜里十一点多，她都睡着了，手机催魂般地炸响，她迷迷糊糊接起：“喂？”

苏奉止的声音听起来格外清晰冷静：“我在你家门口，出来吧。”

孙素蓿穿着睡衣，脑袋混沌一片，打开家门，就看到一道穿着衬衫西裤的清瘦身影，立在路灯下。

孙素蓿走近了，才闻到浓烈的酒味。她那时候哪曾和喝醉酒的男人相处过，傻乎乎地看着他，问：“有什么事啊？”

醉酒的青年脸色有些发白，那好看的单眼皮眼睛就这么盯着她。

孙素蓿抓住他的衬衣袖子：“苏奉止，你没事吧？”

他忽地笑了，身体也往前倾了倾，两人离得很近，从未有过的近。他问：“你在等我？”

夜色幽凉，万籁俱寂。

“嗯？”

“还专门跑到我家去问？”他喃喃低语，“今天是有女同学，不过都是别人的女朋友。我的可不在，她刚长大成年。”

孙素蓿忽然就感觉心跳得很快，她盯着自己的脚尖：“你快回去吧。”

“同学都笑我是个和尚。”他微笑着说，“他们不知道，你一长大，我就会碰。”

“啊？”

他突然就搂着她的腰，孙素蓿整个人都傻掉了，紧接着，他就吻了下来。

苏奉止生了一副薄唇，平时看起来慢条斯理的一个人，突然间就变得特别凶，特别粗鲁。手跟铁圈似的搂着她，吸咬得相当用力。若说多年以后，孙素蓿对初吻还有什么记忆，其实挺糟糕的。满嘴的酒气，小鸡似的被抱着动弹不了，苏奉止也吻得毫无章法，除了强硬没有任何技巧。当时更让孙素蓿觉得过分的是，他居然……他居然还揉了她的胸。

也怪孙素蓿这些年被苏奉止保护得太单纯了，而他多年来顺其自然的牵手或者搂抱，她又觉得如吃饭穿衣般平常，没有什么刺激的感觉。而他平时温文尔雅，此刻却像头狼。孙素蓿突然就觉得非常悲愤，她实在不能将邻家温柔的大哥哥和眼前这只袭胸的色狼联系在一起。

费了好大的劲儿推开他的手，他又伸手去揉另一边。终于，孙素蓿挣脱了，可也不知道要怎么办，只好学电视里的女孩子骂道：“禽兽！”然后转身跑进屋里。

这一夜，孙素蓿彻底失眠了。她有点伤心，哭了一会儿，又感觉脑袋里空空荡荡的。然后她不由自主地开始回忆苏奉止吻她时的感觉，那是她从未感受过的男子气息。还有他的舌头在她嘴里搅动的感觉，怪怪的，说不上舒服，也说不上不舒服。

最后，就是揉胸了。孙素蓿又低头看看自己胸口，当时只顾着紧张了，全身的汗毛都竖起来，他碰一下，她就发抖。到底啥感觉，她一点都没感受到。

再想到他说的话：“你一长大，我就会碰。”别人都说酒后吐真言，才十八岁的孙素蓿，是真真切切感觉到害怕了，他果然是把她当成了所有物，要拿走她的处女身吗？也就是这时，孙素蓿才开始意识到，苏奉止根本不是外表看起来那么温和无害的人。

第二天，孙素蓿睡到快中午才醒，起床时吓了一跳，因为苏奉止已经衣冠楚楚地在她家客厅坐着了。

她像根木头似的僵在原地。

他却喝着母亲泡的茶，看了她一眼，问："昨天回来的？我昨天和同学吃饭，回来得晚了。白天想去哪儿，我陪你。"

孙素蓿呆了好一会儿，才说："不用了，我今天不想出去。"

他居然全忘了。

再后来，他们这一对"兄妹"间，不是没有过环境正好、气氛暧昧的时候，譬如他陪她通宵复习备考时，她差点倒在他肩膀上睡着了；又譬如她刚到他公司实习，夜深人静，她到他办公室等他下班，他搂着她的肩，目光清亮，低头逼近……

孙素蓿条件反射般全部躲开！

这一躲，就是好几年。

而每当暧昧的气氛被打破时，他看起来都神色如常，又让孙素蓿觉得刚刚是自己敏感了。

孙素蓿没想到他还记得那个吻，而且看他的样子，分明记得清清楚楚。

孙素蓿陡然就有种又被他给欺负了的感觉。她咬牙道："可是，那个吻，我一点感觉都没有。"

苏奉止身上的气场仿佛更加下沉，盯着她看了有那么一会儿，就起身离开。

孙素蓿呆呆地坐在床上，脑子里空空的。是解脱的感觉吗？也许。又似乎还有种别的感觉。总之，她不太好受，感觉整个夜晚、整个世界都寂静下来。

她缓缓地躺到床上，刚想闭眼休息一会儿，就看到苏奉止居然又走了进来，她连忙坐起。

他明明已穿上大衣，手上拿着手套，分明是走出去后又折返回来，也不知是什么难言的心情。

他的脸色看起来居然很平静，他先关上了门，然后将手套放在柜子上，说："我想了想，那次不能算数，我喝醉了。你那时也太小。”

孙素蓿有种胸口生生被堵住的感觉，只是愣愣地看着他走近。

才几分钟工夫，他又恢复了平时那种沉稳笃定的模样，眸色清沉地看着她说：“我们与其吵架，不如直接验证一下。我再吻你一次，如果你还是没有感觉，咱们再说别的。”

孙素蓿一下子没了主意，眼睁睁看着他走近。他身上还带着点外头的凉气，握住她的一只胳膊。孙素蓿跟木头人似的，直至他的脸靠近，微热柔软的唇覆盖上来。

没有什么让她厌恶的味道，湿湿凉凉的舌头撬进来，舔了一下她的。一时间孙素蓿脑子里撞进好多个人影：高中时站在路灯下清秀安静的他；工作后会在办公室里闷闷抽烟的他；还有刚才在楼下遇到的那个负气的他……熟悉又陌生。现在他们合为她身边这个男人，搂着她的腰在吻她。

他追着她的舌头开始逗弄。那是种非常非常陌生的感觉，仿佛她从未有人触碰过的少女禁地，就这么被人给强占了。一阵非常细微却清晰的酥麻感从尾椎骨唰地泛起，到了她的胸腔，随着他的节奏，越来越高，越来越高，一下子炸裂开。她的眼泪都快出来了，人也晕头转向，紧紧抓着他的衣襟，十分无助。

苏奉止的脑子也有点晕，起初是带着愤怒转身的，可其实决定吻她的那一刹那，那些不甘和憋屈都灰飞烟灭，剩下的只有几分悸动和男人隐隐的心思。然而这一吻带给他的甜蜜感和折磨感，也是苏奉止始料未及的。他从小看着长大的小姑娘，就跟只被俘虏的小羊似的，顷刻间变得软绵绵的，脸蛋儿是红的，眼眸是呆的，一副青涩至极的模样，任他吻来吻去。

过了一会儿，孙素蓿才意识到自己已经被苏奉止推倒在床上，双手也被他扣住，他趴在她身上亲。她伸手推了一下，他才移开，嘴巴上都是饱满的水光，目光幽幽暗暗，却又似乎藏着某种光。

孙素蓿觉得脸皮烫得要僵掉了，说：“你起开。”

苏奉止听话地直起身子，她马上坐起。两人都沉默了一会儿，他抬手按了一下她的肩说：“别想那么多，早点睡。圣诞快乐。”

孙素蓿却感觉到自己此时敏感无比，连他碰一下肩膀，都能体会到刚才接吻时类似的酥麻感。他拿起外套，走到房门口时，回头看了她一眼，到底没忍住，微微一笑，走了。

孙素蓿却觉得整个人都不好了，倒在床上，抓起旁边刚才被他拿开的枕头，压在脸上。一切发生得太突然，她到现在还是蒙的。一想搞清楚这到底是什么状况，刚才接吻的感觉就漫进脑子里，令她无法思考。

唯有一点，她可以确定，虽然一点都不想承认——

那就是和苏奉止的肉体接触，还挺带劲的……

（五）

第二天一早，孙素蓿和刘佳怡一块儿下楼。刘佳怡不知道昨晚具体发生了什么，人家两口子的事，她也懒得瞎操心。

“哎呀，他都来了，我还和你一块儿去搭地铁，是不是当电灯泡了！”刘佳怡打趣。

“别胡说。”走出楼门口时，心情竟有点紧张，孙素蓿看了看外面，却没见到那个身影。

刘佳怡心思没那么细腻，拉着她往地铁口走。孙素蓿没想到苏奉止真的没在，以往他到大学看她，那几天必然早早等在寝室外，全天陪伴。她放寒暑假回家了也是。孙素蓿顿时有点轻松，也有种说不出的感觉，心不在焉地和刘佳怡说着话，上了地铁。

一天的班，眨眼间就过了。

其间吃午饭时，孙素蓿去了楼下餐厅。昨夜跑到她家送圣诞礼物的那个男孩，端着盘子坐到了她对面。奇怪的是，昨晚孙素蓿的心情，因为他还起起伏伏冒了粉红泡泡，今天看着他憨厚端正的脸，感觉却跟看着一根木头似的，都没太听清他说了什么。孙素蓿用勺子戳着碗里的饭，突然来了句：“我男朋友在外地，昨晚来北京了。”

男孩没说什么，只坐了一会儿就端起盘子走了。孙素蓿有点心烦，想：苏奉止这个人的存在，到底还是有点用处的。

只是茫茫然一天的心，到了下班时，随着电梯一层层下落，又莫名紧张起来。孙素蓿走出公司大楼，迎面是金黄的夕阳、淡蓝的天空、宽敞的马路和来往的车辆，并没有什么她所熟悉的人居心叵测地等在那里。

所以，等到天黑时，孙素蓿回到家，靠在沙发里不动，心情已经十分淡定了。她心想，就算苏奉止现在趴在她面前不怀好意，她都可以平静地让他滚蛋了。

没多久刘佳怡也回来了，神色揶揄：“喂，刚才在楼下碰到你老公了，他提了好多菜，说让我们晚上去他家吃饭。”

孙素蓿坐直了，不吭声。

刘佳怡又问：“霸道总裁居然还会做饭？”

“嗯。”

岂止会，那人做什么都很容易上手，高中时据说是实验室一哥，建模比赛还拿过奖，有时候她去他家玩，他随手炒出来的几个菜，也像模像样。

刘佳怡坐到她身边，撞撞她的肩膀：“天哪，这样的男人，人人都要当块宝，只有你当根草。”

孙素蓿说：“你不要胡说八道，我才是那根草。”

到底还是和刘佳怡一块儿去了他家。一是有了昨晚的事，孙素蓿总感觉不去的话，说不定他又会来……而且这一整个白天，居然是他没有搭理她。所以她为什么不去？他邀请了，她就去。

门是虚掩着的，敲了敲门，一推开就闻到饭菜的香味。而且孙素蓿立马闻出来，他做的是家乡菜。以前每次她都能吃两碗饭。

刘佳怡大声说：“苏奉止，我们来了。”孙素蓿自然是不吭声的，走进去，打量了一下周围。

苏奉止的声音从厨房传来：“坐，很快就能开饭。素蓿，给佳怡倒点茶，茶叶和杯子都在饮水机下面。”

孙素蓿一眼就看到了，“哦”了一声，走过去倒茶，同时不忘继续环顾四周。一百多平方米的二居室，原以为他过来得仓促会委屈自己，结果完全不会。精致装修的房子，黑白灰色调为主，简单大气，连地上的拖鞋看着都很厚实高档，他还真像是来北京过日子的。

孙素蓿把茶递给刘佳怡，刘佳怡低声说：“瞧瞧，瞧瞧，一副女主人的姿态，进来就到处打量，脸上写满了这里满意、那里不满意。您泡的这杯茶，我喝得心服口服。”

孙素蓿闻言微微一僵，有些恼火，也不知道苏奉止是故意的，还是习惯而已。但……应该是习惯吧。毕竟她都习惯了。

没多久，苏奉止就端了几个菜出来。他在家只穿着长袖 T 恤、休闲裤，腰间还系着围裙，那么清秀的五官，却偏偏没有半点软糯劲儿。他看了她们一眼，笑笑：“手艺不精，随便吃点。”

就跟多年前吻过她那次一样，第二天，他就跟没事人似的。孙素蓿从来就不是个有多少心眼的人，她不知道他现在心里到底在想什么，有点负气地坐到餐桌前开吃。刘佳怡笑嘻嘻地插科打诨，而苏奉止似乎并未察觉她的异常，依旧和她们聊天，甚至还给她们倒饮料、夹菜。

吃着吃着，聊着聊着，孙素蓿似乎又不怎么生气了，其实她好像也没什么要生气的地方。渐渐地，苏奉止说什么趣事，她也会插上一两句。他问她什么，她也跟从前那样老实回答。吃完饭，刘佳怡和她都站起来帮忙收拾，苏奉止立刻拦着刘佳怡，笑道：“哪有让客人动手的道理，你去看会儿电视。”

刘佳怡从善如流坐到沙发上去了。他却不拦孙素蓿，她只好继续收拾，帮他一起把桌面清理干净。

等他在厨房准备洗碗时，孙素蓿犹豫了一下，说：“要不我来吧。”以前每次他做饭给她吃，都是她洗碗。

苏奉止笑笑，说：“你去休息，上一天班了，我来。”

孙素蓿说：“你也上了一天的班。”

他说：“没事，看到你又吃了两碗饭，我高兴。昨天在你家，你一碗都没吃完。”

孙素蓿沉默了一会儿，感觉脸有点发烫，并且隐隐感觉到了大尾巴狼的恶趣味，便转身走了。

等他洗完碗，三个人又喝茶看了会儿电视，她俩起身告辞。苏奉止既没有挽留，也没有任何诸如昨晚的神态流露。只是当刘佳怡先穿好鞋走出去，孙素蓿弯腰在玄关穿鞋时，听到他低声说：“分公司离这儿很远，和你是相反方向。我早上六点就得出门，刚刚才忙完回来。”

孙素蓿说：“再见。”说完就挽着刘佳怡的手走了。

此后大半个月，日子就这么相安无事、亲近又疏远地过着。苏奉止似乎真的很忙，有时候晚上九、十点钟才回来，会给孙素蓿发条信息“我到家了”，孙素蓿有时候看到会回个“哦”，有时候不回。

以前他对她的全程接送、三餐监护，更是完全没有。有时候干脆一两天都见不到个人影。当然只要他回来得早，多半会和她们一块儿吃饭。有时候在她家，有时候在他家，有时候出去。刘佳怡犹犹豫豫地说：“我要不要回避啊，再这么下去，我都积攒到一千瓦了。”

孙素蓿说：“你敢，你不去我就不去。”

孙素蓿也知道，苏奉止在事业上向来是说一不二的。他刚来北京，一心扑在公司上才像他。只不过不像从前，他加班也喜欢把她带在身边，现在他似乎已经顾不上她了。

到了这个周五，他又是晚上十点多才回家，给她打来一个电话：“在干什么？”

她答：“准备睡觉。”

他说：“我刚回来。”

孙素蓿顿了顿，到底还是问：“吃饭了没有？”

他说：“还没有。”

“那你去吃吧，挂了。”

“等一下。”他说，“明天你有没有事？”

“怎么了？”

苏奉止答：“这边分公司筹备得差不多了，下周正式开张。我在这边朋友不多，和这边的公司也没怎么合作过。你去帮我看看，把把关。”

孙素蓿心想我才来北京多久，而且听他的话，总觉得怪怪的。但他都这么说了，她又有点不忍心拒绝，说：“那我和佳怡说一下，和她一块儿来。”

苏奉止直接说：“那可能不太合适，公司内部还是涉及一些经营情况的。她毕竟是外人。而且员工都在，要是看我大张旗鼓带两个女孩过来，恐怕会觉得我轻浮。”

孙素蓿不由得点头，说：“明白了，那我自己来。”

（六）

孙素蓿和苏奉止约的是上午九点出发。但六点多，孙素蓿就醒了，望着窗外昏黑的天色，辗转了一会儿，然后起床。

周末，刘佳怡自然还在呼呼大睡。孙素蓿干脆去楼下小店吃早餐。

天刚蒙蒙亮，北方干爽的凉意直往人身体里灌。孙素蓿拉开小店的门，只有一个客人背对她坐着。她说道：“老板，一碗小米粥，两个包子。”

话音刚落，那人就转过身，不是苏奉止是谁。他穿着深色大衣，还系了条围巾，倒有了几分北方青年的模样。两人对视一瞬，他说：“坐这儿来。”

孙素蓿在他对面坐下，见他面前是一碗面、一杯豆浆，吃了大半，便问：“你怎么起这么早？”

他低头继续吃面，答：“睡不着了。你呢？”

孙素蓿答：“哦，我昨天睡得早。”

他看她一眼：“咱们电话不是打到晚上十一点多，还早？”

孙素蓿顿时语塞，这时早点端了上来，她转而问："那我们吃完就走吗？"

他眼中闪过点笑意："可以啊。本来我以为等你睡醒还得两小时。"

吃完后，两人走出小店，苏奉止说："我车停在那边。"领着她往小区停车场走。

天还未全亮，一切景物都带着点灰暗寂静的色彩。小区里除了他俩，竟是一个行人都没有。孙素蓿也觉得莫名其妙，为什么自己要在天没亮的时候就陪他去公司。

走出一段后，看见一个人影从花圃间出现，提着个很大的编织袋飞快地走。这人突然出现，吓了孙素蓿一跳，她不由得微微一缩。

肩膀一沉，是苏奉止揽住了自己，说："别怕。"

清晨冰凉的空气里，他的怀抱高大而温热，味道干净，孙素蓿在这一刹那居然不想挣开，低头"嗯"了一声。那人很快走不见了，他就这么揽着她走到车前。孙素蓿压制住那细微如火苗般跳动的冲动，从他怀里离开，上了副驾驶。

苏奉止隔着车窗看她一眼，不露声色地上车。

车开出一段，天已大亮。孙素蓿还是第一次坐他在北京的车，一如既往地干净、整洁，车型简洁低调。

苏奉止见她在打量车，就问："你喜欢什么样子的车？"

孙素蓿故意说："我喜欢红色的，大红色。"

他说："记住了。以后我不会买错。"

孙素蓿的心一紧，脸也有点发烫。看着苏奉止依然面色平静地开车，刚才那话分明说得跟老夫老妻似的。她想他和从前真的不一样了，以前和她在一起，他总爱管这管那，管妹妹也好，管女儿也好，管童养媳也好，哪有这些语义暧昧偏偏又不说透的话？简直就跟披着羊皮的狼露出爪子和尖牙似的，慢吞吞在她身边磨。

"我才不要你买。"她喃喃道。

"储物格里有水，帮我拿一瓶，拧开。"他说。

孙素蓿把水拧开递给他，他接过灌了一大口，她看着他清秀的侧脸，还有凸起的喉结，在晨光里线条清晰得很。他把喝剩的水递给她，她盖上握在手里，刚才心里那点小别扭不知为何又烟消云散了。

车开到公司，孙素蓿倒是吃了一惊。这里位置的确很偏僻，难怪他每天上下班都跑那么远。又想到他不在公司附近租房子八成是为了自己，心头倒是软了一下。

这里是一片新建的总部基地，苏奉止的公司就在其中一栋楼上。尽管偏僻，但周围环境很好，远山峻岭，农田绿树。地皮大且便宜，每栋楼都建得整洁大气。冬日的阳光穿过云层照射下来，放眼望去，很有一派欣欣向荣的气息。

孙素蓿不由得点头："这里很好。"

苏奉止拿出一张门禁卡，刷开大门，又把卡递给她："这个你拿着，整个公司都能去。"

孙素蓿不接："我拿这个干什么？"

苏奉止牵起她的手，轻轻把卡放上去，说："备用卡。万一我的卡弄丢了，能去你那儿取。而且回头我爸妈或你爸妈要是来公司视察，你这里有张卡也方便些。对了，回头我把我家钥匙也放一把在你和刘佳怡那儿。"

这话说得合情合理，孙素蓿又是个一根筋的人，于是没说什么，把门禁卡装进了包里。

两人走到楼下时，苏奉止又说："对了，有件事拜托你一下。"

孙素蓿看着他。

他的神色特别平静，就跟吃早饭时问她包子好不好吃时的表情一样，说道："公司有不少是从怀城过来的老员工，都知道咱们俩的关系。现在开张在即，军心比较重要。他们要是问起婚事，你别否认，给我点面子，行不行？"

孙素蓿和他对视了几秒钟，说："我不作声就行了。"

他轻声说："行。要是万一……需要牵你的手，或者搂抱一下，你就跟从前那样，事事听我的话，行吗？"

孙素蓿的脸骤然就烫了起来，想要反对但又嘴拙，这时他已走上前去摁电梯了，大堂的保安在向他问好，她顿时又没机会说什么了。

电梯徐徐上升，两人静默无言。

电梯门开，迎面便是公司招牌。尽管是休息日，但公司开业在即，有不少人都在，忙忙碌碌，走来走去，颇有些热火朝天的气氛。

孙素蓿便想起，苏奉止这人看着沉稳如水、波澜不惊的，但她的爸爸曾评价他，说他接手自家公司后，看似风平浪静、按部就班，实则一步步都在朝权力中心和利益目标靠拢。不到几年时间，整个公司再无老派新派、太子党或职业经理人党，人人唯他马首是瞻。当时爸爸还笑着叹气，说："奉止这孩子，看着温和，其实挺有狼性，不简单。咱们家素蓿哪里是他的对手。好在他人品正，这些年也一心一意，那就是女婿的上佳人选了。"

正想得出神，冷不丁手被人一握。苏奉止脸上已泛起非常温柔的笑，牵着她往公司里走。

等一下，这就已经是"万一需要牵手的情况"了？明明没有……

迎面已有几个员工走来，好奇又兴奋地打量着孙素蓿。这种情况下她是绝对不会驳某个男人的面子的，她也露出惯有的大方亲和的笑，同时把他的掌心狠狠一掐。

可某人眉都没皱一下，反而将她的手握得更紧。

一路跟着他穿过办公区，见每一个部门负责人，看望每一个正在加班的员工，作为"完美总裁"青梅竹马的未婚妻，接受所有人善意的目光。孙素蓿听着他与大家简短的交谈，被他一刻不放地拉着，偶尔还被他搂着，和几个相熟的管理人员见面，孙素蓿的感觉新鲜又奇怪。尽管她从小就被打上"某人的女人"的标签，但这似乎是他第一次把她拉出来遛。这种感觉居然不惹人讨厌，还带给人一种幸福和美的形式感……而且这样稳重地统率着公司的苏奉止，还挺让人看着舒服的。

中间还有几个年轻女员工，孙素蓿虽然老实，却不傻，很细微地感觉出她们眼中的失落。这让孙素蓿感觉挺解气的。苏奉止虽然没有到帅气逼人的程度，但是内秀啊，整体来说算是一个高品质的总裁，没有姑娘惦记他是不可能的。现在她来遛一圈，多少能让她们打消念头吧。想到这里，孙素蓿又看了一眼身边人，他的脸上始终挂着无懈可击的微笑。她又觉得，自己的这一点用途，说不定也在他的算计内。

终于"巡视"完整个公司，最后苏奉止领着她进了自己办公室。大概是因为这里房租便宜，不仅公司占地面积大，他的办公室也很大。孙素蓿立在正中，看了一圈，感觉很满意，大气但不复杂，周围二百七十度落地窗，阳光漫射进来，是个舒服的地方。

小姑娘每到他的一处领地，都会例行审视，目光冷静又挑剔。苏奉止扯开领带，放在桌上，在她身后微笑。

“满意吗？”他问。

孙素蓿矜持地点了一下头，又反应过来不对，淡淡道：“我满不满意不重要。”

身后静了几秒钟，听到他慢慢走近。孙素蓿不由得低下头。他的手轻轻环上她的腰：“你满不满意最重要。”

孙素蓿全身都微微绷起，推开他不是，不推开也不是，只好顾左右而言他：“公司看完了吧？我们可以回去了吗？”

他在她背后说：“素蓿，我们谈谈。”

她说：“好，你要谈什么？”

他却改为拉着她的手，说：“过来，坐下说。”

办公室的一方，是又宽又大的实木办公桌，他拉着她走到桌后，那儿就一把宽大的老板椅。孙素蓿以为他是要自己坐下，也不推辞，刚要坐，哪知道他先坐了下来，然后手一拉，就把她拉到了他的大腿上。

孙素蓿整个人都蒙掉了，她何曾……何曾与男人这样亲密过。下意识要弹起来，可苏奉止抱得紧，搂着她的腰说：“别怕，我什么也不干。”

孙素蓿的身子已有点软了，又跟那天晚上似的，那带着点酥麻迷醉的气息，又将两个人笼罩住。她说：“干吗要这样说话？”

苏奉止的表情也有些变化，没有笑容，目光直勾勾的，反问道：“为什么不能这么说话？你怕什么？”

简直……在耍无赖了！

孙素蓿被他这么囫囵抱在怀里，又尴尬，又慌乱，还发软，她低下头，也不挣扎了，任由自己软着，说：“苏奉止你套路我一整天了，现在连套路都懒得用了。”

苏奉止却只是抱着她，然后把头轻轻靠在她的头上，嗓音微哑：“我的小姑娘长大了，都看得懂套路了。这么多年，我只有你，你也只有我。也许你对我是比恋人少一点，但你怎么能逃走？恋爱、结婚、生活，这些事我们都还没好好试过，你怎么知道我不合适？我从小就在习惯你，你也在习惯我。我们明明很合适。”

孙素蓿的心里忽然难受又茫然，还夹杂着从未有过的隐隐的欢欣。她都快在他怀里缩成一团了，声音也是无助的：“奉止，我不知道……”

苏奉止的心中却似乎有一朵小小的烟花在无声绽开。他把她抱得更紧，低头开始寻找她的唇。孙素蓿稍微抗拒了一下，就被亲到了。此时她整个人都被他控制住，软若无骨。他往老板椅里一倒，就把她整个抱在怀里，手在她的身体上流连抚摸，嘴紧紧纠缠在一起。孙素蓿的身体仿佛过电，被他亲得晕头转向，那感觉就像是泡在微醺的甜酒里似的，不想起来，也起不来。

苏奉止尽管也很冲动，就跟忍耐了很久才吃到糖的孩子，手上的劲儿都不小心大了点，但他依然保持着几分理智，嘴上、手上的动作按部就班，一步步攻城略地。亲完嘴，亲她的脸，然后埋下头去亲更加敏感的脖子，一切凭借本能和心机。等他的手终于探入衣衫，在喘息声中流连了好几圈，他才终于抱着她，头靠着头，半躺在老板椅里。她整张脸通红，衣衫凌乱，毫无男女经验的女孩完全失陷了。他轻声问：“还逃吗？”

她低头不吭声。

他说：“你其实也喜欢我的，对不对？你眼里哪有别的男人？”

她抬眸瞪他一眼。

他说：“从今天开始就正式做我女朋友，每天谈恋爱，每天我们都这么亲热，所有爱人间的事，我们都可以做了。等你准备好就领证结婚。我等你很久了，你也等我很久了。我再也不会把你当小女孩，只会当成女人，以后相爱尽欢，天经地义，你可要准备好了。”

十分之一

（一）

申莘第一次遇见他，他的状况其实很糟糕。

她清楚地记得，那是自己二十三岁那年的冬夜，临近春节。城市里的人明显少了很多，都往家里跑了。但四处都是过年的气息，商场张灯结彩，到处贴着对联福娃，路上行走的每个人，身上仿佛都带着热乎快乐的一股劲儿。

只除了那些没有家的人。

那天申莘走进一家二十四小时自助银行，想要取款，却一眼看到有个人躺在地上。

她愣了愣。

ATM 机这里到底有层玻璃门，阻断了外头寒冷的空气。那人裹着很厚很脏看不出原本颜色的棉大衣，几乎从头裹到脚，只露出黑色发顶，脚上是双很单薄破烂的鞋。

他似乎睡得正香。

申莘觉得这人怪可怜的。不管他是出于什么原因没有家可回，还这样穷困潦倒，至少现在外头华灯初上，他却没有去乞讨，只是窝在这不算温暖的小空间里，汲取一点温暖。

申莘心中忽然有了某种热乎乎的冲动，她的心开始怦怦跳。刚取出的钱，干燥略硬。她抽出两张，剩下的塞进钱包，小心翼翼往前走两步，把两张红钞卷起来，轻轻塞进那人的衣领里。

她以为这人不会醒的。

哪里晓得钱的一角刚触到衣领，他就倏地抬头。申莘呆了呆，那居然是张很年轻的脸，她以为会是个邋遢老头。他脸部的线条轮廓很清晰，鼻梁高挺，眼眸也很亮，定定地望着她。

申莘的脸一下子红了，手松开，钱也掉在他怀里，她飞快地说："你去买点吃的，早点回家！"然后涨红着脸，扭头就走出了 ATM 间。

冰凉的空气拂在脸上，申莘狂走了好几步，又觉得自己实在是太紧张了，她走到一棵树后，偷偷回头，就见那人已经坐起来，手里拿着两张钱，似乎在发愣。

申莘扑哧笑了。

心情莫名地也好起来。

刚刚大学毕业、涉世不深的申莘，并没有把这件事记挂在心上。她家就在本市，很快回家过年。节后按时返回上班，又开始了平凡、努力、如履薄冰的职场新人生活。

申莘没想到会再次看到那个年轻流浪汉，而且是在自家小区里。

那天暮色降临，她下了班，往掌心呵着热气，进了小区往家走去。远远就看到小区保安经理带着一群小保安在操练，应该是新来的。

然后她就看到他了。

一身很死板的保安服，但是人依然显得高高瘦瘦、面目清秀，而且站得笔直，每个动作都做得很标准，在那群人里，简直鹤立鸡群。申莘这才发现，他好像比上次看起来年龄要大一点。上次那个样子，她以为他只有二十出头，现在看来，是二十四五岁的青年模样。

他也看到了申莘，盯着她，目光没有丝毫变化。

申莘总感觉他认出自己了。她下意识对他笑笑。

他也轻轻地笑了，伸手扶了扶自己的保安帽子，倒像是个军人，还有着这种小习惯。

于是这晚回家，被工作虐了一天的申莘，心情又变得很不错。她心想：也不知道这人之前遭遇了什么，可他现在不落魄了啊，正经找了份工作。虽然只是个小保安，那也是自食其力。哎，也不知道和她那天的善意之举有没有关系。是不是自己感化了他？而且他还这么巧来了她家小区当保安，不会是故意的吧？想想又觉得不可能，他怎么可能知道自己住哪儿？大概只是巧合而已。

此后，就总是会在小区里遇见了。

早晨，申莘急匆匆去上班，会看到他骑着辆电动车，拿着对讲机，在小区里巡逻。这时申莘都会对他微笑致意，礼貌嘛。他总是不说话，只是把车开到一旁，让她先走，或是定定地看着她。申莘很快注意到，他骑车的坐姿总是笔直，哪怕周围没人看到。这让申莘觉得他其实有点呆板得可爱。一份不起眼的工作，他似乎也干得很认真。

周末有时候，申莘抱着被子去楼顶晾晒，会撞见他正在下楼梯。

“我来。”他说。

申莘还没反应过来，满满一怀的被子已经被他接过去，她说：“哎，我自己来就行，不用啦……”可他腿脚好快，追都追不上。然后他将被子一下子抖开，搭在晾衣竿上。申莘插不上手，只好在旁边干看着。她怎么觉得，被自己揉成一团的被子，被他迅速拍打几下，就变得没有半点褶皱，而且每一条下垂的边都严格对齐，利落地迎风飘扬着。

“你以前是不是当过兵啊？”申莘问。

“嗯。”他答，“算是吧。”

申莘的心里，忽然好像飘起了一片细小柔亮的星星似的，也不知是为了什么。

夜晚，她吃完饭，去楼下散步，会看到他低头站在儿童滑梯处，在修理一块坏掉的踏板。白天，她外出倒垃圾，会遇到他在驱赶一些推销人员，然后他还会极其顺手地接过她手里的垃圾。申莘小声说：“不用了。”旁边的推销人员都会多看他们两眼，申莘一跺脚，转身就走。

申莘知道，这小区保安不说一百，也有好几十。自己遇到他这一个的频率，实在是高了点。而且也不光是她注意到了他，她在业主微信群里，不止一次看到几个邻居姐姐提到，有个保安好帅好帅。虽然她们没说是谁，但她知道一定是他，可她连他的名字都不知道。

她想，他一定是因为上次的事心怀感激，所以才会顺手多照料她这个业主。

他什么都没有说，好像就这么不知不觉出现在她的生活里。他曾经是个流浪汉，现在是个保安。如此而已。

可申莘时常觉得他不应该是个普通保安，而是还有另一重身份。那是一种非常模糊又非常奇怪的感觉，她没有任何证据。

可你只要在任何时间看到他，看到他安静地坐在小区里，看到他低头在检查小区电路，抑或骑着电瓶车在巡逻，你就会觉得，他不该是这样。他的面容太平静，动作太沉稳。当他抬头看你，那眼睛里仿佛藏着很多东西，总让申莘觉得，那是经历过很多很多的人才会有的眼神。是什么，二十三岁的申莘还看不透。明明他看起来只比她大两三岁。

（二）

直至一年过去，申莘终于死了心。因为他确确实实就是个保安，他身上没有发生过任何不同寻常的事，也没有暴露过任何令人惊奇的身份。他每天勤勤恳恳地干着这份工作，甚至因为出色的表现，成了保安中的一个小领导。这也令他有更多的机会出现在申莘的生活里。

譬如，申莘现在所有的快递，到了门卫处，都不是自己取。他每天都会取了，在她下班前，就放在她家门口。又譬如，偶尔小区停水停电、电梯检修，他都会提前发信息到她的手机上，提醒她。还譬如小区里有什么过节礼物赠送给业主，留给她的那份必然是最好最贵的。当然，如果真的停电了，申莘点着蜡烛，坐在满屋漆黑里，却总能听到楼道里的脚步声和熟悉的轻咳声，还有手电的光从门缝透进来。那是他在提醒：他在那里。

那时候，申莘没有开门，假装什么也没察觉。

申莘不止对他道过一次谢。现在两人熟了，他也会微笑地说“小事”“举手之劳”。

他就这样不动声色地，在许许多多的细节里，照料着她的生活。

申莘其实有点不知道怎么面对他，也搞不清他到底打的什么主意。她总觉得他的身上藏着秘密，甚至隐隐盼望着他也许会带她领略不寻常的风景。否则他怎么能站在人群中，跟别人都不一样。浑身上下一举一动一个眼神，都和别人不一样。

然而他真的只是个保安。

他再细心，对她再好，继续这样沉默的守护，他也只是个刚从穷困潦倒里走出来的退伍大兵，也只是个普通保安。

申莘觉得这不知不觉飞逝的一年时光中的点点滴滴都很危险，她不想陷落进去。

那天是除夕夜。

申莘的爸爸妈妈和一群老干部一起出国旅游去了。申莘很支持他们享受自己的生活，尽管除夕夜她无处可去，只能留在家里一个人过年。

小区里也清静了很多。申莘傍晚时分下楼倒垃圾时，保安都没看到一个。她想：那家伙会不会回家了？不知不觉他当保安都一年了，和她隔着一个楼宇的距离，她都快习惯他的存在了。

赵耀，他叫赵耀。某个偶然的机会，她知道了他的名字。说不出是什么感觉，这本是个很招摇的名字，可既然是他的姓名，又让人觉出几分内敛含蓄的味道。

申莘想：人的感觉可真是奇怪啊。

晚上九点多，申莘打开电视放春晚，人窝在沙发里刷手机。窗外远处有烟花映照，很寂静，也有一丝孤独的感觉。

“咚咚咚——”急促的敲门声响起，还有好几个人在喊：“开门，开门！”

申莘吓了一跳，跑到门口，从猫眼往外瞅，看到一个眼熟的邻居，还有几个保安。

她拉开门，一眼就看到那几人身后的赵耀。他的眼睛也盯着她。申莘飞快地移开目光。

他们几个手里都拎着水桶，有个保安手里还拿着灭火器。

“你家楼下阳台着火了！”邻居丢下一句，就带着他们几个冲了进去。

他走在最后，手里拎着一桶水，经过她身边时，轻声说：“你坐好，没事。”

申莘哪里坐得住，跟着他们跑到阳台。几桶水哗啦啦倒下去后，他们又掉头跑去厨房接水。

申莘也趴在阳台上往下看，果然看到一阵浓烟，还有些红色火光。他们七嘴八舌地说明缘由：估计是有人在小区里放烟花，火星飞到了楼下阳台。偏偏阳台上的杂物又放得多，一下子引燃了。屋主又不在家。已经打电话叫消防人员了，所以他们几个就身先士卒，先来控制一下火势。

好在火不是很大。他们几趟水倒下去，只剩下烟，没看到红光了。不远处，消防车也开进了小区。

几个人喘着气，站在阳台休息。一个老保安拍拍赵耀的肩说：“幸好你机灵，发现了楼下的火。”

赵耀说：“运气。”

不知怎的，一旁站着的申莘，心跳就有点乱七八糟的。恰在这时，他抬头望过来。隔着几个人，那定定的眼神里忽然闪过一丝笑意。申莘感觉就像被人抓住了马脚，怪异极了，赶紧扭头看一旁。

“不好意思啊，把你家踩脏了。”邻居说。

申莘说：“没事没事，救火要紧，我拖一下就好。”

他们几个虎虎生风地往门外走，申莘跟在后面送。赵耀走在最后，快到门口时，他忽然慢了几步，说：“你们先走，我再在楼道里检查一下。”

他们不疑有他，答应了一声，就都下楼去了。灯光明亮的玄关，忽然间就只剩下他们两个。申莘以为他会走，哪知道他转过来，说：“我帮你把地拖了。”

申莘连忙说：“不用了。”可他已走进厨房，拿出拖把。申莘跟在他后面，隔了半米远，有点手足无措，看着他从门口的脚印水渍拖起。

“真的不用了。”她说。

他跟没听到似的，申莘早就知道，他干活又快又仔细，很快就将玄关拖得光洁如镜，慢慢往屋里拖。申莘站在一旁，看着他白皙英俊的侧脸、修长有力的手，还有他身上的黑色保安服，忽然心里有点难受，脱口而出：“真的不用了！你到底想干什么！”她的语气有点重。

他低着头，动作顿住。

下一秒，他把拖把一扔，还沾着点水汽的手一把捏住她的下巴，劈头盖脸就吻了下来。申莘整个人都惊呆了，下巴被捏得有点疼。他嘴里的味道很清淡，像某种清澈的泉水，一下子把她吞没。

她是傻了，所以不懂反抗。毕竟这是她这辈子第一次被人强吻。然后心中那种又难过、又紧张还很激动的感觉，狠狠地撞击着她的整个大脑。他很重地亲了一会儿才移开脸，可手还是无耻地搂在她的腰上。

他笑了。在申莘的印象里，他很少笑，所以哪怕他长得白皙年轻，脸部线条也总显得硬朗。原来他一笑是很暖的，像个大男孩似的。

她反应过来，挣脱，背对着他，说：“你在干什么？你想干什么？”

赵耀静了一会儿，说：“我想陪着你。”

申莘眼眶忽然发热，恨恨道：“谁要你陪了？”

他还是说：“我想陪着你。”

申莘说：“为什么？”

赵耀轻声说：“你怜惜我。”

申莘的心都快跳出来了，说：“我不要你报恩。”

赵耀又静了静，说：“你可能误会了。我不是要报恩，是要得到你。”

申莘莫名地想，怎么以前没发现这个沉默的男人这么会花言巧语呢？要么，他说的就是真心话，所以才……才让她的心这么乱吗？

她还在彷徨失措，这个深沉得像一片湖的小保安，已从背后再次搂住她，把脸埋在她的肩窝里，说："一年了，我的心意已经非常确定。你呢？还是不敢吗？"

申莘居然有种被火烧着的感觉，无意识地低喃："你疯了……"

他说："我很理智。"

申莘快哭出来了："你不要这样，拖我下水……"

赵耀很轻地笑了，竟然很放肆地又在她耳朵上亲了一下，只亲得她全身一麻，欲逃却没力气。

"你和我在一起了。"他说。

（三）

起初申莘不敢跟父母说，自己和一个小区保安在一起了。她只是个普通人，有时候在小区里碰到正在巡逻的赵耀，他和她站得近些，神态亲昵些，她都有点怕被别人看见。

可她又没办法开口对他说这一点。

自从确认了男女朋友的身份后，赵耀每天早上会买好早饭在她家楼下等她，然后陪着她走去地铁站。晚上她下了班，他会过来，买好菜，两人坐着吃。

吃完饭，他搂着她，一起看电视。或者她加班，他在旁安静地待着。他的行为，他的习惯，他对待她的态度，符合她曾经对他的一切想象。沉默寡言，默默对人好，很周到，也很冷静。他对女人的侵略性，隐藏在清秀内敛的外表下。平时总是一副冷静自持的样子，似乎什么都不看在眼里。可每天都会搂着她，从沙发吻到地上。他的手会滑入她的衣服里，很有力地抚摸她的每一寸肌肤。她看到他的眼睛里有星光，很耀眼。他会把脸贴在她的额头上，轻声低喃。会在她说了什么任性话后，低声失笑。

有一次，申莘问："你今后有什么打算？"

他说："你希望我有什么打算？"

申莘鼓足了勇气，低下头，说："如果一直做保安，收入和地位都很有限。我总觉得你不该这样，可不可以尝试去做点别的？”

他若有所思，说：“明白了，我尽力。”

申莘心情一松，又问：“还有……你家里人，从来没见你联系过，为什么啊？”

他定了一会儿，才笑笑答：“他们都不在这个世上。”

当时申莘感觉有那么一点点奇怪，提及家人，赵耀的语气无疑是落寞的，可并不悲伤，甚至有些无奈。于是申莘想，可能他从前就和家里人的关系不是很亲近。所以他们过世了，他孑然一身，也并不悲怆。

其实在申莘心里，盼着他这么个大男人去公司里找个底层工作，或者做点小生意，稍微体面一点，估计爸妈那一关能好过一点。哪里晓得他嘴里的“尽力”，居然这么给力呢。

两人谈完后，第二个月他就从保安队辞职了。说是有个保安队的兄弟，家里有门路，去倒腾装修建材。此后一年多，两人便聚少离多。申莘知道他去了很多个城市，做了很多趟生意。他经常在很晚才搭货车回到湘城，来敲她家的门。申莘睡眼惺忪开门的那一刻，听到他说：“抱歉，又这么晚回来了。”她伸手抱着他，他反而直接把她打横抱起，走进卧室里。

到了这年年底，赵耀已组起了自己的施工队，攒下百万元，还在申莘住的小区门口盘下了两个门面，开商店。

申莘说：“真没想到，你居然还会做生意。”

他说：“其实这和指挥舰队打仗是一样的，做好计划，快准狠，彼此信赖，一般不会失手。”

申莘奇怪地看着他。

他自知失言，说：“我打个比方而已。”

反正有了他这样的逆袭，原本不看好申莘和他的朋友、邻居，全都一致称赞，说申莘有眼光，捡到宝了，赵耀果然不是庸才云云。

每当听到这样的话，申莘只是笑，心想：他能挣多少钱并不重要。但我在ATM机旁看到他的第一眼，就觉得他像是陨落在地上的星星，微微发着光。

次年春节，他们俩结婚。

第二年夏天，申莘生下第一个孩子。又过了两年，生下第二个。他的生意也稳步发展，虽不是什么巨富，但也足以给妻儿提供非常优越安稳的生活。他们就像这地球上任何一对相爱的普通夫妻，一起度过了婚姻的头五个年头。

“那你是什么时候发现爸爸是异星人的？”很多年以后，“混血”儿子这么问母亲，语气很温柔。

那时申莘两鬓已有了白发，想了想，笑着说：“其实两个人生活在一起，就不可能不露出痕迹吧。譬如我那时怀了你，有一次肚子痛，很害怕，以为要流产，打电话给他。他当时明明还在东北跟人谈生意。等了十分钟后，我被救护车送到医院时，看到他就站在车外面。”

“爸爸可真够吓人的。就这么跳跃到你身边来，也不怕吓着你。他一定是太爱你了。”儿子笑着说，“还有吗？”

申莘说：“还有啊。你五岁、妹妹两岁那年，我们带你们到海边度假。结果你妹妹失足落水，我为了救你妹妹，也被浪卷走，溺水了。”

“然后呢？”

“然后……你爸爸做了很傻的事，他当着几百人的面，把整个海面给劈开了。”

赵耀清楚地记得，那是地球公历 2018 年的夏天，宇宙历恺撒纪 65532 年。

两个孩子特别向往海边，他的妻子就动了心思，想要出游。其实，对此赵耀心中是有些不屑的。他曾和战友驾驶猎豹战机，飞到巨行星面积超过十个地球表面的圣海洋里洗澡，还有下降到深达万米的地狱海沟里去钓各种怪兽鱼，所以对地球上这种水洼似的小海面，还真提不起太大兴趣。

但转念一想，他又觉得愧疚，因为他从没带妻子和孩子们去过这样的地方。

于是他非常配合地买好了各种物品：帐篷、钓竿、泳衣、儿童挖沙十九块九包邮套装……当然，看到老婆买的比基尼时，习惯沉默的异星人摸了摸鼻子，脑子里想起母星上清一色全身包裹的银色纳米潜水服，突然觉得地球人在某些方面，还是值得钦佩的。

当晚，异星人繁殖后代的冲动异常强烈，并且彻底释放了这种冲动。

那天，海滩阳光特别明媚，清澈的海浪不断拍打海岸，沙滩细白如雪。

毫无疑问，暑期是浩浩荡荡的旅游旺季。长长的海滩上，密密麻麻都是人。一家四口愣愣站了一会儿，申莘挠挠头："来都来了，就地扎营！"

五岁的儿子一声欢呼，两岁的女儿傻乎乎地也跟着哥哥欢呼。

哥哥觉得很有面子，妹妹是自己的小跟屁虫呢。他一开心，就得意忘形，一把握住妹妹的肩："小桃子，哥哥给你表演个瞬移好不好？你一眨眼啊，哥哥就移动到一百米外去！"

"嗯！"

赵耀教儿子瞬移的事是瞒着老婆的，他顿时脸一绷，低喝："赵思宇！"飞快看了老婆一眼。

申莘就像什么都没听到一样，低头在整理行李。赵耀松了口气，和儿子交换了一个威胁的眼神。儿子吐吐舌头，拉着妹妹的手去玩了。

赵耀摸摸申莘的头，柔声说："你先休息会儿，帐篷待会儿我来搭。我去买点喝的。"

申莘抬头，笑看着他："好啊。"

赵耀怔了怔，总觉得老婆实在笑得太温柔可人。眼睛里有点笑意，闪闪发亮。不过她向来都是温柔可人的。赵耀默不作声，重重亲了她的额角一口，走了。

沙滩上人来人往，走不快，赵耀又在小卖部门口排了好一会儿队才折返。还没走到落脚处，就看到远处海滩边聚了不少人，都在惊呼。

赵耀飞快看一眼落脚处，就见儿子一个人站在原地，傻愣愣的样子。刚才申莘拿在手里的泳衣落在地上。

赵耀往前迈了一步，人已到了二十余米外的儿子跟前。沙滩人太多，没人注意到。

"你妈和小桃子呢？"赵耀问。

儿子抓抓头发："我不知道啊，刚刚她们还在这里，桃子要妈妈抱。我才挖了一个沙坑，她们就不见了！”

赵耀心念飞转，猛然睁大眼，望向海滩边众人聚集处，已经有好几个人跳进海里，向远处游去。

“待在这里别动！”

赵耀又往前迈了一步，这一步就已来到了围观人群中。旁边的人发现身边突然多了个人，奇怪地看他一眼，又转过脸去，热烈地议论道：“哎哎！能不能救下来！这个妈妈怎么带着孩子跑到那么深的海里去了！太不负责任了！那艘大船就要开过来了！啊，我不敢看了！”

赵耀抬起头，遥远的海面上，一艘巨大的海轮正在行驶。而海轮不远处的海面上，有两个小小的人头在海水里起伏，一会儿能看见，一会儿看不见。尽管隔得很远，可赵耀还是一眼就认出，那不是申莘和小桃子是谁！

赵耀脑海里飞快闪过一幅画面：自己偷偷教儿子瞬移时，两岁的小桃子就坐在旁边的地板上，在玩积木。他的嘴角自嘲地一勾，女儿天分如此，真不知该高兴还是懊恼。

只是，来不及了。

申莘不会游泳。

一眨眼的工夫，海面上已经没有人影了。而海滩上的救生员和善良路人中，游得最远的，离她们俩至少还有一百米。海轮正驶向她们头顶的海面。

赵耀往前跑了两步。

两步百米。

然后他跳到了半空中。清瘦的身影无声无息，宛如仙人。

在众人的失声惊呼中，他悬停于申莘和小桃子落水处五十米高空，冷冽的目光往那无知无觉继续行驶的海轮上一扫。

他拔出光剑。

光剑一直被他悬挂在腰间，放在亚空间里。

窄长光剑，刹那光芒四射。海滩上已爆发出一阵阵惊叫，仿佛一片森林要被这原本属于三百光年外的一道光给点燃了。

赵耀仿若未觉，光剑劈下。

蔚蓝的海面中央，出现一道深深的沟壑，仿若峡谷。“峡谷”周遭的海水筑起高达数十米的墙，海轮撞到墙上，缓缓改道。赵耀于绚烂光芒中，低头望去，一大一小两个人就躺在峡谷的正中，安详得仿佛沉睡。

他的心骤然紧了，什么也顾不得，飞身埋入水里，又引来海滩上上千人雷鸣般的惊呼，无数人举着手机。

几秒钟后，他冲出水面，一跃至半空，怀中抱着两个人。他想走，可儿子还在人群中，已经被挤不见了。他稍一犹豫，脚一抬，落在刚才下水的海滩上。

周围黑压压的人群猛地往后一退。无数人在拍照、在摄像，低声议论却又大气也不敢出。

赵耀英俊的脸庞还在滴水，抬头望见努力越过人群的矮矮的儿子，终于笑了。

（四）

那之后，赵耀失踪了两年。

申莘在医院醒来后，面对的就是无数个摄像头和记者，儿子、女儿皆在身旁，掌心里只有他留下的五个字：“对不起，等我。”

申莘发了好一会儿呆，忽然笑了，笑了一会儿，掉下眼泪，对那些记者吼道：“你们都给我出去！”

想方设法堵到病房的记者们被医生轰了出去。申莘对两个孩子说：“爸爸要离开一段时间，避避风头。”

儿子点头：“我知道。爸爸实在太不小心了，怎么可以当着那么多人的面拔出光剑呢。会吓到地球人的。”

申莘看他一眼：“你难道不是地球人？”

儿子对了对手指：“半个……”

女儿似懂非懂，听到爸爸要离开，哭了，申莘一把抱住她，小桃子哭哭啼啼，手指病房外："去找……爸爸！"

申莘吓了一跳，另一只手马上抓住病床，然后果然感觉到病床连带着自己，被什么力量拖着往前挪动了几下。到底是病床太沉，两岁的小桃子没能瞬移走。申莘松了口气，摸摸两个人的头，说："爸爸一定会回来的。他呀，离不开我，也离不开你们。他就是这么闷骚，要不怎么会这么多年都没拔过光剑。我们耐心等就好了。"

…………

"后来呢？"长大的儿子笑呵呵地问，"除了这次，他没有再离开妈妈了吧？毕竟他这么黏你。"

白发苍苍的申莘笑了笑，心跳得有点急，抬起手，儿子会意，把水杯端过来，喂申莘喝了一口。申莘接着说道："两年内我们搬了五次家，最后搬到了一个谁也不认识我们的偏远地方，他就回来了。"

申莘还记得，那天晚上，孩子们都睡了，她刚把新家整理好。

两年来，一个人带两个孩子，辗转流连，不能说不辛苦。有的时候也会恼怒，他竟然就这么一走了之。甚至怀疑过，他会不会不回来了。

可掌心曾经写下的五个字，仿佛还灼灼微痛着。

然后就有人敲门。

申莘去打开门，看到门外站着的年轻人，两年了，他的相貌仿佛没有丝毫变化。还是穿着简单的 T 恤、长裤，面目白净，用那深深的映着星光的眼睛凝望着她。只是这一夜，他的眼里仿佛有星辰风沙在涌动。

申莘一把就要关上门。他动作飞快，拦住了。申莘一扭头往里走，刚走了一步，人已经被他从背后拦腰抱起。她的眼泪涌出来，低吼道："你放开我，去你的一走了之！"

"我没有办法。"他嗓音低哑，"我拔出光剑，违反了《星际流亡军人条例》。"

申莘一愣，不挣扎了，他趁势把她整个抱在怀里，走到沙发边坐下，低头就要吻。申莘不让，抬头望他：“那你这两年……去了哪里？”

他顿了顿，答：“被罚去火星，做了两年劳役。”

申莘沉默了一会儿，抬头吻他。他一把扣住她的后脑勺，更凶狠地吻下来。分明透着一个男人的强势、占有欲，还有隐隐的委屈。

狂风暴雨骤歇时，申莘被他抱在怀里，想了想，反应过来，问：“谁……罚的你？”

赵耀说：“你已经是我的妻子，还为我养育儿女，算是我母星的公民，我可以告诉你。是星流指挥官，他也流亡到了地球，也娶了个地球女人。他叫 In。虽然我们的母星属于不同星系，但他现在是太阳系的负责人。”

申莘很惊讶，看着赵耀提及那个叫 In 的指挥官，眼神都变得不一样了，崇敬、庄重。她却有点过不去，说：“既然他也娶了地球人，应该也能理解你。你当时是为了救我们俩的命，怎么他还要罚你？”

赵耀立刻说：“这不能怪他。《星际流亡军人条例》是银河系委员会制定的，In 也左右不了。事实上他对于我的行为颇为理解，所以才通过他的影响力，让我只去了火星，离你很近。否则我就要去鸟不拉屎的奥亚星座了，来回都要五光年。”

申莘撇了撇嘴，看着眼前除了英俊没啥特别的男人，还是有种很不真实的感觉，什么星座什么银河系。她伸手摸摸他的脸，忽然间冒出句话：“都过去了，你不要离开。”

赵耀静了一会儿，说：“你的有生之年，我不会离开。”

“后来，他真的没有离开过我们。”满脸皱纹的申莘笑眯眯地说，“顶多啊，离开个一两天，去给那个什么讨厌的星流大人办事。有时候还会负伤回来，大半夜一声不吭，满身的血，把我给气死了。”

儿子却露出向往崇敬的神色：“好希望也能见一次伟大的星流。”

申莘轻哼一声，说：“我觉得你的爸爸才伟大呢。他帮地球人做了很多事，抓到过很凶狠的罪犯，救过失控大巴上的一车人……”

儿子笑了：“知道知道，在你心里，爸爸最帅。”

“那当然。”

见申莘露出疲惫神色，儿子给她盖好被子：“妈妈，你睡会儿。”

申莘点头，目光飘向一直立在门口的那人。那人察觉了，立刻走进来，跟儿子讲话的语气，几十年如一日冷冰冰的：“聊完了？可以把她还给我了吗？”

儿子哈哈大笑，说：“老爸你真是老来俏，行了行了，不打扰你和我妈腻歪，我去医生那里看看还有什么事。小桃子说今天晚上就能结束飞行员训练，回地球探望妈妈。”

他走了，房间里终于清静下来。申莘真的已经很疲惫了，慢慢眨了眨眼，看着赵耀坐到床边。他到了这个年头，已是两鬓斑白，脸上也有了些皱纹。不过哪怕他每个月都去理发店把头发全染白，看起来也只像个五六十岁的男人，不老，且帅。不像她啊，已经是个九十多岁的小老太太了。

“身体怎么样？”他问。

申莘眯眼笑着：“都好着呢。”

他便笑了，摸摸她的脸，又低头亲了一下，亲在她的皱纹上，申莘还怪不好意思的。她望着他的脸，忽然问：“赵耀，其实你化装了吧？”

赵耀直直望着她。

“其实……”申莘慢悠悠地说，“你没有现在看着这么老吧？你看你的手，一点皱纹都没有。”

“瞎想什么。”赵耀不高兴了，捏了一下她已没多少肉的、皱巴巴的脸，“难道异星人就不会老？我只是比你老得稍微慢了一点点。”

“喊，真不公平。”

“快睡一会儿，跟臭小子唠叨半天了。”

“嗯。”

“冷不冷？”

“不冷。赵耀，我待会儿醒了，想吃薯条和鸡翅膀。”

“薯条可以，鸡翅膀你的牙齿咬不动。”

“真扫兴。你就不能哄哄我，让我高高兴兴睡着吗？”

“呵……好好好，鸡翅膀，顶多两个。”

“好！”申莘说，“赵耀啊，我真的特别喜欢你，特别不后悔。那天在ATM机旁看到你，其实我当时就觉得你好帅。”

“嗯。”

“你其实挺坏的，做保安就是为了接近我，整天在我跟前晃，还强吻我，强吻业主。”

“呵呵，嗯。”

“你……后不后悔留在地球和我在一起？”

“从不后悔。”

“赵耀，我爱你。”

“我也爱你，申莘，天狼星第五舰队第四中队上尉Sun，深爱着你，此生不渝。”

…………

申莘是这天晚上离开的。女儿也如约赶回，和她见了最后一面。对着老人安详的遗体，一双儿女哭得不成样子。赵耀只在病房待了一会儿，不和任何人说一句话，也不让任何人看到自己的脸，之后便转身离去。

申莘过世后，赵耀又在地球住了十年，就住在墓地附近。

到了第十年的春天，儿子和女儿都来送他。那是在杳无人烟的沙漠深处，一艘可以完成上百光年范围内超时空跳跃的猎豹战机悬停在沙漠上空，两个全副武装的士兵站在战机口的悬梯上等待着。

赵耀已换上了一身崭新的军装，头发乌黑，看着不过刚刚步入中年的英挺模样。儿女立在地面，含着笑，也隐隐含着眼泪，向他挥手告别。

赵耀点了点头，又摸摸两人的头，说：“保重。有事随时与我联系，我不会去离你们太远的星系执行任务。”

“嗯。”

“好。”

女儿擦了下眼泪，笑着说：“妈妈要是看到你这个样子，又该犯花痴了——她老公最帅。”

赵耀的唇角只是轻轻一勾，忽然立正，朝他们行了个军礼，转身大步上了猎豹战机。

一名士兵说：“上尉，恭喜你归队。”

另一人说：“嘿，兄弟，在地球的时光愉快吗？你说你那天战机出故障迫降蓝星吧，本来都等着我们来接了，却突然闹着要在这里休假。咱们小队不过星际航行了八十天，去执行任务，你却留在这里八十年，这可是你全部寿命的十分之一啊。你原来比我小二十岁，现在我都要叫你大哥了。你父母见到了，肯定很无奈。”

Sun 抬手一压帽檐，说：“少废话，我的寿命想怎么安排就怎么安排。导航图呢？给我看看，下一个航行坐标是多少？”

战机上的小队立刻按照上尉的指令忙碌起来，战机垂直无声地升上高空，战士们通报的声音此起彼伏：

“坐标准备。”

“虫洞打开。”

“准备跳跃：5、4、3……”

耀眼的白光骤然炸开，将战机完完全全包裹其中。Sun 抬起头，望向下方：地球的山川与河流，还有已经看不清的那两个属于他和她共同的亲人。他的眼里忽然盛满泪水，接着，他压低帽檐，低下了头。

相随

（一）

陈复明注意到街对面那个女人，已经有好几天了。

平心而论，其实那个女孩本不是他喜欢的类型。他是做金融的，身边出现的都是些高知独立女性，且不乏美女。陈复明也谈过两个，但一到感情加深、谈婚论嫁的时候，总觉得少了点什么。最后要么他变卦，要么对方走人，总是落得个无疾而终。

后来陈复明思来想去，觉得缺少的正是“心动”的感觉。少年时还会为某个女孩怦然心动，如今老大不小了，心却好像被涂上了一层城市的钢筋水泥。

起初，他只是觉得那女人长得蛮可爱。不高的个子，匀称的身材，脸有点圆，但不胖，眼睛大大的、亮亮的，一笑起来，眼睛和嘴唇都弯弯的。

第一次遇见时，陈复明去买咖啡，她也在买，穿一身宽松的大衣，却更显娉婷。男服务员和她说了什么，她一笑，陈复明只觉得她站立的那一片区域，都有点发光晃眼。

陈复明多老到啊，脑子里还没什么念头，已在咖啡店里多看了人家好几眼。后来又注意到她喝完咖啡、吃完小甜点，穿过马路，上了对面那栋楼。陈复明于是知道，这是位新搬来的邻居了。

这几年，陈复明总感觉社会上乱糟糟的。朋友们抱怨公司裁员或职业瓶颈，创业的也感叹生意不好做了。他所在的金融行业，首当其冲，大起大落。不过他也是历经过风雨的人，基本还是稳稳当当地在自己的能力领域里强势耕耘着。

还有人说隔壁街前两天有人被杀，死的是个女白领，凶手还没找到。又有人说这两个月死了好几个人了。不过陈复明觉得这些离自己的生活很远。什么杀人放火、底层艰辛，远不如他在金融场上拼杀来得真实。

陈复明第二次遇见苏满夕，是在她家门外。

原来她住的是一套一楼的房子，还有个不小的花园，可见生活条件不错。陈复明也忘了自己那天怎么就走到她家花园外了，然后就听到了悦耳流畅的钢琴声。苏满夕临窗坐着，长发披落肩头，很可爱的那张脸上，是专注沉迷于音乐的神色。陈复明看着她的睫毛微微颤抖，还有她秀美修长的脖子，以及因穿了件紧身毛衣被勾勒出的饱满苗条的身材。他一时看得愣住了。

苏满夕察觉了。如同任何平静而浪漫的相遇，当她看到窗外是一个高大、俊朗、气质不凡的男人时，她有些羞涩地低下了头。见他还一直盯着自己看，她有点恼了，起身拉上窗帘，不弹了。

然后这个很无耻的男人就跑到她家了，说想要学琴。

苏满夕本就是音乐老师，在小区里教几个孩子还有成人弹琴，这家伙想方设法打听到了，她没有理由拒绝。

不过当苏满夕看着这个时常西装革履下班赶来上钢琴课的男人，明明十指修长却笨拙得连最简单的音符都弹不好时，总忍不住失笑。而他由着她笑，那双眼就这么深深地望着她，望得她心惊胆战。

有一次，她对他说："你好像只狮子，看起来总是捉摸不定。是不是你们搞金融的都这么深沉？"

他坐在钢琴前，漫不经心地答："我像狮子？那你像什么？兔子啊？那我能不能一口吃掉你？"

苏满夕轻哼了一声。

他面不改色："那我可吃了啊。"

苏满夕回一句："神经病啊你。"转身欲走，陈复明多腹黑的投资经理啊，怎么肯放呢？一把抓住她的手，两人僵了一会儿，他站起来，轻轻把她搂进怀里，说：“做我女朋友，好不好？”

她也不是没有阅历的傻白甜，想要推，推不开，用双手抵着他的胸膛，淡淡地说：“你身边不缺美女吧，就别拉我下水了。”

陈复明觉得冤枉极了，抱着不放，说：“谁说的，我从几个月前起，就只看得见眼前这一个美女了。我也不是乱来的人，给我个机会，好不好？”

其实苏满夕的心早就软了。她慢慢放下了推拒的手，心里又快乐又彷徨。

（二）

那几宗连环凶杀案的消息，令这片区域的所有居民都无法忽视了。

神秘的变态杀手专趁半夜潜进住所，专杀女人。死前还有各种折磨，被发现的尸体大多残缺不堪。

因为身边的人都在议论，陈复明也上了心。于是这天陪苏满夕吃晚饭时，他神色严肃地提议：“最近变态杀手的事，你听说了吧？”

苏满夕面有忧色：“听说了。”

“你一个人住很不安全，不如搬来我家。”

苏满夕白他一眼，嘴角含笑，低声说：“想得美。”

于是陈复明搂着她的肩一起笑。

其实两人相恋已经有很长时间了，具体有多久，陈复明都记不清了。她的美好滋味，他也早就品尝过。她羞涩，他却玩得开。尤其是在他家里，各种地点，各种姿势。美好、独立、乐观、温柔的她，甜蜜得像一场梦，令他经年累月不知不觉地沉沦。他真的太喜欢她了，这和他以前谈任何一段恋爱都不一样。搞音乐的她，总是斯斯文文、静柔美好，他一看到她就想笑。和她在一起的每一刻，都有天长地久的感觉。

他想要向她求婚，可又怕她觉得唐突，只好暗暗憋着，等待更合适的时机。不过求婚的第一步，不就是想方设法同居吗？想到同居后时时刻刻都能看到她、拥有她，陈复明居然跟毛头小子一样蠢蠢欲动。

又哄了一小会儿，可是书香门第出身的苏满夕家教甚严，就是不松口。陈复明也有点受挫，心情不太好了，最后说了句："行吧，我也不是非得强迫你。一个人住其实也自在。再说吧。"

苏满夕望了他两眼，有点犹豫地想要握住他的手，他却没有察觉，已经把手放进了口袋。

这天夜里，他送她回家的路上，两个人没说几句话。

晚上，苏满夕躺在床上总有点睡不着，最后放弃挣扎，拿起手机给他发微信："对不起，你别生气。"

那头的陈复明收到这条信息，也是心头一热，滋味甜中带苦，立刻回复："我没有生气，是我不该强求的。老婆是个好女孩，我很幸运。快点睡，明天早上送你上班。"

苏满夕忍不住笑了，放下手机，关了灯，整间房子刹那陷入黑暗。她很快进入香甜的沉睡。

那是一个夏夜，有点炎热，苏满夕卧室的窗半开着，纱窗是上锁关着的。一直有清凉的风带着花园里草木的清香飘进来，直至某个极其宁静的瞬间。

苏满夕也不知怎的，突然就醒了。她睁眼看着黑黢黢的天花板，小区里的路灯透进来的一点光照在上面。她听着身边的动静，看着天花板上那一团多出来的模糊阴影，全身僵硬如石，冷汗一点点渗出来，就快要将她浸没。

陈复明觉得自己一定是太爱苏满夕了，否则为什么天不亮就站在她家窗外等着她。好在清晨人很少，偶尔有清洁工经过，大概也把他当成晨跑的人，看也不看他一眼。

她家的灯一直暗着。

陈复明站了一会儿，不知怎的，心里有点烦，有点焦急，明知不妥，还是拿出手机，给她发信息：“起来没？我在你家窗户外面。”

没想到过了一小会儿，她卧室的灯就亮了。隔着花园的树木，陈复明欣喜地看到一个人影走到窗前，她推开窗，露出依然那么皎洁美好的一张脸，对他温柔地笑，问：“怎么这么早就回来了？”

陈复明答：“想你呗。”

苏满夕说：“你呀。”

陈复明问：“去吃早饭不？”

她静了一下，答：“我今天不太舒服，你去吧。”

陈复明说：“好。我今天要出差，下周回来。到时候你再想想，搬不搬到我家去住。”说完他就笑了。

苏满夕一怔，也低头笑了，说：“好。”

一周的时间眨眼就过了。陈复明坐在回程的飞机上，看到当地报纸，心头震了震。

上周又发生了一起凶杀案，而且案发地点就在苏满夕住的小区。看日期，就是他出差的前夜——2018 年 8 月 15 日。只是报纸上没有详细说明受害者身份、姓名，更加没有实体照片，但是有描述。陈复明脑补了一下那些画面，只觉得不寒而栗。

下飞机时，空气更冷了。陈复明裹紧大衣，系好围巾。

回公司处理好一些工作，已是晚上八九点钟。他又看了眼手机，苏满夕并没有打电话或者发短信过来。他略有点失落，心想，早就告诉了她，自己今天回来的啊。

可能她今天有课，太忙了。陈复明这么安慰自己，下班后径直去了她住的小区。

不知为什么，他觉得小区看起来跟自己上次离开时有些不一样，似乎冷清了不少，路旁的叶子也掉了大半。等他到了苏满夕家门口时，那种不太对劲的感觉更加明显。

那花园明显有一段时间没人打理过了，满地枯叶，花草都蔫蔫的，看起来就像没人住似的。他愣了愣，望见卧室的窗台上有一层厚厚的灰，隐约看到里头的家具上都盖着一层白布。

陈复明彻底愣住了，跑去敲门，哐哐哐的声音几乎响彻整个楼道，可是无人应门。他又给她打电话，可电话里居然传来“您拨打的电话是空号……”的声音。

陈复明呆呆地站在她家门口，觉得这一切荒谬极了。难不成在他出差的这一个星期里，苏满夕出了什么事，还是说她因为有什么事突然离开了？

可就算离开了，怎么一句话都没有留给他呢？

不对啊，他们明明不久前才互发过信息……那是……那是……

陈复明想要忆起确切的时间，却突然发现脑子里好像有根线就这么绷断了。

因为他发现，自己死活想不起上一次和她互发微信是哪一天了。

上一次见她，又是哪一天呢？他也想不起来了。

正恍恍惚惚站着，单元门咣的一声响，陈复明的心头一紧，抬眼望去，却见走进来的是两个警察。

两人俱是神色沉肃，走到苏满夕家门口。

陈复明问：“你们要干什么？住在这里的人呢？”

两个警察神色冷冷的，没理他。陈复明看着其中一个掏出钥匙开门，心里急坏了，又吼道：“苏满夕到底发生了什么事？”

一个警察这才看了他一眼，对另一个人说：“住在这里的死者也是可怜，都被连环杀手折磨成那个样子了，可是凶手现在还没找到。”

另一个人说：“人都死了三个多月了，我们今天又返回现场，能找到有用的线索吗？”

“死马当成活马医。尽管案发已经很长时间了，我们也不能放弃。”

（三）

如果苏满夕三个月前就走了，那一个星期前，与他吻别、站在窗口互相凝望的人，又是谁？

陈复明想到这个问题，突然觉得不寒而栗。这事这么荒谬，可为什么他隐隐觉得是真的？他突然感觉到心脏部位一阵难以压抑的钝痛，一抽一抽的。他的身体开始微微发抖，忍不住用手掩面。

过了一会儿，他猛然抬起头，用力捶门，捶得咚咚响，想要和那两个警察对质。可他们就跟聋了似的，半天也没来开门，根本不理。陈复明的眼胀红了，过了一会儿，整个人都软了下来，仿佛就这么耗尽了所有力气。他再次拿出手机，拨打给苏满夕，还是空号，微信也发不过去，显示账号不存在。他终于失魂落魄地转身，往外走去。

陈复明独自住在这个城市的高楼上。恍恍惚惚进了门，他抬起头，感觉到很重的灰尘味，家具上竟都覆盖着白布。他一步步走进去，最后看到客厅金鱼缸里的那条小鱼——苏满夕送给他的那条，已经肚皮翻白浮在水面上，飘出一阵阵腥臭味，不知道死了多久。

于是陈复明身体里那种颤抖的感觉又回来了。即便他不想承认，也无法忽视这个事实——过去三个月了，真的过去这么久了！

街上的树叶都掉光了，空气很冷，这个屋子就像很久没人回来过，他们养的鱼也死掉了。

他缺失了三个月的记忆。

这三个月，他去了哪里？他身上到底发生了什么？

苏满夕她真的……被人杀害了？为什么他一点印象都没有？他深爱的那个女人，想要娶回家过一辈子的女人，真的成为尸骨被埋入了泥土，再也不会来填补他今后生命中的空白了？

高大的男人把自己埋进被子里，嘶哑抽泣至深夜。

次日醒来时，陈复明的脸上没有什么表情，除了眼睛红肿。他恹恹地洗漱、洗澡、穿衣，站在柜前，拿出件暗灰色的风衣，走出了房间。

他已清楚自己要做什么：找出真相，抓住凶手。

他坐在电脑前，网上已经公布了一些案件消息，他仔细浏览后，很快在脑海里勾勒出凶手的轮廓：经常出没在子夜，专盯年轻女性，入室强奸杀人，折磨尸体。那人犯案的几个地点都在这一个区，然而并没有摄像头拍下有效线索，人海茫茫，要找出他如同大海捞针。

当陈复明看到网传的一些案件现场的照片时，尽管知道画面里那个模糊的头颅不是苏满夕的，他的手还是抖了一下，挪开视线无法再看下去。

陈复明开始想一个问题：如果他是凶手，下一次会去哪里杀人？

这天深夜，陈复明裹紧大衣，走出家门。尽管这城市的灯火熄了大半，他眼前依然是数条交错的公路和数不清的车辆。他的嘴角泛起一丝苦涩的笑，在心中默念：满夕，如果你在天有灵，就让我找到凶手。

他也不知道自己走了多久，走到了哪里。不知不觉，他走到了一条偏僻的街上。两旁的店铺大多关了门，偶尔有行人经过，冷清无比。他觉得这场景、这条路有点熟悉，却记不起在哪里见过了。

陈复明的心突然一抽，因为他意识到自己遗忘了什么很重要的事。

他额头的冷汗开始往下掉，他强迫自己拼命回想，并且沿着这条僻静的小路一步步往前走。他望着灰白的、伸向前方的水泥地面，还有五颜六色的店面招牌，越发觉得自己看到过这一幕。

是……是在什么时候？为什么他会来到这里？

就在这时，一辆车在他身后猛地鸣笛。他陡然回神，才察觉自己不知不觉走到了路的中央，慌忙转身说："对不起！"匆匆走到路边。然而那车主显然很有戾气，他都让开了，那人还连鸣了几声。

陈复明抬头望去，却只望见黑色车窗里隐约是一个男人模糊的影子，很年轻，二十来岁模样，寸头，嘴角还挂着放肆的笑，仿佛在嘲笑陈复明躲避车辆的动作愚笨。

陈复明心头火起，大声骂了几句。那车却已绝尘而去。

陈复明往前走了几步，突然间顿住，然后感觉到自己的指尖开始剧烈颤抖。因为他感觉到脑子里好像忽然破了个洞，缺失的一段记忆如同潮水般猛灌进来。一幕幕破裂混乱的光影，在脑子里飞闪而过。他疼得捂住脑袋，蹲了下来，急急地喘着气。

然后他的眼睛从清明陷入混沌，又从混沌渐渐变得冰冷。他想起来了，想起何时走过这条街、见过这辆车了。

是在 8 月 15 日苏满夕出事的那个晚上。

他大概是半夜睡不着，胡乱散步走到了这条街上。那时正是半夜，街上一个人也没有。他同样看到了这辆车从苏满夕家的方向开过来，同样是这个放肆不羁的男人，当时他的一只手还搭在车窗外。

男人的手上有什么？陈复明觉得自己当时看到了。

有什么？

他双手紧抱着头，十指几乎要抠进头皮里去。就这样呆呆地蹲了很久，他慢慢抬起了头，眼中有泪。

他想起自己看到什么了。

是血。

男人的手上，染着未干的血迹。

（四）

“你们为什么就不能相信我？我见过那个男人，就在满夕死的那天晚上，我真的见过！我只是不记得……不记得为什么会见到他了！”

陈复明吼道，阴沉沉的天空下，他一身黑色风衣，脸色苍白，眼眶发红，是个冷峻而失意的男人，然而他的怒吼完全打动不了眼前这两个警察。那个叫老丁的，只是淡淡转头看了他一眼。那个叫小随的，稍微有点人情味，叹了口气。

他们不太搭理他，大约是觉得像他这样的成年男人已没什么好安慰的，又或者是嫌他的举报太无厘头了。老丁递给小随一个眼色，小随越过陈复明，走向他身后哭着的佝偻老妇。

“阿姨。”小随劝道，“我们知道您难过，我们也能理解您失去他们之后，过得真的很不容易，但是我们查案要讲证据。上次您举报的小区保安，我们就查过了，真的一点嫌疑都没有，也没有作案时间和条件。这次您又举报您女儿学生的家长……我们保证会仔细筛查每一个跟她有关的人，但是您最好回家好好休息，节哀啊……”

说完，小随还看了陈复明一眼，显然也是在敲打他。苏满夕的母亲闻言号啕出声，即便年纪大，也没有失去理智，只是想要找一个出口。

陈复明哽咽道：“阿姨，您节哀，放心，我一定会找出杀死满夕的凶手。”

苏母看向他，那双眼里浑浑噩噩的，老人的表情有些呆滞，突然哭骂出声：“陈复明你这个浑蛋！你跟她求婚，我们都答应把她嫁给你了。可你不中用啊……你没有守着我们家满夕，没有啊……”

陈复明的眼泪一下子掉落，伸手按住脸，因为不想被那两个警察看到，他转过身去。等他再回头时，老人却抱紧怀中遗像，转身踉跄离去。

警车也飞驰而去，只留陈复明一人在原地。

他发誓，一定要找到那个人杀人的证据。

事实证明，你若有心跟踪一个人，找到他并不是那么难的事。接下来的一个多月，几乎隔几天，陈复明就能在那条街上等到那辆车和那个男人。

他睁着一双冰寒的眼，站在黑暗巷角，望着那辆车从面前驶过。那画面一次又一次在他眼前闪现，也在他脑子里回放，可是看不出什么异样。

听说最近警察对这片区域的搜捕很严，听说女孩子们都吓得夜夜紧闭门户，不敢独居。而那人尽管有时候夜里回来得很晚，手上也绝不会有血迹。

一转眼，就等到了冬天。

这天陈复明起床后看着镜中的自己，满脸胡子，脸色越发青白。他自嘲地笑笑，哪怕是满夕见到这样的自己，只怕也认不出来了吧。

白天，他照旧去公司上班。只不过现在的他背负了太多东西，上班时越来越沉默，同事们也越来越疏远。他甚至连话都不想对他们说。而他们大约是体谅他所失去的，竟都不会来贸然打扰。

陈复明有时候觉得这样也挺好。

安安静静地寻求他想要的结果，哪怕全世界都不知道、不理解。

有句话叫作“皇天不负有心人”。

也许是太久的等待和蹲守，令陈复明死寂的心终于也感到暴躁。这天夜里一点多，那个人又开车回来了。陈复明站在一间门面外，看着他把车停在路边，然后动作歪歪扭扭地下了车，看样子是喝醉了。

陈复明也不知道哪里来的勇气，朝他迎面走去。

他的头还低着，踉踉跄跄走着，吸着鼻子，用力睁开眼睛。陈复明看着他比自己还要苍白的脸色，突然明白这人不是喝醉了，而是在吸粉。

“喂！”陈复明喊道，一把推了一下他的肩膀，“你怎么乱停车？”

他整个人似乎还迷迷糊糊的，身子晃了晃，似乎一时还找不到北，往前看看，又往身后看看，然后嘴里低声骂了句什么，继续埋头走。

陈复明如同一尊冰冷的雕像一样站在原地，任由他撞了一下自己的肩膀。就在陈复明压抑不住怒火，想要把他按在地上痛揍一顿时，突然整个人如遭电击，他瞪大了眼睛。

他看到了。

他想他看到了。

看到了证据。

那个人手里捏着个东西。尽管只从掌缝里垂落了细细一截，露出个小吊坠，陈复明还是立刻辨认出——那是自己送给苏满夕的钻石项链！他拿走了！在杀死苏满夕之后，这个嗑药的家伙还不满足，拿走了他们的定情信物。

陈复明的心揪得都快碎裂了。是纪念品吗？是他带走的纪念品吗？

陈复明站在原地，急促地呼吸了好一阵子，才慢慢平静下来。他缓缓转头，看着那道恍然不觉的背影。他要的不只是复仇而已，他要令这个禽兽的行为大白于天下。让所有人都看到，他们的身边藏着什么。

附近的一条街口，午后，风停。

老丁的车就停在那里。这个四十多岁的老警察似乎极为疲惫，眼睛下方一圈黑，居然就这么靠在车椅里打着鼾，鼾声大得陈复明隔着车窗都能听见。

陈复明站在窗外，望了他好一会儿。不得不承认，几个月过去，老警察似乎都消瘦了一圈，都是为查这个案子。

他决定不再正面向他提出举报，而是跟警察也玩玩心理战，说不定更能引起重视。他从怀中掏出自己的金笔，从窗户俯身进去。

老丁手里还握着一沓资料，正是苏满夕案的。陈复明扫了一眼，眼眶有些发酸。好巧，第一页上，就列明了现场各种物证和失踪物品。那条钻石项链赫然在列。于是这对陈复明而言就简单多了，他动作很轻很轻地把资料从老丁手里抽了出来，然后用笔在钻石项链上画了个大大的圈，再写道："注意这条项链，他最近会出手卖掉。"

写完后，陈复明将资料塞回去，然后立刻离开现场，躲到路旁远远的树荫下。又过了一阵子，老丁终于醒来。陈复明看着他懒洋洋地坐起来，打了个哈欠，清点了一下手里的资料。突然间，老丁愣住了，拿起他留言的那张资料，神色严肃，然后又马上转头看了看周围。陈复明怎么会让他看到，赶紧躲到树后，心头一阵轻松。

（五）

最后那个晚上，是在三天后。

陈复明靠在那人家楼下的一条小巷里，望着漆黑如墨的天在发呆，然后就看到那人又驱车回来了。陈复明冷冷地看着，刚想跟上去，突然间，那些警车、警察已从四面八方冒了出来。

老丁老当益壮，竟然冲在最前面。小随跟在他身后，亦是满脸冷毅。那人也是被这架势吓破了胆，转身就跑。可怎么跑得掉，一名警察正面撞上来，把他生生阻住。

老丁大吼一声："别动！警察！"飞身上去，就把那人扣翻在地。

那人几乎全身都在发抖，竟也没提出任何抗议，只是愣愣地望着警察们。老丁和手下们交换了个眼神，那意思是抓对人了。

"上楼。"老丁下令。

那人一听，整个人仿佛愣了下，张了张嘴，却没有说话，然后慢慢地、慢慢地笑了。

陈复明隔着许多人望着他，总觉得自己看到过他这么笑。是在哪里看到的呢？

老丁他们一群人上楼，陈复明心想：线索都是我提供的，我当然要上去看看。于是便钻进人群里，紧跟着老丁。

老丁察觉了，回头看了他一眼，居然没有喝止，只是低声说："待会儿无论看到什么，都给我把现场牢牢控制住。"

众警察齐声回答："是！"

上了楼。

那人住在最普通不过的一套公寓里。老丁命他交出钥匙，他跟没听到似的。老丁一挥手，小随带了两个人，直接撞开门。

玄关暗暗的，看不出什么玄机。两名警察持枪开道，确认安全无误后，打开墙上的灯。

陈复明不知何时跟到那两名警察身后去了，这一刹那，只觉得眼前大亮，格外刺眼，刺得他低下了头。

然后，满屋寂静。一时间竟没人说话，只有那凶手呼了一声，似乎感到有些无能为力的惋惜。

老丁终于开口了："原来他在这里。"

陈复明不明所以，抬起头，看向屋内唯一的那张桌子，在桌子上看到了自己。

其实已经变化了许多，但陈复明对着这张脸已经几十年，还是一眼就认了出来。他有些发怔，愣愣地看着那个已经放干的头颅。之前约莫被人保存在冰箱里，所以并没有明显变形。

小随一把揪住凶手的衣领："人是你杀的？"

那人点点头，说："那天没想到那妞的男朋友也在，不过都睡得死死的。我一进屋就把他给杀了。"

"为什么单单把他的头颅带回来？"

那人想了想，笑了，说："那天和那妞办事的时候，这家伙明明死了，喉咙也被我割断了。可是我总感觉他的眼睛一直盯着我，让我很不舒服。我就把他的头给割了带回来，让他逃不出我的控制。"

众警察都是一片肃然。

在这一刹那，陈复明感觉到的却是一片异常的宁静。就好像那种下雪的晚上，万籁无声，而你可以看到雪一片一片地落在你的脚下。那雪花，就是他遗忘的属于那个夜晚的记忆。

他看到了。

看到自己睁眼时，就看到了这张禽兽的脸，他的嘴角弯起，露出的正是属于异类的笑。他一动也不能动，看着那人把苏满夕绑起来，掀开了她的裙子。听着苏满夕的哭泣声，感觉到她的手指拼命想伸过来触碰自己的脸，可是他真的不能动。

他也看到那人坐在月光下，把打晕的苏满夕剥光，然后开始残忍地虐杀。嫌痛醒的苏满夕太吵，那人就把她勒死了。然后他抬起头，看到了陈复明。

陈复明死死地盯着他，他想：自己要记住这张脸。这一世也好，下一世也好，一定要找他报仇！

后来陈复明就到了那辆车上，看着那人染血的手搭在车窗上，看到那条街上两旁的招牌飞驰而过。

…………

那人已经被警察押下楼了，陈复明听到一个警察问："老丁，你从哪儿得到线索，让我们去追查那条项链的？简直神了，第二天这条项链就被这小子倒卖了出去。"

陈复明心想：那是当然了。他没钱吸毒，最近又犯不了案，才依依不舍拿出纪念品吧。

老丁从怀里掏出那张资料纸，轻声说："我也不知道。或许只是巧合，或者我偶尔的直觉吧。"

陈复明朝那张纸望去，上面哪里有他留下的字迹，却有像一滴血一样红的颜色，也不知是笔画的，还是颜料，或者真的是死人的血气凝固在上面，刚好把"项链"两个字覆盖住。

陈复明的眼泪掉下来，他一把抹掉，望着老丁，老丁盯着那张资料好一会儿，忽然间好像察觉了什么，又抬头朝他的方向望过来。

陈复明慢慢笑了，朝老刑警点点头。老刑警没有什么表情，只是起身走到那个头颅前，静静地看了一会儿，脱下了自己的警帽。

后来，过了很长时间，那些警察都下楼了，灯也关掉了，只留陈复明一个人站在屋子里。他呆立了好一会儿，也感觉到了什么。感觉到一切即将结束，感觉到自己也应该去别的地方了。

他闭上眼睛，仰起脸，平静地想起了很多事，想起那天初遇老丁、小随时，楼道的地面上其实只有两个影子；想起那天看到岳母时，她怀里抱着的分明是两个牌位；想起那天中午，老丁的车门明明是锁着的，他却直接探身进去，留下了线索……

也想起那个晚上，苏满夕其实是答应了他的求婚的，并且第一时间通知了双方父母。两人喜极，相拥而眠。那个夜晚，那么美好。

他和她的人生，有过太多美好的事。虽然有时候运气不太好，失去了所有，他们成了无能为力的受害者，但原来朗朗乾坤，只要执着，那加害者他就跑不掉。只要人还能伸手看到自己的五指，那些非人的东西就跑不掉。

他还想，自己始终没有违背相爱的誓言，他和她，原来至死相随了。

禁欲芳邻

（一）

薛冉冉第一次看见他，是在某个办事机关的柜台后。

很禁欲的一张脸，平头，肤白，肩宽而腰瘦。深深的双眼皮，鼻子、嘴巴长得很干净利落。属于第一眼不会特别惊艳，再仔细看就会被吸引住的那种人。

他穿着暗蓝色制服，旁边的其他职员都矮矬得像一个冬瓜，唯独他坐得笔挺，像根饱满的大黄瓜。他的手指也很长很秀气，此刻正拈着她交过去的申请资料页，看得薛冉冉有点走神。

他的脸色也很平静，既没有一丁点亲切笑容，也没有不耐烦，就跟看根木桩似的看着薛冉冉，带着点天生的矜持与傲气。

薛冉冉则不动声色地打量着他。

“你的资料不全，身份证和营业证还要复印一份，填一份保证书。”他慢条斯理地说。

薛冉冉愣了一下，接过他递回的资料，一时间有些茫然：“请问是填什么保证书……”

话没讲完，他指间夹着笔，敲了敲柜台下沿，那里贴着张 A4 纸，分明打印了详细说明。

“哦，谢谢！”

后面还有人排队，他依旧是那副没有温度的语气：“先到旁边去，下一位。”

薛冉冉有点尴尬，抱起资料起身，一抬头，正对上他幽深的眼睛。

奇怪的是，他的眼睛看起来还挺温和的。不像他这个人，冷冰冰的，不可侵犯。

“一会儿回来不用再排队，直接找我。进门右手边有个复印机，不用再出去复印。”一段话说得飞快，薛冉冉一愣，再去看他，他已经盯着下一位申请者，脸上依旧是没有半点柔和，接过人家的资料，低头仔细在看了。

薛冉冉找到了大厅里的复印机，把资料递给工作人员复印，身后万般嘈杂，她听着复印机低低的声响，不知何时，心情变得有一点点飞扬。

五分钟后，她就把所有资料准备齐全，再次坐到他面前。他抬眸看她一眼，依旧是很淡的眼神，翻完后，他说：“嗯……这次倒是全了。”

他这种人，相貌出众，四平八稳，嗓音低沉，即使坐在人堆里，也很有存在感。此时稍微带上点调侃的语气，那个“嗯”字拖得时间长了一点，竟叫薛冉冉的心微微跳了跳。

“谢谢！”她真心实意地说。

“不用谢。”他立刻又恢复了那副禁欲的、不近人情的神态，“我该做的。”

薛冉冉老老实实等着他办理，不多说话了。这时旁边一个工作人员走了过来，在他的肩上一搭，说：“大伟，昨天分理处送来的资料放哪里了？”

他停下手中动作，微微抬起头，看着同事，不急不缓地回答着。薛冉冉发誓自己从来不会去留意陌生人的名字，但此时实在没忍住，眼睛往他胸口瞟了瞟，终于看清了胸牌。

赵大伟。

没多久，薛冉冉拿着文件袋从办事机关走了出来。外头是蓝天白云，凉风习习，阳光分外明亮。她忽然很想笑，于是低头偷偷地笑了。

大城市的房租越来越贵，上个月，与薛冉冉合租的一对情侣回老家找工作了。最近房东时不时带人来看房子。

这天是周末，傍晚，薛冉冉拖着疲惫的身体拿钥匙打开门，就听到房东洪亮的声音在屋内响起："看看我这装修，还有交通位置，小伙子，这个价格你在附近可租不到这样的房子了！"

那位小伙子似乎静了一会儿，才说："隔壁住的是个女孩？"

他们就在那间空房里，薛冉冉站在客厅，觉得那嗓音有点耳熟，怪好听的。

房东说："这你就不知道了，和女孩住多好啊，爱卫生，又喜欢做饭。冉冉是个很安分贤惠的女孩子，你和她合租，保管舒服！"

小伙子说："好，她爱干净、不吵，我就没问题。只要她不反对……"

两人正说着话，走出房间，恰好和薛冉冉打了个照面。

薛冉冉看着房东身后那人，有点不敢相信自己的眼睛。然而她没有遇到过第二个人有那么冷冽的表情。他站立比坐着显得更高大，此刻穿着深蓝色薄毛衣、休闲裤，面无表情地看着她。

房东笑了："说曹操曹操就到。冉冉，这是新的租户，赵大伟，你们认识一下。"

薛冉冉莫名有点窘，心想他绝对不认识自己了，毕竟他一天估计要接待几百个陌生人吧。而且都是几天前的事了。

"你好，我叫薛冉冉。"薛冉冉脸上是客气的笑。

他原本嘴角紧绷成一根线，现在那根线就像一不小心绷断了一下，飞快地闪过一丝笑，但立刻又恢复了冰块脸。

"幸会，我是赵大伟。"

（二）

和一个新室友合租的问题在于，你们还不了解彼此的生活习惯，所以常常需要碰撞磨合。

譬如说这天早晨，薛冉冉被一泡尿憋醒，急得要死，顶着一头鸟窝从房间里飞扑而出——以上一系列动作纯属半梦半醒间的条件反射。等她冲到厕所门口，刚要一个大跨步冲进去，猛地看到面前杵着人高马大的一个人，呆住。

赵大伟正站在镜前刮胡子。

清晨，阳光从他侧面的窗户射进来，把他整个上半身都涂上了一层薄薄的金光。他穿着白衬衫、黑长裤。明明是个机关办事人员，周身却都是总裁气质。只见他单手托腮，另一只手轻捏刮胡刀，脸微微偏着，眉头轻蹙，刮得正专注。

薛冉冉竟然看呆了。

他察觉到她，偏头看了一眼。那一眼依然是冷静中带着一点天生的冰冷。然后他问："想上厕所？"

薛冉冉陡然再次感觉到身体的急切，她真的很不想承认，但是……

"嗯……"

他立刻放下刮胡刀，走了出来，还说了句："不好意思。"

薛冉冉心想：你有什么不好意思的啊？但看到他另外半个下巴上还全是刮胡泡沫，不知怎的，心头居然一暖。然后冲进厕所，关门反锁，坐下，长嘘了一口气。

上完后，她整个人也冷静下来。洗了手，外头静悄悄的，她把门打开，就见他坐在桌旁，还是半边脸挂着泡沫的模样。可他正襟危坐，拿着手机正在看，仿佛自己正坐在单位里上班。

薛冉冉说："谢谢。"

他说："客气了。"

"你快去刮。"

"好。"

等薛冉冉刚洗漱好时，他已经准备出门了。薛冉冉注意到他在门口停了一下，转头说："我晚上会买菜回来做饭，要搭伙吗？"

薛冉冉身为烹饪小能手，从来都是别人蹭她的饭，跟她搭伙。她愣了一下，说："好啊。菜钱以后平分吧。"

他点了一下头，走了。

这天薛冉冉加了好一会儿班，浑身疲惫地推开家门，已是七点半了。一进屋，就闻到鸡汤的香味，简直让人每个毛孔都舒坦起来。她放下包，走向厨房，看到了一幅完全不输早晨光景的美男下厨图。

橘色的灯光照在他头顶上。他约莫回家已洗过澡，换了深蓝色 T 恤、灰色长裤，脚下是一双男式拖鞋——脚居然很大。他低着头，一只手拿着煲汤罐的盖子，另一只手拿着汤勺，正在试味道。试完后，他把汤勺放在水龙头下一冲，放到一旁，然后抄手看着火。

一旁，案板上肉和菜都已洗净切好。薛冉冉刚想跟他打招呼，他轻轻吹起了口哨。也不知是什么曲子，悠长婉转，搭配着火上汩汩的煮汤声。哼了一阵，他停下来，自言自语："完美。"

薛冉冉很想笑，可又觉得太不礼貌。终于还是敲了敲厨房门，他转过头来，明显有点发愣："回来了？"

"嗯。"她说，"辛苦了，要不剩下的菜我来炒？"

他沉默了一下，居然问："你的手艺怎么样？"

薛冉冉还没回答，他又说："我的手艺很好。"

薛冉冉有点说不出话了，低头忍了忍笑，说："那要不还是你炒？我待会儿洗碗。"

他说："可以啊。"

薛冉冉只好转身回客厅，没多久，就见他系上围裙，站在灶前翻炒起来。他的动作还非常快，二十分钟不到，三菜一汤就被他端上了桌，薛冉冉跑去盛了两碗饭回来，就见他解下围裙，坐上主位，脸上既无邀功之意，也没有半点期待雀跃的神色。

薛冉冉尝了几口，感叹："真的很好吃啊，比我做的好吃多了。"

他笑了笑："嗯。"

薛冉冉微微低头，又有点想笑，但是忍住了。

"同居"的日子，就这么一天天平平稳稳地过去了，两个人的相处也越来越熟络。譬如赵大伟会默不作声地将起床时间往前调十分钟，这样他洗漱完时，薛冉冉刚好打开卧室门。

彼此喜欢吃的菜，也都熟悉了。有时候薛冉冉不忙，就会自告奋勇地给他发微信："我今天下班早，去买菜。"

他会回个："好。"

又发："家里没葱了，买二两。"

她说："哦。"

结果她买好菜回家，发现他又拎了几袋水果回来。

偶尔他也会加班，回来得很晚——一般是有上级单位来检查的时候，他看起来就会很累，一进屋就瘫在沙发上不动。薛冉冉已经吃过饭了，给他留了饭菜。此刻走出房间，看到他双眼放空靠在那儿，有点稀奇，也有点莫名的心软，问："我去给你热饭？"

他站起来："我自己来。"

她也不坚持，等他热好饭菜，坐在桌前，她就晃到他身后，问："味道怎么样？"

他很难得一见地笑了，不过她没瞧见。

他答："不错，有我一半的功力。"

她轻哼一声。

他说："我去洗碗，切水果。"

她忍不住又笑了，说："好。"

（三）

大概过了半年吧，同一公司里，有个男孩开始追求薛冉冉。平心而论，这位理工科男孩还是不错的，差不多的年纪，能力和上进心都有，长相也过得去。可是薛冉冉想都没想就拒绝了。

没别的，就是觉得抗拒、觉得不安。她心想：怎么了，人家也没什么毛病，我怎么这么烦他啊?

不过到底是被人告白追求了，且对方还表示绝不会就这么放弃，薛冉冉的心情难免有些波动，心不在焉地下班回家。

一开门，就见赵大伟从厨房走出来，手上端着两个菜，一个是他爱吃的，一个是她爱吃的。看到她，他淡淡一笑：“时间计算得刚刚好。快去洗手。”

薛冉冉“哦”了一声，很听话地放下包，直接拐进洗手间，望着掌中的流水，忽然觉得一点都不焦躁、不抗拒了，整颗心、整个人一下子就平静舒服下来了。

最近，于赵大伟而言，有两件事他印象特别深刻，那些画面总是会自己从脑袋里冒出来，老是不安分。

一件是这年冬天他生了回病，那几天临近年关，单位忙得很，又下了大雪，不少人感冒。他加了几天班，到那天下班时，鼻子已经塞了。等他买好菜提着回家，脑袋阵阵发晕。

薛冉冉比他更忙，今天一早出门时就说不回来吃饭。他披着块毯子窝在沙发里，周围静悄悄的。他很少很少生病，所以一旦生病，心里就有些说不出的寂寞。

过了一会儿，感觉头也开始发烫，他便回到房间，找了药吃，躺到床上去。他又往门口望了望，天已经全黑了，窗外又开始下雪。他的心情突然变得莫名懊恼，索性蒙头大睡。

薛冉冉回来时，有点意外家里怎么这么安静。看到桌上放着些蔬菜水果，却没有做过饭的痕迹。客厅的灯开着，赵大伟房间的灯也开着。她走过去，愣了愣。

他非常严肃、非常笔直地睡着。一只手臂枕在脑后，另一只手臂压在被子上。眉头微皱，呼吸轻微。

床头柜上放着半杯水，还有药。

不知怎的，看着这个样子的他，薛冉冉有点心疼。想要摸摸他的额头，可心里居然发慌，不敢。

他大概察觉到动静，睁开眼，那眼神还有点迷迷瞪瞪的，望着她不说话。

薛冉冉问：“感冒了？”

他目光垂下，盯着被子：“嗯。”

薛冉冉又问：“你感觉怎么样？”

他的嗓音低低哑哑：“还好。”

“吃东西了吗？”

赵大伟静了一下，说：“没有。”抬眸看她一眼。

奇怪的是，这个男人虽然总是冷冷的，可他的眼睛却像是会说话，冷冷清清、短暂一瞬中仿佛藏着千言万语，让人忍不住思量、忍不住猜想，他却总是不动如山。

他又伸手按了一下自己的额头，仿佛有点痛苦的样子，但还是不多说什么。

薛冉冉的心立马软成一片，起身说：“我去给你做吃的。”

赵大伟默不作声，一直望着她的背影。等她进了厨房，弄得丁零哐啷作响，于是之前这个安静清冷的屋子，一下子热乎起来。

赵大伟的嘴角轻轻一勾。

转念又想，自己最近是怎么了？明明想过升副处长前没空谈恋爱的，什么时候开始……对女人产生了一丝丝饥渴难耐的感觉？

第二件事，也是叫他颇为恼火的一件事。

就在他生病之后的几天，本来那些天薛冉冉每天都早早回来给他做饭，然后在家里加班。哪怕没空做饭，也会叫两个人的外卖回来。而他也拖着病体在家加班，两人一起并肩加班的氛围本来十分温馨惬意。到了周末那天，薛冉冉说公司聚餐，会晚归。

赵大伟也没觉得有什么，自己的病也基本好了，那种身边总想有个人陪着的感觉，自然也该淡了——他是这么认为的。

晚上七点，他自己做好饭菜，吃掉。

晚上八点，他加完班，抬头看了眼钟。

晚上八点半，他已经拖完地了，出了些汗，感觉身体还有点虚弱。她还没回来。

晚上九点，赵大伟用围巾、羽绒服、手套、帽子把自己围得严严实实，下楼去散步。

一出门，风好大，刮得他整个人一个激灵，旋即眉头一沉，这么晚这么冷，她还在外面。想了想，又拿起脖子上的围巾看了眼，微微一笑。

在楼下走了一会儿，倒走热了。正在心里默背最新的文件精神和总结，就见一辆黑色轿车开至楼下，副驾驶位上的熟悉面容一闪而过。

赵大伟站定不动。

薛冉冉其实挺尴尬的。今天部门聚餐，也算是年前的重要活动。结束后，那个男孩开车送几个同事回家，其中包括她。她本来想打车，可男孩就跟没听到似的，说顺路。加上又有别的同事在，她也不想引起别人注意，只好上了车。

送到最后，就剩她了。

一路上，嘴拙却意志坚定的男孩不断地找趣事跟她说，薛冉冉礼貌地笑着、应着，车里的气氛尴尬得可以塞进来一个地球。

好不容易到了楼下，男孩停下车，笑着问："我可不可以上去参观一下？"

薛冉冉脸都红了，说："不行。"

男孩叹口气："好吧。"然后仿佛自言自语，"慢慢来。"

薛冉冉假装没听到，一眼却瞟见楼下站着个人影。虽穿着羽绒服，却丝毫不显臃肿，更显得骨架均匀、人高腿长。他今天戴了顶暗蓝色的绒帽子，安安静静地站在那儿，越发显得眉目清晰分明。他看起来没有任何表情，只是注视着她，仿佛还是最初认识时那个坐在柜台后的高冷男人模样。

身旁的男孩眼尖，约莫也感觉出什么，问："你认识他？谁啊？"

薛冉冉顺口答："我室友，一起租房子的。"

"室友？"男孩一下子就感觉不好了，"你……和男人合租？"

薛冉冉看他一眼，说："怎么了？"

"没……没什么，可是……"自己喜欢的女孩和别的男人合租，而且还是个大帅哥，任谁都会有胸口中箭的感觉好吧。

薛冉冉说："谢谢你送我回来。"下车走人。

男孩转而打量着赵大伟，可后者的目光实在太静，薛冉冉和他合租这么久，偶尔才能令他大笑或者着急，男孩一个陌生人，简直在赵大伟如同被封印的脸上瞧不见一丝波澜。

赵大伟看着薛冉冉走近，问：“冷不冷？”

薛冉冉抬头对他笑道：“还好。刚才车里挺暖和的，你在这里干什么？”她搓了搓双手。

赵大伟答：“出来透透气。”解下围巾，犹豫了一下，往她脖子上一搭。

围巾上还带着些许体温，也是他很喜欢的深蓝色，毛线软而厚实。薛冉冉呆了呆，有点不敢抬头看他的眼睛，只是握着围巾慢慢绕在脖子上。

两人进了电梯，沉默了一会儿。

赵大伟的语气温和有礼：“刚才那位是……”

“我同事。”薛冉冉答，“顺路送我回家。”

赵大伟便不说话了，过了一会儿，吹起了口哨，调子异常欢快。薛冉冉听了一会儿，总感觉哪里奇奇怪怪的。

进屋后，赵大伟直接进房，关门，一言不发。

…………

诸如此类的事，点点滴滴无孔不入，在赵大伟看来，类似的事情其实还有很多。

譬如薛冉冉总是买他喜欢吃的菜；譬如某天她对楼下的年轻男邻居笑了好几次；又譬如某天夜里两人一起加班时，她对 Excel 不熟，向他求助，他站在她身旁低下头时，闻到她淡淡的发香；还譬如两人有时一块儿去楼下公园散步，赵大伟比较过，她比自己矮一个头不止，头顶刚到自己第一颗和第二颗纽扣中间……

赵大伟想通这件事的那一天，一切看起来很平静。

早晨，两人依旧按次序洗漱，各自出门上班。白天互发了几条微信，他拍了办公楼下的一丛花给她看，她和他说了今天上班时发生的小趣事。

赵大伟先下班回家，坐在客厅加了一会儿班，静不下心，兀自笑笑，望了好几次门口。

没多久，薛冉冉回来了，很疲惫，也有点困，没太注意同居室友的神色。她把包往桌上一甩，人趴下，闷了好一会儿才弹起来：“加班。”

赵大伟已冲好了两杯牛奶，一杯喝掉，另一杯放在她手边。

薛冉冉接过来：“谢谢。”一抬头，见他白净的脸上唇边还有点牛奶痕迹，微微一笑，指了指自己唇边。

赵大伟却静止了几秒钟，问：“什么？”

“牛奶。”

“哪里？”

薛冉冉再次指指自己唇角的位置。

赵大伟喉结滚了滚，到底还是转过身去，抽了张纸巾，慢慢擦干净，心想：紧张了。再来。

可薛冉冉已经拿出笔记本开始加班了。

赵大伟沉默片刻，也在桌前坐下，加班。

薛冉冉忙了好一会儿，不经意抬头就看到他坐在离她半米远的位置。客厅这张大桌子，他们一人一半。他的东西总是整整齐齐，每一样东西的摆放就像用尺子量过似的，她的这部分却总是乱糟糟的。灯光照在两人头顶，而薛冉冉的心就跟那盏灯似的，分外柔和静谧。

刚想低头继续加班，就听到赵大伟说：“我有个地方不太会，能不能过来教我一下？”说得不紧不慢，字字分明。

薛冉冉一看他电脑上是PPT，这确实是她擅长的，起身走过去，赵大伟已经站起来，说：“你坐。”

薛冉冉盯着他做的图形，确实是有点土、有点丑。她微笑，索性坐下来，给他示范：“你从这里，拉这个图出来，可以选择这几种……”

冷不丁感到一阵温暖的气息靠近，是他微微弯下了腰，脸也离她很近，问：“哪里？”

薛冉冉的心有点慌起来，答："这……这里……"

一抬眸，看到他的眼睛近在咫尺，那双清亮的眼睛正盯着她。薛冉冉的心里莫名发急，可时间却好像过得很慢很慢。两个人都不说话，过了一会儿，他低下头，手却抬了起来，伸出一根手指，轻轻地，一下下地挠着她的手背。

"……"

赵大伟眉目不动，动作照旧。可那双从来都平静的眼睛里，此刻全都是光，流星闪烁般的光。

薛冉冉轻声说："痒。"

赵大伟说："你也知道痒了？我这儿痒好多天了。"他指指自己的心口。

薛冉冉脑子里有点迷迷糊糊的，问："为什么啊？"然后就看到这个总是如冰雪般矜持的男子微微笑了。

他的手覆盖住她的，然后继续用那冷清明亮的眼睛望着她，不说话。

薛冉冉觉得整个世界都要崩塌掉了，可还是坐着不动，嘴角挂着忍不住的笑意。

赵大伟明白了，也笑了，说："我觉得我们挺合适。我会认真谈的，你可以相信我。"

薛冉冉说："嗯，好。"

两人又静了一会儿，他低下头，在她脸上亲了一下，薛冉冉慢慢转过脸来，他在她身旁蹲下，开始亲她的嘴。没多久，他把她拉了下来，放在大腿上，抱着亲。薛冉冉这回彻底晕了，他一手按着她的后脑勺，一手搂着她的腰，长手长脚的人，控制住她这样一个小女人，实在太容易了。

亲了好一会儿，她喘着气推开。

他还想亲，微微不悦地皱眉，眼神还跟感冒时一样迷离。薛冉冉嘟囔道："没想到亲人也这么霸道……"

"什么？"

"没什么。"薛冉冉低头笑道，"我觉得大伟你这个人，什么都刚刚好。"想了想又补了句，"是很好很好。"

住在地下的人

（一）

这一片洞穴位于贵州南部，是迄今为止国内发现的最大、最瑰丽的地下洞穴。自十年前景点开放，洞穴就这样沉默不变地迎接着世人的观赏赞叹。

白天，人类精心藏于洞穴各处的五彩灯光亮起，这里是一个人流如织、鬼斧神工的世界。你看那成百上千的钟乳石形态各异，堆积成亚洲最大的“立式山水画卷”；你看那两人高的白玉石笋，一瓣瓣仿如莲花盛开，而在她身后，还有几根小石笋，仿佛企图牵着她裙裾的小姑娘们，依依不舍；还有倒挂于洞壁穹顶的琵琶石、猴子石、婆媳画像……几乎是一步一景。每个来到这里的人都会流连忘返，仿佛进入了闻所未闻、如梦似幻的世界。

到了夜里，人潮退去，工作人员做完清扫检查，关闭所有灯光电源，才离开洞穴，关闭景区大门。这里就成了一个完全黑暗、阴冷、寂静的世界。星光是照不进来的，地下河水缓缓流动。偶尔有啪嗒的声音，那是岩石中渗出的地下水落在石笋头上。

往往这个时候，小玉就会从那根被誉为“世界最优美玉笋”的石笋里走出来，显出原形，分明是位纤腰翘臀的二八少女，梳高高发髻，穿锦缎纱裙，步步生莲，俏脸杏眼，碧波横生。

不过辰杞觉得小玉姐的动作和语言，却半点不如外形娇俏优美。只见她双手往腰间一叉，瞪圆了那双世人根本不得见的惊鸿秋水眼，一只脚抬起，踩在一块石头上，张嘴就骂："张大胆，你不长眼啊！撒尿又落在老娘头上，想死啊！"然后一大段带着口音的普通话，就如同大珠小珠落玉盘，叮咚作响。

她还没骂完，身后几只小玉笋里，也都"挣脱"出几个粉雕玉琢的小姑娘，跟在大姐身后，个个瞪眼嘟嘴、生气十足，全都张嘴跟着一起骂。于是原本寂静的洞穴里，一下子像拥入了上千只鸭子，叽叽喳喳，好不热闹。

每当这时候，辰杞就斜靠在一根石梁上，嘴里叼着根草，笑看着这些姐姐妹妹惹是生非。没多久，就听到洞顶响起一个洪亮粗厚的声音："奶奶的，白天下了那么多雨，老子喝不下去，撒泡尿怎么了？没看到那些游客一直夸老子的尿像山泉一样清冽、矿物质丰富吗？"

小玉哪里肯买这粗鲁汉子的账，双方很快又如每一个夜晚一样开始斗嘴。当辰杞抬起头，就能看到黑暗的洞顶上有一个高壮的汉子身影，在巨石表面若隐若现。

更多说话的声音响起，更多"家伙"正在醒来。

被景点工作人员命名为"提灯使"的那个家伙跳脱出来，其实那是道很消瘦的影子，没人能看清他的长相，只见他手里拿着盏橘花灯。他如同一阵风般无声无息地在每个洞穴里穿梭，于是所经之处，留下蒙蒙橘黄色的光，虽不如白天那些人工灯清晰，却也足以照亮。于是每个洞、每个家伙住的地方，灯光渐次亮起。熟人开始打招呼，老者相偕去下棋、钓鱼，年轻情人们躲在阴暗处交首厮磨，对头们开始互相找不对付。

辰杞跳下石梁，双手插在裤兜里，行走于"人群"中。这还是他跟男游客学来的姿势。

有"人"拉着他："小杞，你评评理，他非说今天跟他合影的游客比跟我的多，这不是瞎扯吗？我这么好看，他那么丑！"

有位无眼的少妇娇怯怯地把他的袖子一拉，说："阿杞，要不要到我洞里去喝壶茶？"

辰杞偏身避过，笑笑走了。

还有更多的人问："辰杞，你还没有出洞？"

"辰杞，你还没出去？"

"辰杞，你出过洞了吗？"

辰杞静默不语。

几乎每个晚上，他们都要重复这样的问题。

因为辰杞是这个洞中唯一的人。

他是一个住在地下洞穴里的人。

从辰杞有记忆起，他就住在这个地下洞穴里。他不知道自己的父母是谁，也不记得怎么到了这里，但他也不关心这些问题了。他的眼睛已适应黑暗，身体已适应阴冷潮湿。白天，他要么藏于洞穴深处睡觉，要么靠在洞顶石梁的阴影里，看着下面形形色色的"同类"。常年的地下生活，令他能像猴子一样攀岩走壁，哪怕他心血来潮从人们头顶的高处掠过，也不会被发现。他打量人们的衣着、举止动作、说话的习惯。于是到了夜里，山精石怪们偶尔也会听到那个从小就住在洞里的小子自言自语："唉，今天有点丧啊。"

又或者说："哇，我今天好酷。"

…………

只是在辰杞看来，那些"同类"依然陌生，且无从接近。尽管他已能将他们模仿得十成十，却没办法跳到任何一个人身边，说上一句话。他也不敢抬头看洞壁缝隙里漏进来的阳光，不知道当阳光全都照在身上时，是怎样一种滋味。反倒是泼辣的小玉、沉默的提灯使、聒噪的老山精、粗鲁的张大胆……夜里的众生世界，于他而言，才是熟悉亲切的。

可不知从什么时候起，那些家伙就会跑到他面前，不停地问"你还没有出洞吗""你怎么还留在这里"。日复一日，年复一年。也许所有家伙都看出了他的犹豫，也许在他们看来，他一个活人，始终留在这里——哪怕这是他长大的家——终归不是那么回事吧。

辰杞穿过“人群”，到了僻静处，跳入冰冷的地下河中，很快把身体清洗干净。又到上游捉了几条鱼作为明天的食物。几只猴子不知从山上哪个洞里钻进来，丢了一堆鲜果给他。辰杞笑了，分了条鱼给它们。然后他三下两下爬到洞穴最高处伸出的一截宛如刀锋的石刃上，坐在那里啃果子。

又是一夜，要过去了。

他能听到很远很远的地方有鸟叫的声音，看到几处缝隙开始有光漏进来，天就快亮了。山精鬼怪们打着哈欠，飘向自己的栖居处。辰杞闭上眼，也开始睡觉，心想，再过些天，他就出去。

他没注意到的是，很多家伙都在天亮的前夕，在化定为石形的那一刹那，抬头望向了自己。

望着他穿着山里手最巧的缝纫娘织出的深青色长袍，五彩云霞淡淡萦绕，望着他黑发如墨，肤白如山涧月色，鼻梁高阔，深瞳薄唇。

这样一个藏在洞里的人，却是他们千百年来所见男色最佳的。

石头生性固执，数千数万年不变。他们依然只想问他一句：辰杞，你还没有出洞吗?

人生中的一些相遇，或许是注定的。哪怕你曾在黄河以北，我在长江以南。你在云端，我在地底，上天也会让我们神奇地相遇。

那天天气不太好，又是旅游淡季，游客寥寥无几。不过辰杞并未掉以轻心，他蹲在深层洞穴的小池子边，正在洗昨天拾来的一块形状奇怪的小石头。

原本这里是不该有人进入的。即便是工作人员，也不会往这么深的地方来，怕迷路。

“你好。”一个试探的、如释重负的声音。

女人的声音。

辰杞的后背一僵，没动。

谢之樊也没想到，会在这里遇到人。看背影，这人身材高大，一头长发束起，穿了件像是唐装的袍子，看起来很艺术。

谢之樊甚至还看了眼地上的影子，呼……是活人。

毕竟，她已迷路穿过了几条蜿蜒小径，而眼前的小洞穴，幽光阵阵，阴冷潮湿，放眼四周全是奇形怪状的钟乳石，若不是有眼前这人，她更觉得如入鬼境。

她怀疑这人没听见，又柔声唤了句："你好？"

辰杋没想到与同类的第一次接触，这么突然就到来了，也有些懊恼今天为什么要跑来这里洗石头，想他纵横洞底数十年，却在一个不知从哪里冒出来的女人面前露了馅，颇有几分老马失蹄的不甘。

于是他的语气也不大善："这里游客不能进来，你怎么到这里的？要罚款五百！"

都是工作人员的原话，他依样画葫芦。

谢之樊却愣了愣。

男人的声音异常沙哑，发音还有些怪，她不知道这是辰杋第一次开口说话，还以为他是本地工作人员，带了口音。

她忙说："对不起对不起，这是我的证件！我是北京 ×× 大学的研究生，我们获准进入一些未开发区域进行采样研究。但是，我和其他同学走散了，真的很抱歉！"

以前也有科研人员进来过，所以辰杋一听就明白了。他慢慢站起，转过身。

打上照面的一刹那，两人都沉默着。

她见他身材颀长、年轻英气，肤色却苍白如纸。

他见她圆脸丰满、大眼翘鼻，笑容绽放如暖阳。

他下意识别过脸去，不与她直视。

谢之樊的心脏却扑通扑通直跳，心想：要命啊要命！她下意识觉得他不像工作人员，说不定也是搞研究的，或者是艺术家。

她注意到他手里的那块石头，"呀"了一声，出于专业本能，上前两步，又止住，问："那是什么？"

辰杋抛了抛石头，答："一块石头。"

“哎，我知道，什么石头？能让我看看吗？”

辰杞犹豫了一下，把石头递给她。谢之樊接过时，手指不小心触碰到他的手背，很冰，令她心底的某处颤了颤。

确实是没见过的石头，像玉可又不是玉，石质细密透亮。谢之樊小心翼翼地看了一会儿，递还给他：“谢谢。”

他只“嗯”了一声。

洞穴里依旧很暗很静，只有斜上方的一点光，还有岩壁在滴水，发出滴答滴答的声响。

谢之樊从小过的就是循规蹈矩的生活，是个听话的好孩子、学霸，也遇到过一些人，可不知为什么，就是没动过谈恋爱的念想。此时此刻此景，还有背光而生的男人，就像是一场梦，令她莫名恍惚。

“我找不到路了。”她说，“你能带我出去吗？”

“嗯。”

然后他就看到这女子笑了，眼睛弯弯的仿佛盛满阳光，翘起的嘴角旁有两个小酒窝。辰杞长期作为洞中一霸，也算是阅人无数，却是头一次见到一个人笑起来仿佛整个人都绽放光芒。

是多通透纯净的女子才会笑成这样?

两人一前一后走入一段蜿蜒小径。起初辰杞习惯性走得很快，过了一会儿，听到身后人越来越踉跄的脚步声，他反应过来，放慢速度。她很快跟上来，与他保持半米距离，轻声说：“谢谢。”

辰杞觉得有点不自在，可哪里不自在，又说不出来。

又走了一段，洞里已彻底没了光线。辰杞的步子丝毫没有减慢，这些小路他闭着眼都能走到想去的地方。冷不丁后背的衣服被人一把抓住，他甚至感觉到了女人的手指触碰在自己背上的感觉，全身几近石化。

然后就听到她颤巍巍的声音传来：“你还看得见吗？我手机没电了，电筒也留在原地，我真的什么也看不见了……”

辰杌僵了一会儿，嗓音有点冷："放手。"

谢之樊莫名委屈，咬着唇，松手。两人在黑暗中默站了一会儿，忽然间，谢之樊感觉到有什么很冰很冰的柔软东西轻触到自己的手背。她尖叫出声的同时，手已被人紧紧握住。于是她的叫声夭折在半空，而后听到他有些恼火的声音："吵什么？"

谢之樊呆呆的。因为感觉到他的手调整了一下，与她五指交缠。男人似乎不太擅长牵手，握得有点紧，让她不舒服，但她没出声。尽管什么也看不见，她的脑海里却浮现出男人背对着自己僵硬站立的模样，甚至可以想象出他的表情，冷冷的，有点不耐烦，但其实他很热心、善良。

为什么她忽然觉得这样的人其实有点可爱？

而辰杌牵着她，却好像得到了解脱，渐渐地，越走越快。谢之樊起初还跌跌撞撞，后来见一路通畅，干脆豁出去，闭眼跟着他快步走，跟阵风似的，同时心里的疑惑也升起：即便是工作人员，黑暗里也不会对这些地底小路了然于心吧？

……他到底在这个洞里待了多久？

"你好厉害。"谢之樊由衷赞叹。

他没说话，只是谢之樊明显感觉到两人的移动速度更快了，几乎是他拉着她跑了起来，而她偏偏还不怎么费力，也不知道他是怎么做到的。

黑暗中，谢之樊自然也不知道，自己早就不在地面。辰杌带着她飞檐走壁，如履平地。

又拐了个弯，眼前出现一条更宽敞的长径，尽头隐约有光。谢之樊的心一跳，辰杌已停步，她模模糊糊可以看到他的轮廓，他回头看了她一眼，然后松开手，说："到了。"

谢之樊无法不激动，鼻子都有点发酸，天知道她在遇上这人之前，在洞里徘徊时，有多崩溃无助。她往前跑了几步，虽然还没见到路的尽头，但已听到了人声。她欢喜不已，转过身来，却看到那个洞口处空空如也，哪里还有人？

（二）

谢之樊再次醒来时，发现自己躺在酒店里，一个屋的同学兰兰喊道："你可算醒了，把大家担心坏了！"

谢之樊愣了愣，坐起来，才觉得头疼得很。然而某些记忆片段，还有黑暗中那人的呼吸声，以及冰冷的手，仿佛还在。她只觉心头有什么东西晃了晃，问兰兰："我怎么在这儿啊？"

"嘿！"兰兰说，"你不记得了？你和大家走散了，后来我们在另一条路上发现你时，你晕过去啦！不过医生说你没事，可能就是太劳累了，所以大伙儿就把你送回酒店咯！我已经拜托厨房给你熬了粥，马上叫他们送来。"

谢之樊发了一会儿呆，又躺回床上，一副心不在焉的模样。

不是没想过拜托认识的景点工作人员去查那个人的存在。可一是谢之樊不好意思，二是觉得很唐突。不知名洞穴里的惊鸿一瞥，人家出手相助，她去查的话，算个什么事呢？

接下来的两三天，谢之樊一直跟着队伍四处考察勘探。有时会经过那天迷路的地方，她会多看两眼。

不知道还有没有机会遇见他，她想，洞穴这么大，应该很难吧。

可是有的人啊，一旦进入过你的眼帘，哪怕一闪而逝，也像扎了根，怎么抹也抹不去了。

那是第三天的傍晚，临近景点关闭，客流已很少。谢之樊在距离游道不远的一处洞穴里采样，偶尔还会有游人从身后不远处经过。谢之樊干得正专心，忽然听到身后一个声音："这就是你的工作？"

谢之樊"嗯"了一声。

过了几秒，她反应过来，全身一紧。洞里有柔和的人工灯光，她看到另一道影子映在壁上。心肝的尖尖儿上突然发热，她立刻转身。

男人和那天很不一样。他换上了白色T恤和牛仔裤，最普通不过的样式。看起来没那么神秘了，更加干净挺括。他双手插在裤兜里，一副不苟言笑的样子，那双眼却盯着她，有几分生动的流转，正打量着她。

谢之樊也不知怎的，一下子就笑了出来，说："我没想到能再见到你！"

看到她这么高兴的样子，辰杞静默一瞬，嘴角一扯，也笑了。

两人就这么站着，都不说话。空气中有什么在流动，他不知道，她也不知道。

天大地大，洞穴深远，蛰伏多年，怎么就叫我遇见了你呢？是什么在牵扯？是何故一见不忘？那一点点细细密密滋生的情绪，让我好舒坦，也让我好焦躁。

"要不要……去看个有趣的东西？"辰杞问。

谢之樊的目光从他的脸上滑落，落在他的T恤上。

"好啊。"她说，"为什么不去？"

辰杞往前走了两步，一下子离她很近。

谢之樊的心扑通扑通跳了起来，被他高大的影子笼罩着，甚至能看清他苍白皮肤下淡青的血管。她有些手足无措，脸也飞快地红了。他却有点坏地笑了，忽然往旁边走了一步，正面朝着一个黑而深的洞口，然后他朝她伸出手："来。"

谢之樊盯着那只手，今天才看仔细。她意外地发现，那手同样苍白，肤质如玉。可那如玉般的肌肤上，却布满大大小小的旧伤痕。

是常年洞底工作带来的伤吗？她想，应该是的吧，可为什么她又感觉到了他身上那股神秘的气息？

辰杞带谢之樊去的地方，是自己秘密的洞天福地。

两人走了不知多久，就见前方有光。然后谢之樊听到辰杞笑着说："睁大眼睛。"她觉得好奇怪，为什么这个人说的每一句话，都好像一片树叶轻轻放在她的耳朵旁？

眼前豁然开朗。

她看到了雪。

满目细细的、柔软的雪。

仔细一看，才发现不是。他们站在一个白皑皑的洞穴里。洞壁全是由莹白的玉石铺就，层层叠叠，棱角柔和缠绵。乍一望去，真的像雪。可那雪色并不苍白，也不单调，透着蒙蒙微光，于是这一方小洞天，竟显出鬼斧神工的精致空灵。

谢之樊忍不住发出一声赞叹。

然后手臂被人碰了碰，辰杞示意她抬头。她循着他的目光望去，差点惊呼出声——原来不知从哪里折射的光芒点点，落在那一片玉壁上，就像是星光闪烁在暗色银河里。

“太美了……”她呆呆地说。

辰杞侧头看了她一眼，又笑了一下。

“谢谢你带我来这里。”谢之樊望着他的眼睛，说，“这里是还没开发的景点，还是你们已经在开发的？”

辰杞避开她的视线，淡淡地说：“没人知道这里，除了我。”

谢之樊也不知道气氛为什么忽然变得有点涩涩的，眼前的男人看起来像是有很重的心事，平直的眉，冷峻的脸。

“我叫谢之樊。”她说，“因为我生于襄樊，所以叫谢之樊。你呢？”

“辰杞。”他答。

“陈起？”她点头笑了，“记住了。”

辰杞看着她露出的洁白牙齿，还有唇畔酒窝，眼前仿佛有光轻轻晃过。

“你……是景区工作人员吗？”她问。

辰杞盯着她，静了几秒钟，说：“不是。”

谢之樊愣了愣：“那你是什么人？为什么一直在洞里？”

辰杞原本心里已有些烦躁，还有某种空落落的感觉。可看到她睁大眼仰头看着自己的样子——圆圆的脸上圆圆的眼，下巴并不胖，但有一点软乎乎的肉——他的心情忽然就好了起来，笑了。

他上前一步，身体就快挨着这个女人了，将她堵在了自己和玉壁之间。他答：“你猜？”

周围寂静无比，谢之樊又一次陷入如梦如幻的秘境。星光在他头顶闪烁，背着光的他，脸色透出阴暗的白，那双眼里却透着某种隐约的欲望。谢之樊甚至闻到他身上的味道，凉凉的，有点沙土味，还有水的味道，并不难闻，只是清冷。

她忽然想，难怪那么多传说故事里，面对那些鬼啊狐妖啊，女人总是没有抵抗力。面对这样一个神秘、安静还带着几分侵略性的男人，你真的会……不想抗拒他。

她也盯着他，说："我猜不出来。"

苍白的男人似乎在这一刹那红了脸，手臂按在洞壁上，头也低下来几分，说："谢之樊，让我抱一下，我就告诉你我是谁。"

谢之樊连呼吸都不那么顺畅了，说："为什么？你为什么……想这样？"

他答："我不知道。就是想试试是什么感觉。"

有千万个声音在脑子里提醒谢之樊，一切都太危险、太荒谬了。这不过是个刚见过两面的男人，来历不明，而且她现在还和他身处在叫天天不应、叫地地不灵的野生洞穴里，又是孤男寡女的。

可为什么在这一刻，她却看到了他眼中的孤独、满身的寒冷，还有他说想要试试拥抱是什么感觉时，那欲盖弥彰的窘迫与狼狈。

她见过的世间的所有男人，没有一个像他。那些人从她身旁经过，用世俗的眼光来看，也有很好很好的适合恋爱、适合结婚的。可她总觉得自己离那些人很远很远，她不知道自己在等待什么。可当他这么突然地出现在自己眼前，她一点防备审视的机会都没有，就撞见了他那宛如地下河水般深邃的目光。

"我一定是中了你的妖法。"她轻声叹息，"可我不想管了。"

"我没有妖法，我是人。"他皱眉，"我真的是人。"

…………

隔着两个洞的一处峰顶上，小玉盘腿而坐，身边趴着哭哭啼啼的无眼少妇。两人一起看着远处那对动作略显僵硬相拥的男女。

小玉一拍少妇的脑袋："哭什么？他是什么人物，难道还真能看上你？"

少妇抽泣："我知道，人家就是看他约会撩妹，心塞嘛……"

小玉嘿嘿笑，又托腮严肃思考："说来也奇怪，他在洞里待了五百年，当年那个顶天立地的大英雄把什么都忘了。忘了自己怎么死的，也忘了仇敌，甚至连怎么使刀都忘了，却还没有……忘了怎么撩妹啊！"

她这么一说，少妇哭得更厉害了，却也不得不点头附和："是啊，他撩得真好，像个啥也不知道的毛头小子，可就这样，才更真实、性感好不好！"

小玉深以为然，最后啪地一拍大腿："所以说，英雄就是英雄，男人中的战斗机！即使现在失忆了、落魄了，面对他看上的女人，那也是一杆金枪，威武不倒啊！"

（三）

"之樊，你最近……真的没事吗？"兰兰担忧地问。

谢之樊正在整理背包，动作一顿，没有抬头："没事啊，我能有什么事？"

"可是你每天……"

"昨天我漏了组数据没测，先下洞了啊。"谢之樊背起包，脸有点红，走出房间。

研究组住在景点招待所里，几分钟就能走到溶洞。迎面而来的是初升的太阳，谢之樊抬手挡了挡眼睛，见左右无人，她的心跳还是无法抑制地加快。翻过一座小山坡，从辰杞指的那条无人知晓的小路下到洞穴里。

手电射出一团惨白的光圈，她步子飞快，沿着蜿蜒小路走进地下。拐了个弯，周遭怪石林立，便见一道模糊熟悉的身影坐在一座"山峰"上。

她轻声唤："辰杞。"

辰杞一跃而下，身轻如燕。他朝她走来，轮廓自暗光中浮现。依旧是年轻而英俊的男人，带着几分阴沉，几分不羁。

"你今天来早了。"他说。

"嗯，没什么事，就先来了。"谢之樊不想提室友对她最近行踪起疑的事。

辰杞嘴角浮现一丝笑："哦。"

明明他什么都没多说，谢之樊的脸却有点烫了。

明明已“暗会”了七八天，每天两个人都偷偷在一起消磨一两个小时，可现在只是安静地站在一起，她还是会有局促的感觉。

然而他显得镇定多了，盯了她一会儿，盯得她在心中骂他脸皮厚，他才抬手，搂着她的肩，说：“今天带你去钓鱼。”

被水洗过的细细的沙石的气味再次靠近。谢之樊又有了一丝迷失的感觉，任他搂着，问：“钓鱼？地下的鱼吗？”

“嗯。”

他说他是本地人，从小几乎在洞穴里长大。谢之樊大概听明白了，他是被父母遗弃在这深山里，孤独无依，应该也没去看过外面的世界。这样一个人，本该活成新闻里罕见的“野人”模样，但可能因为本地游客旺盛，他每日耳濡目染，看着倒与普通人无异。只不过肤色阴白些，行动敏捷些，并且黑暗里能视物。

一想到这一点，谢之樊心里就有点莫名的难过，甚至面对他，还有一丝隐隐的恐惧。

可很多时候，他却像个孩子。譬如这些天，他看着沉默寡言，却带着她去看他的各种“宝藏”，或者去做一些刺激有趣的事。

还有的时候，他是个深沉的男人，对她虎视眈眈，大胆触碰、靠近。在隐秘的、没有旁人的地底，激起她身为女人的羞涩与情欲。

所有这一切，交织成一个辰杞。令她害怕，却又吸引着她，让她感觉新鲜，不忍心丢弃。

这几天，她就像行走在一片薄薄的刀锋之上，而辰杞就站在刀的另一头，勾引着她，挑逗着她，他手里有一根无形的线，要把他们两个绑在一起。

磷光，暗河，沼泽，石堆。

辰杞坐在岸边，手持猴子精连夜做好进献给他的钓竿，地下河面暗光浮动，半天没有鱼咬钩。但他向来有耐心，默默又坐了一阵子，才想起身旁还有人。

偷偷望去，就见女孩趴在石滩上，很不雅观的姿势，脸都快贴在地上了，正在用力吹气。她一手握着打火机，面前是他早已准备好的干草和树枝，她正在试图生火。

辰杋的目光便从她那圆圆的脸移到细细的脖子上，再移到她因为常跑野外、晒成小麦色的手上。这女人身上的每一寸皮肤，都散发着阳光的味道。然后他就感觉到某种强烈的渴望，渴望将这个女孩重重抱进怀里，做点什么，疯狂地做。

他不觉得自己是因为第一次接触女孩，才对她有了这种渴望。这些年，洞里来来往往多少女人，他的内心都毫无波澜。可那天一看到她的笑，他心中就有什么东西在刹那间融化了。

现在她每天跑到洞里来和他约会……应该是叫约会吧，如此大胆，可辰杋觉得，像她这样的女人，就该这么大胆。每天约会后，他回洞穴里睡觉，脸上都是带着笑的。

这事洞里哪块石头不知道？一到深夜，石头们全都醒来，嘻嘻哈哈笑他终于动了春心，说得辰杋面红耳赤。辰杋心想：哪天我若是和她关系更进一步，必然找个没人的洞穴，不叫你们这些石怪看到一眼。

男人想着这些事，自然就分了神，猛然间手里钓竿一沉，好在辰杋反应飞快，一把提起，便见一条银色扁鱼哗啦出水，他一把抓住。谢之樊已丢掉手里的东西跑过来，又惊又喜："让我看看。"

然而鱼儿太滑腻，她又握不住，辰杋便抓紧了鱼，送到她跟前。她仔细端详，还拿手机拍照，最后说："快烤了，让我尝尝什么味道。"

辰杋忽然大笑，说："好。"他手持薄石片，三两下就将鱼刮鳞剖腹，放到她好不容易生起的火上。

谢之樊也很兴奋，一时忘了是与这"野人"待在暗湿地底，而是乖乖地倚在他身边，一起看着火。

两人都寂静无声。

过了一会儿，辰杋捡了几根树枝，搭了个简易架子，又把鱼放在上头，手便空了出来。他重新搂着她的肩膀，低下头。

两人的脸就快挨在一起了。

“我让你试鱼的味道，你让我试试你的味道，如何？”他问。

谢之樊没有办法发出声音。

他那冰凉的长着薄茧的手，已捏住了她的脸，劈头盖脸吻了下来。他分明那么冰凉，干这种事的时候，却像一堆干柴，一点就噼里啪啦地着了。他几乎是顺势就把她压在了石滩上，一手搂腰，另一只手还在她脸上，薄唇含着她的唇，生涩地吸着、舔着。

谢之樊也是只有理论知识，没有实践经验的。她感觉到自己全身发抖。过了一会儿，他就开窍了，用舌头抵开她的唇，很凶猛地冲了进去，开始追逐、占有。谢之樊迷迷蒙蒙睁开眼，看到的是漆黑得仿佛冒着寒气的洞顶，地下河水在耳边汩汩流动，洞里只有那点火光映照着。她知道自己陷入了一个极其危险、荒谬的境地里，她被一个刚刚认识几天的野男人吸引了，他是名副其实的野男人，可他就是用那根细线牵着她，让她无力挣脱。

她轻轻地喘息着，终于还是战胜了身体的渴望和内心的迷惘，推开了他。他面目发红，竟跟头成年豹子似的，盯着她不动。

谢之樊被他盯得怕了，他的样子真的像要把她吃下去。

她说：“还有三天，我们研究组就要走了。”

他眼神一震。

她忽然笑了，伸手摸了摸他的脸，说：“你在想什么？”

辰杞居然一转头就咬住了她的手，舌头用力一舔，只舔得她从手背到心肝都麻了。然后他的脸逼近，再次将她压在了身下，他说：“别的我什么都不知道。只知道我看到你的第一眼，就知道你是我的女人。我要得到你。”

谢之樊的心一颤，沉默了一阵，说：“除非你跟我出洞。可你知不知道，那意味着什么？”

腰身猛地一紧，是辰杞把她搂进了怀里，她被迫紧贴着他的身体，以一种非常强势的姿势。

然后他露出微笑："好啊，我跟你出洞，去你的世界，做你的夫君。"

谢之樊愣了愣，没说话。

（四）

谢之樊睡得很沉，全无意识，仿佛陷入了一个完全黑暗却香甜的世界。

可一些声音，渐渐打破沉梦。

"之樊，之樊，你醒醒！"

"谢之樊，你没事吧，早点醒来，大家都在等你。"

…………

谢之樊皱了皱眉，太吵了，是谁在喊她，甚至还有啜泣的声音。都很耳熟，可她却听不分明。那感觉就像是人沉在很深很深的水底，水面却起了波浪，你开始颠簸，浮浮沉沉，两种力量彼此较劲……

她睁开眼，一切混乱朦胧的声音刹那退去，她一个人躺在招待所的房间里，阳光很刺眼。

是的，她上午去洞里和辰杞见了面，商量好他跟她一起走后，就回住处了吧。

也许是睡了个好觉，心情很好、很宁静，她此时居然一点也不担心辰杞这样一个野人融入现代社会的事。她觉得未来的一切都会是好的，什么问题都会解决的。那个让她蓦然心动，且对她也充满渴望的男人，以后就会陪在她身边。她会照顾他，也会保护他，一想到这个，谢之樊的心中就充满了大雾弥漫般的深深甜意。

今天辰杞的心情，也始终飞扬着。

终于下定决心要走出这地下深洞，从此像个正常人一样生活。虽然他对未来还有些忐忑，可想到自己得到的那个女人，一切仿佛都充满了美好的吸引力。

约好了，明天就跟她走。

辰杞双手插在裤兜里，哼着歌，大摇大摆地回到自己栖居的洞穴。周围的一切都如此熟悉，他已看了很多年。扭曲起伏的岩层，岩缝间的青草，还有一块巨石，不知是天然形成还是被地下河冲刷，巨石上半部分还剩一个壳，下半部分是空的，所以平时辰杞都躺在里头睡觉，权当天然帐篷。

山里妖精缝制的华服，不知道能不能穿到阳光下去，谢之樊已说好会给他准备衣服。所以他要收拾的家当，真的很少。也就这些年自个儿磨制的一些石头，挑上几块带着，他不笨，这些石头要么送给谢之樊当礼物，要么拿去换钱。他知道一块石头就能换很多钱。

一切安置妥当，他躺回石床小憩，心里多少有点百味杂陈。

待会儿得跟那些兄弟、姐们儿、嫂子、爷爷正式告个别。

他们一直盼着他出洞，以后，应该能对他放心了吧。

辰杞是被一团极其嘈杂的声音吵醒的。

睁眼，一跃而起，却吃了一惊。

因为许许多多的石怪山精全都来到了他的洞穴，到处挤满了“人”，甚至连洞外的各处通道，还不断有“人”在聚集。他们七嘴八舌，不停地吵嚷着什么。一见到辰杞醒来，刹那间一静。几百只妖精都仰头瞪眼望着他（如果有眼的话）。

辰杞跳出岩壁上的石床，问：“出什么事了？”

小玉拧着块手帕，红了眼在叹气；她的冤家张大胆，亦是满面愁容。两人破天荒没吵架。无眼少妇捂着脸，很难过的样子。“人人”欲言又止，最后，他们推了位胡子花白的老翁出来。

“赵爷爷。”辰杞一拱手。

赵翁重重叹了口气，说：“阿杞，你走吧，快点出洞。”

辰杞眉目不动：“为什么？”

然后就听到人群中有人在小声议论：“他果然还是没想起来……”

“我以为他再次遇到夫人，能有所好转呢。”

辰杞眉头轻蹙，赵翁轻咳一声，众人肃静。

赵翁说：“因为那个东西要来了。”

所有精怪的脸上，都露出极其惊恐的神色。

天色渐白，众妖消形。

辰杞还靠在石床里，双臂枕在脑后，眉头紧拧。

那个东西要来了。

石怪们智力低下，记忆力也不好，说话颠三倒四，半天也没能说清那个东西到底是什么。又或许，他们自己也没弄清楚。只知道“那个东西”是个恶魔，是有生命力的，让精怪们都快吓破了胆。“它”朝着这个方向来了，所以洞顶的树木全枯，地下水干涸，山间所有动物闻风而逃，因此赵翁他们才提前得知恶魔即将降世。

“阿杞，你现在不是它的对手，快走！”

“是啊，妖怪的事，交给妖怪解决。你不是妖怪，和你没关系，不要再卷进来了。”

“你只要肯离洞，一切都会结束，你等同新生。”

“幻境之术不能对人类用太久，快快出洞，否则你的心上人也会性命堪忧。”

当时辰杞抬眸，在人群中寻找说出最后一句话的妖精：“幻境之术？什么幻境之术？”脑子里像是有道模糊的光闪过，却又捕捉不住。

却没人再吭声了。

大敌当前，辰杞也就没把这莫名其妙的小插曲放在心上。

辰杞睁着眼，一动不动地靠在石床里，靠了很长时间。直至洞内远处各种人工灯亮起，渐渐传来游客的声音。和谢之樊约好的时间就要到了。他拎起一个小布袋——那是他全部的行李，跳下石床，走向约定地点。

她又早到了。

平日总是穿着冲锋衣、牛仔裤，方便洞内行动的她，今天却很难得地穿了条红裙子，更显得身材窈窕丰满、亭亭玉立。看得辰杞心头一跳，他突然有种很奇怪的感觉，觉得这一幕似曾相识。

谢之樊手里拎着一盏照明灯，听到动静，抬头看过来。盈盈灯光浅淡地落在她的容颜上，辰杞的眼前竟有些模糊，然后仿佛有另一幕场景与眼前的画面几乎重叠。

长长的小巷里，灰黄的屋檐下，立着个女人。只不过女人梳着高高的发髻，穿着淡青色小衫、百花穿蝶古装襦裙，手里提着一盏纸灯笼。天空下着蒙蒙细雨。

可是洞里怎么会有雨？

幻觉刹那间消失，辰杞看到的是现代装束的谢之樊，她正对自己笑着，笑得羞涩、忐忑而温柔，那张脸竟与刚刚那古装丽人完全重合。

辰杞脑子里轰的一声。许多道暗流仿佛在他的脑子里冲撞着，却又被什么牢牢封锁住。他整张脸更加发白，步子还是沉的，走到谢之樊身边。

她抬头望着他，那目光缱绻得仿佛已站在这里守望百年，她问：“你会后悔吗？”

辰杞答：“不会。”

她一笑，说：“我也不会。”

辰杞接过她手里的照明灯，两人牵着手往洞外走。一切寂静无比，看起来不过是洞穴里最寻常的一个早晨。

辰杞的脑子里却不断有画面在闪现，有什么力量在疯狂冲撞，像是要冲破那道束缚。

深宅大院的墙外，他打马经过，忽闻声响，停马驻足，却见院内秋千高高荡起，圆脸美人笑容灿烂如当头暖阳。他握紧马鞭，望得目不转睛。

客如云来的酒楼，美人戴着帷帽娉婷而来，喝得半醉的他远远眯眼看着。待到左右无人时，他拦在她面前，说：“凤阳辰杞，不知姑娘芳名？”

她却不慌不忙，问：“你就是那个率五千骑兵大破敌兵两万人的镇远将军辰杞？”

他唇角微扬：“正是。”

她提裙欲走，他却一把抓住了她的胳膊……

还有，明月高悬之下，他跳入谢府后院，她早已遣丫鬟等了很久，丫鬟一路牵引，他来到她住的小院，就见这巾帼不让须眉的大将军之女，持剑站在月下对他笑："今日比剑你若胜了，我就心服口服拜你为兄。"

后来，在战场上出入生死、饮血踏尸无数次的青年将军，自然是胜了大家闺秀的。不过，他可不想当什么兄长。丫鬟早已退走，她的剑也掉了，发髻也歪了，跌倒在他怀里。他抱着她，轻声问："我明日就去提亲，你叫我一声辰杞哥哥，可好？"

她满脸羞红不答，他低头吻落。

而后，便是三媒六聘，红烛高照。

日日缱绻，两心相知，夫唱妇随。

…………

辰杞定了定神。

前世的零碎记忆，如梦似幻。而他眼前，站着的已是21世纪的精英女郎，不仅面容和记忆里的那个女人如同一个模子里刻出来的，就连眉眼间的神采也如出一辙。

辰杞下意识握紧她的手，微微垂头。

所以与她一见便倾心吗？两人都仿佛中了蛊，他更是将数百年前曾对这个女人做过的事，一一又做了一遍：强抱、亲吻，抛开这数年的洞穴人生，便要与她双宿双飞，冥冥中仿佛前世重演……

可一个疑念已生生冲了出来。

为什么她已是全新的一个人，并且作为正常人生活在数百年后的世界里，他却独自一人活在地底的洞中，并且在即将离洞的前夕，想起了所有？

他到底……在洞中活了多久？

辰杞的脚步忽然踉跄。

谢之樊察觉了，以为他是紧张，心头一软，将他的手握紧，说："这是个新的开始。"

远远地，已看到洞口的阳光了。今天的天气必然十分好，阳光通透，明亮无比。

"你只要肯离洞，等同新生。"

"他果然还是没想起来，以为他再次遇到了夫人，能有所好转呢。"

"幻境之术不能对人类用太久。否则，她也会性命堪忧。"

…………

精怪们昨夜的窃窃私语，又开始在辰杞耳边回荡。

幻境之术。

他们说，幻境之术。

眼看，就要到洞口了。她一心一意牵着他的手，辰杞甚至已能感觉到阳光的温度。然后他慢慢低下头，朝谢之樊脚下望去。

灯还在他手里，女人的脚下却没有影子。

他的脚下也没有。

原来这些日子的他和她，都不是活人，是他们深入了幻境。

数百年前的一对夫妻，两缕今生的魂魄离开躯体，日日于洞中相会、相知、相爱。

而她此时一脸忐忑的温柔，抬起那双黑瞳瞳的眼，眼中似有雾气氤氲，她对这一切还无知无觉。

她的躯体，现在在哪里？

他的呢？

他……也有吗？

谢之樊首先爬出了洞口，抬手挡住耀眼的阳光，露出微笑，转身看着还站在洞口的辰杞。

辰杞看着阳光无声无息穿透她的"身体"，看着看着，眼眶发酸，却也慢慢笑了。想要伸手抱住她，手却又停在半空，然后收回。

“回去吧，之樊。”他柔声说，“你还是人类，不能离魂太久，否则性命堪忧，我现在必须放你回去了。”

谢之樊面露惊愕，浑身却一震，又听他说道：“可不可以……等我一段时间？不用等太久。如果可以，我会来找你。”

“你到底在说什么？”她怔怔望着他，忽然间眼泪就掉了出来。

然而他的话却像是某种箴言，当他说出“我放你回去”的一瞬间，谢之樊的身躯就开始变得透明，开始渐渐消散，她像是惊觉了什么，呆呆地望着他，隔着几步之遥，望着洞口阴暗处，那分明是一道阴影般飘忽的男子。

“阿杞……”这个称呼脱口而出，谢之樊下意识伸出手，想要抓住那道阴影。

辰杞的面前，却终究只剩下空空如也的洞口。

她，消失了。

辰杞抬眸看了眼太阳，那白亮的光团突然令他眼前发黑，好一会儿，什么都看不清楚。他闭眼深呼吸了好几次，再睁开，眼睛刺痛，但视线在渐渐恢复。他沉默了一会儿，又慢慢伸出手，伸到了洞口的一缕阳光下。

几根手指的皮肤迅速变黑，冒出烟气，疼痛得仿佛被刀切割。他一下子缩回手，垂臂好一会儿，那几根手指才勉强恢复知觉。

他靠在洞壁上，站了好一会儿，露出一个自嘲的笑，转身回洞。

一切秘密都藏在洞中。

原来，数日前，他遇到这个女人的那一刻起，就已经用幻境之术将两个人的魂魄都锁在洞中，日日相见，蛊惑她，亲近她，妄图占有她。直至今日，一朝惊觉，再拖延只怕她的真身有性命之忧。

一人在阳光下，一人在黑洞中，明明咫尺天涯，却只能立刻放她走。

现在，她应该已经在某处醒来了吧？还会不会记得他？会不会伤心、恐惧？会不会厌恶他？

他已经顾不上了，也不愿意去深想。

他已察觉，五百年前，自己和爱妻必定未得善终。

为什么只有成百上千的山精鬼怪陪伴着他？那个令他们闻风丧胆的恶魔、宿敌到底是什么？当年究竟发生过什么事？他的真身又在何处？

他决心要找出答案。

（五）

辰杞转身往洞里走，走了没多久，看到一张张呆愣的脸。

“他回来了。”

“将军回来了。”

“将军，你不管夫人了吗？真要与我等同生共死？”

…………

辰杞望过那些熟悉的面孔：小玉、张大胆、欲言又止的老者……只觉得此情此景，还有这些言语，似曾相识。

他沉默了一会儿，笑了：“都随我来。提灯使，照亮全洞。小玉，去拿雪水酿来，大伙儿痛饮。你们好好与我说说，‘那个东西’究竟是怎么回事。”

石怪们互相望望，齐声称“是”，声震洞壁。

辰杞怔了怔，未言语。

谢之樊好像陷入了一个很深很深的梦境，两种影像在她眼前不断交错出现。

一种影像，她像是在看一出古装剧。剧中男女主角相遇、相知、相爱，种种浪漫隽永情怀，虽然看不清他们的脸，却也令她仿佛化为剧中人，感同身受，时而笑，时而哽咽。

最后，看到那梦中的西南地区出现异兽，吃人摧城，浮尸百里。而大将军奉皇帝之命，率千余亲军去调查征讨。谢之樊就像是站在那男主角的身旁一样，看他穿上戎甲，接了圣旨。

谢之樊也不知怎的，一下子急了，像是有了深深的不祥预感，一把向他抓去：“别去！”

他感觉不到她。她的手抓了个虚空。

而后，她便看到他回头温柔地笑了。高大的男人，身如青松，眼如繁星。

谢之樊的胸口如遭雷击——

那是……那是……

一转眼，画面支离破碎，她看到的是自己倒在地下洞穴深处。她想：咦，这不是自己迷路遇到他的那一天吗？她什么时候晕倒过？

她等了好一会儿，没看到辰杞出现，却有几个工作人员和她的同学赶来，想要唤醒她，她的身体却没有反应。然后他们找来担架，急急忙忙把她抬出了洞，辗转送往医院。

谢之樊一路跟去。

她看到脸色苍白的自己躺在病床上，始终未醒。研究组的导师和同学都赶来了，面露担忧；景点负责人也来了；甚至连父母也赶了过来，看到这一幕，哭泣呼唤。

谢之樊的鼻子阵阵发酸，想要上前抱住父母，说：“我没事！”可是他们听不到，也感觉不到。

“你不能离魂太久，我必须放你回去了。”

有个声音忽然在她的耳边回荡。谢之樊不知为何，心口一阵刺痛。

“我跟你出洞，去你的世界，做你的夫君。”

…………

“我过几日就去府上提亲，今后做樊樊的夫君，可好？”

“皇命难违，此去千里，樊樊珍重。我必当平安归来，樊樊等我。”

这一等，就等了一世。

抑或生生世世？

…………

谢之樊用手擦了下眼睛，又低头看了眼自己透明的指尖，分明有泪水滑落。她忽然感觉到强烈的不甘。她亦不知道，这份不甘到底是属于梦中看到的那个女人，还是自己。

她的意识渐渐模糊。

一切影像淡去、远离，她重新陷入那深深的安宁中。然后她看到了一束光，柔和、温暖，自远处浮现。

她慢慢朝光走去。

“樊樊？樊樊？”

“之樊，早点醒过来，爸爸妈妈担心死了。”

那是父母的声音。

她忽然明白过来，转身望向身后。身后是一片浓雾般的漆黑，无形泥潭似的，倘若靠近，就会有危险。

一边，是真实世界，她走入那光亮处，应该就会如某人所期望的那样回到现实了吧。

一边，却是他这些天引她入的琉璃幻界。

她在原地站了好一会儿，笑着哭了出来，说：“爸爸，妈妈，原谅我的任性，我再去看一眼，问他到底怎么回事，问完就马上回来。不然总感觉这么一走，这辈子就见不着那个人了。他说让我等他，他会来找我，可我怎么就不太相信呢。”

谢之樊也不知道自己是怎么走出那片黑暗迷雾的，仿佛一瞬间，又仿佛过了半生那么漫长，再回过神，她已站在洞外。

夜色深沉，阴云密布，山雨欲来。风吹得旁边的树枝、野草哗哗地响，林中远远传来鸟兽被惊动奔走的声音，可谢之樊回头一望，什么都没有，吓得她心惊胆战。

她对自己默念：冷静，冷静，我现在是一缕魂魄，会有什么危险呢？狼看不到我，蛇也看不到我，嗯……

等一下，她现在是个魂，是不是就不用走路了，可以飘去找辰杞了，或者可以瞬间移动什么的？

她定了定神，不知道具体要怎么操作，于是闭上眼在心里默念：去找辰杞！

念了好几遍，她睁开眼，失望地发现自己还在原地。她叹了口气，刚想迈步往洞里走，听到身后有个男人笑了一声，说：“还真是踏破铁鞋无觅处，得来全不费工夫。我已经迫不及待想要看到辰杞这个老妖怪脸上的表情了。”

阿杞！

阿杞！

将军！

…………

辰杞回头望向洞穴深处，耳边刚刚响起的那个声音，仿佛只是他的错觉。他定了定神，心想此刻她应该已经清醒，回到属于她的这一世人生。

这么想着，心头泛起几丝涩涩的苦，但也有属于男子的豁达与释然。

樊樊，今生若还是不能去陪你，那便来世。

若连来世都无，那便希望你好好过这轮回人生，见你安好，我哪怕于这世间灰飞烟灭，亦别无他求。

他的嘴角竟泛起笑意，看得旁边的小玉撇了撇嘴，低头对旁人道：“看，肯定又想夫人了。大将军哪点都好，就是一碰上夫人的事，立马变得没骨气啊。”

旁边的张大胆说：“去你妈的，大将军上次一刀把叛军首领斩杀马下时，是谁崇拜得不得了？大将军满身都是我大尹朝最硬的骨头好吗？”

辰杞听在耳里，看了他俩一眼，不说话。

然而哪怕把所有精怪聚集开会，对于“那个玩意儿”，他们说得还是不确切。

有的说：“那是匹大狼怪。”

有的说：“你放屁，我上次看到了，分明是个人，还是个长得不错的男人呢，就是手太黑。”

还有的说：“将军啊，那只怕也是抹游魂，与你我相同。”

有人说：“那东西身长两丈、高一丈。”

有的说："你瞎了吧，分明有半座山那么高。"

…………

辰杞始终安静地听着，末了，他一挥手，问："如何对付它，诸位可有良策？"

所有人沉默下来。

过了一会儿，有人开口："唯有死战。"

"啊哈哈哈哈——"阵阵尖锐、浪荡的笑声突兀地在洞穴上空响起。

辰杞豁然抬头，众人皆是一惊。

上方空无一物。

辰杞眼尖，一指前方岔路："在那里！"

一团巨大的阴影闪过，辰杞一跃而起，足尖在石峰顶端轻轻一点，追了上去。副将延玉、张大胆一左一右，飞拥而上。就在他俩神色一凛、弹地而起的那一瞬间，小玉身上的罗裙、张大胆身上的破烂褂子，眨眼幻化成了两身铠甲。小玉手一伸，一柄长枪自空中幻化飞出，落入她手中。张大胆伸手一抓，抓起一把长刀。

刹那间，地动山摇。

那妖兽的尖啸声自洞穴深处传来，整座山仿佛都为之震动，众"人"头顶簌簌落下碎石。妖风不知从何而来，吹得布满溶岩的深洞猎猎作响。

只是这一次，众"人"都是游魂，不会再被妖风吹得东倒西歪、无力战斗了。

石怪们全都动了，老者羽扇纶巾、精神矍铄，紧随大将军身影，指挥全军。一个个精怪摇身一变，成了身着戎装的军士。瘦长提灯使抬手一抹泪，丢掉灯笼，凭空变幻出一柄巨大的军旗，扛在肩上，迈步就走。不过区区千余人，随着那人沉默前扑，却扑出了千军万马的气势。

…………

对于那段历史，正史没有任何记载，毕竟什么怪力乱神、妖魔鬼怪，向来难以验证，只会惑乱人心。

然后野史有云：

大尹朝瑞华三十五年，涌州现异象，狂风骤雨数月不歇，多个村庄白骨浮尸，不见真凶。

皇帝遣大将军辰杞，率亲卫军远赴涌州调查。

数日后，这支部队便如同水入山林，无声无息，不见踪迹，再无消息传回。有人说，他们定是遇到了山间那个“东西”，凶多吉少。有人说辰杞蓄意造反，千人军队怎么可能凭空消失？他一定打算潜回京城，杀个回马枪。还有人信誓旦旦地说，有村民进山，望见白骨千里，皑皑如雪……

又得数日，被恶劣天气缠绵数月的涌州，忽然雨过天晴，蓝天万里。

从此再无异象传来，再无查不出来源的白骨出现。

无论如何，辰杞大将军再也没有回来过。

自他率亲卫军离奇失踪后，年轻的夫人谢氏便闭门不出。三年后病逝。

前方，辰杞看着那个东西还在逃窜，每每只留下一抹看不清的巨兽身影。他心知，那家伙一朝醒来，也盼着五百年后决一死战。他又回头，看了眼身后众人，忽然苦笑，对延玉他们说：“我以为只有自己成了游魂野鬼，忘记了所有，困在这洞里数百年，原来你们也是。”

延玉和张大胆沉默不语。

终于，到了地底最大、最深的洞穴，那家伙停下了，在等他们。

那真真是一头凶兽，人脸狼身，一身紫色皮毛，四肢健硕，爪尖牙利。人脸上高鼻深眸，居然还是个英俊男子。不过此时它的表情可不好看，阴恻恻的，咬牙切齿，眸子闪着幽幽紫光，紧盯着辰杞。

辰杞居然还是一身T恤、牛仔裤，身后跟着数百戎装军士。他的双手负在身后，悄无声息地做了个手势，军士们已经呈扇形散开，远远围成了一个厚厚的包围圈。

那凶兽看着他们的动作，却只是轻蔑一笑，一开口，居然也是成年男子的嗓音：“五百年不见，你我同埋于地下，辰杞，你还是这么固执，只剩一丝游魂了，还守在这里，妄图阻挡我入世之路。”

辰杞不动声色，目光落在它脚下，那里空空如也，也没有影子。

辰杞开口：“你不也只剩一丝魂魄？是上辈子被我打成这样的吧？区区兽类，哪来的胆气嚣张？今日我照样能把你打回原形，这辈子，下辈子，你都休想入世！”

有道是两军对垒，气势最重。身经百战的大将军自然不会在这点上吃亏。他话音一落，就见身后军士们目露凶光。

凶兽则感觉跟吃了苍蝇一般恶心。因为辰杞说得没错，上辈子，它一头上古凶兽，竟然被这支区区人类军队伤得奄奄一息，最后勉强保住了一缕魂魄，疯狂潜入地底，才躲过元灵俱灭。五百年来，它日夜吸取天地灵华，虽然肉身难以重铸，但最终魂魄成形，现如今已难以按捺住想要吃人噬魂、重铸灵体的入世之心。哪知道自个儿还没能出这山洞，就遇见了这一支已在这儿镇守数百年的阴军。

然而凶兽也是狡猾的，看一眼辰杞未能变幻的衣着，又见他手里空空如也，没有上次让自己吃尽苦头的那柄神器，于是他意识到辰杞的状态其实比众军士更糟糕。凶兽嘿嘿一笑，说：“我先杀你，再杀掉你心爱的人，叫你俩元神俱灭，死得不能再死！”

辰杞眉间一沉，喝道：“放肆！”一把抽出身后一个军士的腰间佩刀，欺身而上。

“左翼军，随我直冲；右翼军，射箭掩护！”

他一声令下，身体里仿佛有热血灌入，那是太熟悉的号令千军的感觉，仿佛已埋入他的骨血灵魂里。骤然间，他精神一振，埋首俯冲。身后，数百游魂沉默追随，宛如当年那支铁军，哪怕前方是噬人凶怪，依然愿意随他以身赴死。

妖兽像是被这一幕大大刺激到了，发出一声怒吼，纵身而起，跃过众人头顶，张开爪牙，直直朝辰杞头顶抓去。

（六）

辰杞的记忆里，已没有半点与人打斗的经验。一切全凭直觉，眼见那妖狼飞扑而下，爪牙阴白森森，辰杞握紧属下的那把刀，不避反进，直刺狼腹。

妖狼一看他又是这种不要命的打法，恨得牙痒痒，也有点掂不清辰杞如今残余的实力，下意识闪身一避。辰杞狞笑着飞身追上，刺中妖狼一刀。妖狼则一巴掌拍在他胸口。辰杞吐出一口鲜血，摔倒在地。身后阴兵一拥而上。

然而普通刀剑在妖狼身上划出的伤口，血很快就能止住，伤口也随之愈合。妖狼哈哈大笑，“嗷——”一声长啸，震得阴兵东倒西歪，然后它一龇牙，露出血盆大口，朝他们撕咬。

“守老子？一群丧家之犬想要守住狼？活腻了吧？再杀你们第二次！让你们魂飞魄散！”妖狼一边咬得满地血肉横飞，一边嘴里还在碎碎叫骂。

辰杞咬牙从地上爬起，正好小玉的一只胳膊掉落在他面前，瞬间化骨成灰，辰杞只看得目眦尽裂，发出一声嘶吼。可他手上已没刀，刚才那把刀在砍完妖狼后，也化为飞灰。况且这些普通兵器，根本伤不了它分毫。辰杞的手心阵阵出汗，青筋暴起，感觉像是要握住什么，手里却空空的。

妖狼屠杀阴军的空当，还时刻注意着这个难缠的死对头。见到他露出困惑又痛苦的神色，妖狼心中一凛，反而哈哈大笑：“别挣扎了！你那柄百破刀，五百年前早就被我寸寸震断，捏成了粉末，丢进了江里，渣渣都不会剩一点！欸，想啥呢？刀是死物，可不会像你们这群阴精一样阴魂不散！哈哈哈，真以为你们手里还有刀吗？自欺欺人！呵！”最后几句话却是对那些军士说的。

说来也奇怪，随着它这一声嘲弄，军士们手里的兵器竟刹那间化为流沙，碎落一地，消失于无形。军士们面色惨淡，骤然间只听一声怒吼，一道飞影快速向妖狼撞去。

“大将军！”

“大将军！”

幸存的军士们纷纷惊呼出声。妖狼也着实吓了一跳，那人来的速度实在太快！搞什么鬼！三魂七魄仅剩下一魄，比它还少一魄，居然还这么能打？

妖狼前面杀得太兴起，又大意了，被辰杞狠狠撞到岩壁上，呕出一大口鲜血。一狼一人，立刻厮打在一起。

…………

终究，还是输了吗?

辰杞用力睁了睁被血糊住的眼睛，听到自己浊重模糊的呼吸声。

他一动也不能动了，但是妖狼的情况也没有比他好多少。原本它幻化出丈许高的身形，现在也只有普通狼的大小。它喘得同样厉害，脸被辰杞打歪了，肚子被打破，还在流血。但是它终究用爪子扣住了辰杞的喉咙，把他扣在岩壁上。而两人身旁，阴军倒了一地，尸体从脚下遍布至洞穴深处。

妖狼的紫眸盯着辰杞，呵呵笑出了声，虽然笑得有些喘。

“将军啊将军，五百年前的仇，我终于要报了。记不记得，上一世，我在被你斩断魂魄的同时，又是怎么杀你的?”

辰杞根本不说一句话。

妖狼也静了一会儿，问：“记得你的真身在哪儿吗?远在天边，近在眼前，就在那儿。你天天看着，就没半点伤心?”它的手往洞壁上一指。

辰杞心头一震，抬头望去。妖狼等的就是他这一分神，狼掌中光华一闪，它已握住一根石棱朝他胸口插下来。

辰杞浑身一抖，呼吸都差点丢失。妖狼阴恻恻地笑了，看着那一根灌注着它妖力的白玉石棱贯穿辰杞胸口，将他牢牢地钉在了石头上。它手掌一翻，掌心已隐隐浮现第二根。

而辰杞也看清了妖狼所说的东西。

那分明是他每日栖身的石巢，他一直以为那片自己用以遮挡的石壳是天然形成的。

可是他此刻没有躺在石壳下，那里为什么露出了一双人腿?

似石非石，状如枯骨，骨骼粗实修长。是人的骨头经过数百年风化成石，还是石头在渐渐变化成人形?

辰杞的眼眶忽然发热。

妖狼的第二根石棱已经插下。辰杞闷哼一声，几近脱力，意识也开始模糊。只听妖狼在耳边说："别急，我还没把你折磨够呢。你当年断我生路，阻我入世之仇，哪能那么轻易就报完了？等你彻底灰飞烟灭了，我再出这洞去，看看你护着的这个世界，能把我怎么办，我要他们生就生，要他们死就死。我是妖，他们是人，人怎么斗得过妖？！"

辰杞却垂着头，轻轻笑了，说："那就祝你好运了。"

这态度让妖狼又有点想奓毛，它冷冷一笑，说："对了，让一个人来看看你灰飞烟灭的精彩过程怎么样？肯定很刺激哟，你最喜欢的女人。说起来，我对你还是以德报怨啊。"

辰杞猛地抬头，妖狼哈哈一笑，手一扬，竟不知它从哪里抓来了一缕魂魄。谢之樊的身形从空中浮现，逐渐清晰，然后跌落在地。妖狼的手凭空一抓，谢之樊的身体跃起，落入它掌中。

辰杞死死地盯着她。她脸色苍白，扭过头，看着他，半晌无言。

"咦？不激动吗？不开心吗？"妖狼看看这个，又看看那个，陡然脸色一变，手又是一抬，谢之樊重重撞向岩壁，痛呼出声，虚弱无力。而后，人又被抓回它手里。

"樊樊！"辰杞吼道，挣扎着想要过去，可那两根石棱钉得太牢，他发出痛苦的号叫。

谢之樊的眼睛一下子就红了，朝他伸出手。辰杞身形一顿，也抬起手，两人的手居然握在了一起，虽然只握住了一根手指。

"阿杞，我不想死……也不想你死……我想回家……想要你和我一起去我生活的世界……"谢之樊的眼泪流下来，又涩涩地笑了，"你上辈子一定欠了我很多债吧，我记得模模糊糊的。你为什么要把我留在洞里？既然又重新开始了，你就要有始有终啊。现在这样算什么？算什么！"

辰杞也哭了。

他想，她不懂，她真的不懂。

不懂当年他的身不由己，埋尸地底，一世不得相见。他为什么拼了命去镇压这妖狼，拼了命在边关征战，不就是希望她能活在一个太平盛世吗？她却郁郁而终，不懂他的遗愿。

她也不懂，他这些年哪里都没去。原来将军身死，千军枯骨，魂魄不散，镇守洞中。他只余一魄，似鬼非鬼，似精非精，却以为自己还是人。原来他夜夜是从百年枯骨中坐起，茫然游荡于地下，只等一个人的出现。

她也不懂，他擅用幻境之术，圈禁了她，也沉沦了自己。一旦惊觉，人还是恍恍惚惚，却只能放她走。从此人鬼殊途，他想，若有幸能有来生，再去寻她。她却回来了，落入妖狼手中。她早已不是当年那个深闺女子，而是二十一世纪的独立女性，即便没有他，她也能活得很好。她却回来了，真傻。一点没变。

辰杞不敢再看她，盯着妖狼，哑声说："放了她。你想对我做什么，都随你。"

谢之樊一惊。

妖狼呵呵笑，说："你以为你现在还有资格跟我谈条件？你是不是忘了，我是以活人的魂魄精血为食，她这么干净，是上等粮，吃了她，我飞出去兜个风都轻轻松松。现在我就当着你的面吃掉她，你又能奈我何？"

谢之樊开始剧烈挣扎，可惜她哪里能在妖兽手中挣脱分毫？辰杞被钉住的身躯也开始强烈扭动。他此刻被钉住的虽是魂魄，却也可见鲜血淋漓、白骨森森，那意味着这伤已深入元神，自己离彻底灰飞烟灭已是不远。可他完全不管不顾，猛地一个起身，竟真的让他从石棱中挣脱出了一半，石棱只有一半还留在他胸膛里。

妖狼眉一皱，又是一个阴笑，凝神一抓，第三根石棱出现。妖狼暂时松开谢之樊，咬着牙，几乎是用尽全身力气用双手将石棱插入辰杞左胸。

谢之樊只看到辰杞的身体如同强烈触电般一抖，而后头和四肢慢慢垂下，不动了。

她已发不出任何声音。

妖狼的神情也有一瞬怔忪，然后又变回那副阴险狡诈的样子，咯咯笑了，凑近谢之樊的脸，说："他死了，哈，彻底死了，元灵俱灭了吧。你看，他就还剩一点精气了，等这点精气也流失了，就灰飞烟灭啦。大将军辰杞终于死了，不枉我蛰伏地下五百年养精蓄锐，他再也不能跟我作对，谁还能阻我上天入地之路，哈哈哈……”

谢之樊觉得这一切都恍惚如梦，从她被妖狼抓住起，这光怪陆离的一切就在不断冲击她的神经，甚至连刚才看到与妖狼争斗的辰杞都那么陌生。

此时，洞里一片寂静，只有妖狼的狂笑声极为刺耳。而那个人被三根石棱钉在壁上，高大的身体此时却让人想到一堆枯柴或者垃圾。谢之樊茫然地看向那头人面狼，抬起手，啪的一声打在它脸上。

妖狼一愣，紫眸闪动，一张嘴就朝谢之樊的肩头咬了下来。谢之樊发出一声惨叫，妖狼咬到一口血肉，浑身一震，只觉鲜美无比，一把抱紧她，开始吸这干净甜美的魂魄血气。

谢之樊又痛又怕，拼命挣扎，结果反而被它扣倒在地，它健硕凶猛的身躯覆盖上来。

（七）

空旷的洞穴里，只听见妖狼的喘息声和女人的哭泣挣扎声。

整座山的精灵游魂，也许尽死在这一场大战里，什么都没有剩下。

地下暗河汩汩流动，溶岩矗立百年不动。有光从缝隙射入，却照不亮这一片洞穴。黄褐色的岩层间，有水滴缓缓渗出，然后落下。

被钉死在岩壁上的那人，动了动。

他的头还是垂着的，仿佛再也无力抬起来。四肢还有血在不断滴落，落在地上，化为虚无。

他的右手手掌缓缓地、近乎僵硬地张开，然后掌间有光浮现。

正意图肆虐的妖狼没有察觉。

那光越聚越多，细细小小的光点像星星，也像萤火虫，形状也越来越明显。

然后他抬起了头。

妖狼浑身一紧，松开肩头流血的谢之樊，慌忙回头，但是已经来不及了。

面目已模糊、身体轮廓也在逐渐消失的辰杞猛地抬头，手一抓，百破刀炸出耀眼光芒，宛如一道白练破空，又如秋鸿湛湛。

“练刀数十年，刀锋饮血无数。此刀百破，破人破鬼破魂破命。”

一个声音恍惚在妖狼耳边响起。这一刻它恐惧到了极点，它甚至只听到了哧的一声轻响，下意识低下头，看到了胸口露出的半截刀锋。

“不——”它一下子从地上弹起，撞到了洞顶，它想要抓住刀锋，将其拔出，可手一碰及那柄刀，就如同火烙一般，疼痛不已。

它痛得满地打滚，嗷嗷叫着，却只能眼睁睁地看着自己的精气一点点从伤口流失。

“不……怎么可能？百破刀为什么会回到你的手里？”

辰杞捅完这一刀，力气已经尽失。但他没有倒下，几乎是极慢极慢地挪动，挪到了谢之樊的身边，然后猝然坐倒，一把将地上的女人抱起来。

谢之樊的神志几近迷失，骤然落入一个熟悉的、冰冷的怀抱，她全身一颤，条件反射般地想抗拒，却听到他近乎破碎的声音：“樊樊，樊樊……”

谢之樊哽咽着抱紧他。

辰杞的心中忽然变得一片寂静，想要低头吻她，却瞥见自己只剩白骨的手指，以及正在消散的双脚。

一旁的痛苦号叫还在传来。

两人回头，看到那妖狼身上插着刀，东撞西歪，它在求饶：“将军，大将军！饶了我吧！饶了我吧！我知错了，从此潜入地下，绝不现世！夫人，夫人，我错了……”

它不提谢之樊还好，一提，辰杞想起刚才她被它逼迫的画面，心中一怒，喝道：“百破刀，破鬼！”

妖狼的脸上露出极端惊恐和愤怒的神色。它已无法再反抗。

只听唰唰唰，数道极快的白光射出，那妖狼已四分五裂。可百破刀凶得很，还追着肢体挥砍，瞬间漫天血肉横飞，比之前阴军被妖狼屠杀的场面还要恐怖。直至这头妖狼完全化为粉末尽散于空中，真正地灰飞烟灭。

百破刀悬停于空中一会儿，缓缓飞向辰杞。他嘴角一勾，接住，另一只手依然抱着谢之樊。

“结束了吗？”她难以置信地问。

“嗯。”

“那我们赶紧走，出去！”她挣扎着想要把他从地上扶起，这才看清了他现在的样子。

她呆住了：“怎么会这样？怎么会这样？”

辰杞静了几秒钟，才说：“他的三根石棱，确实刺得我仅剩的这一魄要灰飞烟灭了。”

谢之樊望着他摇头：“不会的！你刚刚不是还杀了他吗？你还有这把刀！你说过要陪我出去的，又不算数了吗？又让我白等了这辈子吗？”

辰杞眼泪涌出，强行压制下去。他的手腕以下都已消失，只能以这个样子轻轻触碰她的脸，嗓音却平静得很：“听我说，妖狼除掉了，我这人不人鬼不鬼的东西，也该走了。你以后可以好好过你的生生世世，别记得我。曾经拥有那一世，还有今世能遇到你，我很满足。”

谢之樊一下子哭了出来。

后来，不知是在哪一刻，那拥抱着她的温柔触觉，慢慢消失了。

她的身边空无一人。妖狼、辰杞、那些阴军的尸体，通通都没了痕迹。

她跌跌撞撞往洞外走，直至看到一团柔和的光，她不由自主被吸引过去。

在失去知觉的那个过程中，她恍惚听到有个洪亮的声音笑着说：“凤阳郡辰杞，斩妖兽建奇功，五百年前战死后，他一缕游魂始终不肯散去，死守妖兽墓，令世世真身如行尸走肉、浑浑噩噩。如今他虽仅剩一丝魂魄，但仍有百破刀护体，可重聚魂魄。就让他起死回生，回到真身里去吧。”

原来他确实有真身，可以去她的世界生活。他没有骗她。她想。

…………

谢之樊感觉自己像是做了个很模糊但是很痛心的梦。醒来时，望着病房雪白的天花板，心中就跟堵了块巨石似的。床边的父母在哭，她抱着他们，也狠狠地哭。

冬去春来。

辰杞走入机场安检口时，父母还非常不放心地张望着。辰杞回头看他们操心的样子，笑了："快回去吧，我多大个人了，又是个男人，你们还不放心？"

父亲还好，只是闷闷点头，母亲则擦了下眼泪："那怎么能一样？我们杞杞才刚好，就要离开爸爸妈妈……"

辰杞有点头大，知道再磨蹭下去，母亲又该哭成个泪人了。这位总裁夫人哪里都好，就是太爱哭。

他的这具躯体恢复意识已有大半年。因脸蛋和他长得一模一样，隐约明白，这就是他这一世的真身。多年来这具躯体没有神志、浑浑噩噩、七窍未开，父母却始终不离不弃，也没有生别的孩子，而是守着这位独子，将他照料得很好。

待他醒来后，亦十分感激他们的养育之恩。这半年多他不断做复健，终于可以矫健运动。尽管父母还习惯性地把他当成那个心智未开的孩子，但他有更重要的事要去做，已经不能再等了。

飞机停在贵阳机场。

没有任何耽搁，辰杞转乘汽车去往那个地方。

上个月，他曾去她就读的大学找过她，可是她已经毕业了。他找了一圈，也没有她的音讯。又去过从别处打听来的她的老家，却得知他们全家已经搬走。

天高云阔，地下洞穴游人如织。辰杞依然是一身 T 恤、牛仔裤，随着人流缓缓进入。洞穴很大也很深，各色钟乳石神态各异。有的如瘦高个儿的男人提灯夜行，有的如莽撞大汉提刀而立，还有被誉为全亚洲最美的玉石笋。

辰杞和其他游人一样，驻足观望，见她亭亭玉立，瓣瓣玉片如莲花满身盛开。

他想，小玉他们应该也去了这一世他们该去的地方吧。

其实随着他对这具躯体的掌控越来越熟悉，还有这些年懵懵懂懂活着的记忆在脑海中复苏，他甚至会觉得，曾经洞中的半生像是一场梦。他早已是现世的辰杞，不是那个梦中的大将军。可他今日亲至洞中，触摸着这些梦中的石头，会有很压抑、很遥远的疼痛感从心口传来。

他在洞里待了半个月。

是在一个阳光静好的清晨吧，游人都还没有大批到来。辰杞走出在洞边村落租住的小屋，蹲在地上刷牙。

昨天晚上母亲跟他视频，心疼得不行，直嚷自己娇生惯养的宝贝怎么变成不能看的糙汉子了。把辰杞尴尬得不行，心想：我本来就是军伍出身的糙汉子，男人不就该这副模样?

有一队中学生过来了，跟他问路。最近是暑假，常有学生过来夏令营、学习游玩之类的。辰杞不以为意，匆匆抬头给他们指了方向，刚要进屋，听到一个柔和低沉的女声说："你们跟这位大伯道谢了吗？"

辰杞听到这声音如遭雷击。他缓缓转身。

谢之樊毕业后就离开北京来到了贵州，最后找了份在县里中学教书的工作。几乎每个周末，她都会过来看看，等那个人。只不过前段时间太忙，实在无暇分身。见这位"大伯"转身，她也不经意地望去。

两人呆呆地望着彼此，都没有动。

学生们喊道："谢老师，快走啊？"结果看到向来沉稳亲和的老师根本没回应。

她一直望着他的眼睛，却怕是自己会错了意。

她颤声问："你是……辰杞吗？"她低下头，看到他脚下的影子，越发忐忑。

辰杞慢慢笑了，说："是啊。在你的世界找了一圈，终于找到你了。"

借来的一晚

（一）

冯玥玥心满意足地走在马路上。

明月高悬，夜空璀璨。学校后门的这一条街，寂静无比，微湿的路面映着路灯，光盈盈的。她回来得太晚了，街上一个人都没有。可她身体的热血，仿佛还没降温。

她最喜欢的歌手、偶像——岑野，今天来这个城市开演唱会了。身为死忠粉的冯玥玥，怎么可能不跑去看呢？尽管岑野在演唱会的最后还叮嘱大家回家路上注意安全，结伴而行，不要让他担心，可与冯玥玥同行的舍友，看完演唱会就回家了。冯玥玥明天一早还有课，不敢耽误，也觉得不会有什么问题，倒了两趟夜班公交，又走了两站路，现在就快抵达学校了。

脑子里还回味着演唱会的片段，感觉到了极大的满足，津津有味。

可冯玥玥很快就笑不出来了，因为身后有人。

大概是从一站地前开始，她就注意到了身后的脚步声。起初她还以为是路人，没太在意。可等她走了一站地，那个脚步声还不远不近地跟着，冯玥玥心里就有点发毛了。于是她看似平静地走着路，注意力却全都在身后，然后诡异的事发生了。

就在她集中注意力的一刹那，那个脚步声突然消失了。

她一愣，然后全身发冷，两只脚好像都不是自己的了。又走了几步，身后始终特别安静，她鼓起勇气回头，看到了空荡荡的一条长街。她松了口气，心想那人说不定拐弯走了。虽然这个“拐弯”听起来那么诡异，突然消失，一点缓冲、减弱、渐远的过程都没有。

她又往前走了两步。

噔、噔、噔……那个脚步声又来了，而且清晰程度听起来和刚才一模一样！好像就在她身后十几步远的位置，可是刚才……那里不是没人吗？

那感觉就像是一只蚂蚁无声地爬上了她的后背，战栗如同电波般席卷。冯玥玥整个躯干、四肢都有点发僵，她甚至想自己是不是演唱会听太久了，出现幻听了。可是她现在真的不敢回头，脑子里胡思乱想：那脚步声听起来不带半点情绪，不急不慌，步履稳定，就像完全不把她当回事……

冯玥玥忽然觉得受不了了，就好像一根弦，恍恍惚惚就绷紧了，绷到了一个极限，哧的一下就断了。她一下子发力，往学校后门跑去。

后门是扇铁门，此时紧闭着，离她只有百余米了。她冲刺过去后，还得翻墙，避开那些铁栅栏。她的呼吸很急，急得像打鼓，脚步声也是咚咚咚的，所以她听不清那个人有没有追上来，有没有如影随形……

她一口气跑到了铁门前，仿佛即将溺亡的人终于抓住了最后的救生衣，她双手抓住铁栏杆，在往上爬的前一秒，终于还是忍不住回过头去。这一看，只吓得她全身一颤。一个人影正以飞快的速度朝她追来。那个人背着光，她根本看不清他的脸，惊鸿一瞥间，只见他很高大，衣袖外的手臂肌肉紧瘦结实，他跑得很有力，像一头豹子，正打算扑食……

而她，就是那只正待被捕捉的兔子。

冯玥玥就像是哑掉了，过了几秒钟，才能尖叫出声：“啊啊啊——救命啊——”

她开始手忙脚乱地往上爬。

完了完了完了！真遇上变态了！

她都快要爬到铁门顶上了，突然间门被人重重一撞，她差点抓不稳，手脚并用紧紧扒在上头。门猛摇了几下后，她都快哭出来了，可还是不死心，在这么猛烈的摇晃里，还在拼命往上爬……

然后就感觉到一只热乎乎的手掌抓住了她的小腿。

世界仿佛在这一刹那停止了。

冯玥玥失去意识前最后的记忆，是自己被人从背后牢牢抱在怀里，一块散发着清香的手帕，捂上了她的嘴……

（二）

冯玥玥正在梦里吃着鸡蛋灌饼，嗯……好香，鸡蛋好嫩，还有点烫嘴……她正要大咬一口，忽然听到了一阵抖抖索索的笑声："咯咯……咯咯咯……"

谁在笑？这么难听，这么阴森，好讨厌啊……她不太耐烦地想。可是手中的鸡蛋饼就这么不见了，而那笑声仿佛就在耳边，"咯咯咯……呵呵呵……"

她忽然一个激灵，全身冒出冷汗，睁开了眼睛。

阴暗——周围是一片陌生的、看不清的阴暗。某种又闷又潮的气息扑鼻而来，远处有几道光影在变幻闪动，可她的眼睛有些酸，看得不太清。脑子在几秒钟后才恢复清醒，然后她全身都紧绷起来。

因为她发现自己躺在地上，被绳索绑着，双臂被绑在身后，大腿和脚踝也被绑得紧紧的。而绳索的另一头，从她的脖子上缠过，最后系在了墙壁上的某处。她全身都开始发冷，搞什么……鬼？她真的遇到了变态吗？

眼泪就快要掉出来了。

她怎么这么倒霉，被绑得跟只粽子似的，今早的课肯定误了，灭绝师太会狠狠扣她的出勤分数……不，她还想什么上课出勤，她现在小命和贞操都难保了好吗？想到自己看过的那些电视剧里变态杀人狂折磨女孩的手段，冯玥玥禁不住又打了个寒战，气都快喘不过来了。

她觉得自己真的倒霉透顶了，她长得又不那么好看，顶多算清秀而已，成绩普普通通，生活也普普通通，丢在人群里都找不出来啊，怎么那人就瞄上她了？就因为她独自晚归吗？呜呜呜，她以后一定听偶像的话，再也不一个人走夜路了……

正胡思乱想着，像是要回应她心底翻涌的恐惧，脚步声渐起。冯玥玥瞪大眼，就跟受伤的兔子一样缩紧全身，看着那头猎豹的来临。

一个人影从她面前斑驳的旧墙后走了出来，就是那个人。这地下小屋里的一切，仿佛都静止了下来，冯玥玥连呼吸都忘了，看着那人伸手按了按墙上某处，灯开了，他们也看清了彼此的脸。

那是个看起来二十多岁的男人，个头的确不矮，大概一米七八的样子，平头，长得也很普通，但是浑身上下都很干净利落。两条细细的眉毛下，那双眼也没有电视剧里杀人狂似的凶神恶煞，很平静，看她的目光就像看一张桌子、一条板凳似的。

他站在距离她一米半处，打量了她一会儿。

冯玥玥说："你……想干什么？"声音抖得厉害。

他根本不回答，不过似乎对她还挺满意的，他的嘴角露出一丝笑，然后就在地上坐了下来。冯玥玥没看清他从墙角哪里抽出了一把雪亮的西瓜刀，还有一块磨刀石。他坐在灯下，低头开始很认真地磨。那磨刀的声音开始有节律地往冯玥玥耳朵里钻。

冯玥玥简直要疯了。眼前的一幕实在太寂静，也太恐怖。她觉得自己即便不被他砍死，也快要被吓死了。她感觉到全身发软，某种酥酥的、即将令人瘫软的感觉，开始在全身蔓延。她心知那就是恐惧。

可是，冯玥玥从来都不是个懦弱的姑娘。害怕的同时，她也感觉到了愤怒和厌恶。她告诉自己，一定要拼命想办法，历史上不是没有人从杀人犯手里逃脱的，都靠一张巧嘴……可是，她毕竟只是个念大二的女孩，没有任何复杂的社会经历，在心里苦苦思索了半天，最终只是故作很有底气、很不惊慌的样子，冷冷地说："你知道我是谁吗？你敢对我做什么，一定不会有好下场！"

女孩这近乎空洞的威胁，终于把男人给惹笑了。他磨刀的手突然一停，只停得冯玥玥全身一颤。

而后他偏头望向她，笑得不冷不热："你是冯玥玥，K大中文系大二学生，湖南岳阳人。"然后他的声音变得近乎亲昵，"你的什么事我都知道。因为……你是我的。”

冯玥玥的脑子里已是一片空白。她忽然大哭了起来，开始挣扎，拼命挣扎，肩扭脚踢，想要从这绳网中逃脱，可都只是徒劳。那人不理她，又磨了一会儿，终究还是皱眉，放下刀，冯玥玥一下子又不敢挣了，只是睁着一双湿漉漉的眼看着他。

他说：“不要吵，你的皮肤要是被绳索磨出印子，就不好看了。没用的，都是没用的。你还不明白吧？这里是我早就给你准备好的地方，没有任何人知道，也没有人能找到，连蚊子都飞不进来一只。想要有人来救你，除非奇迹发生。”

冯玥玥哽咽着，也不闹了，瘫软在地上，望着天花板。他叹了口气，低头继续磨。这一室是这样安静，只剩下偏执的人磨刀的声音。真的像他说的那样，连蚊子飞的声音都没有，只有他们俩。

“妈妈……”冯玥玥在心里默念，“妈妈、爸爸……你们以后不要伤心啊……”

眼泪一直往下掉，眼睛好疼啊。她好像也没太多牵挂，在心里想了几个至交好友后，又想到了岑野。

“小野，你以后一定要一直红，你大概不知道，自己有个默默无闻的粉丝，就这么死掉了……小野，你保佑我死得痛快点，下辈子投个好胎……”

还有谁呢？

总觉得……不甘心啊。

这样的一生，这么短，什么都还没有干过、经历过，就要这么结束了。总觉得不该这样啊，总觉得人生里、岁月里，还有什么，还有什么人，在等着自己啊。

可是，就像他说的，想要获救，除非奇迹发生吧。

死心吧，冯玥玥。待会儿不要反抗，不要挣扎，待会儿拼命去承受吧。

…………

“冯玥玥，你的生命里是会有奇迹的。”

有个声音，一个陌生的年轻男子的声音，就像是凭空冒出来，突然在她耳边响起。

泪眼模糊的冯玥玥骤然睁开眼，她想自己是不是真的幻听了，因为那个声音就响在她耳朵边，她甚至还感觉到一丝残存的热气。那人的声音温柔又深情，似乎克制着什么情绪。可此刻她的身边空空如也，除了不远处还在磨刀的某人，哪里还有人？

而且，门在磨刀人身后，她身边哪里有门？就算有人，怎么可能进得来？

她还处在一片凌乱中，磨刀人的动作却已停了，因为一道影子出现在他头顶。

真的有人。

冯玥玥抬头望去，那个人就站在墙边。你不知道他怎么进来的，甚至没听到半点门开的声音，可是他就这样出现了。

奇迹出现了。

（三）

磨刀人也愣了一会儿，看着身边突然出现的年轻男子，再望向他身后完好的门锁，眉头皱得更深。

可那年轻男子没有看他，只是望着躺在地上的冯玥玥。

冯玥玥也傻乎乎地望着他。

那真是陌生的男子，很高，眉眼非常好看，皮肤也很白，嘴轻轻抿着。他穿了身黑色大衣，尽管是颇显老成的样子，依然难掩他年轻俊雅的模样。他的双手插在大衣口袋里，隔着磨刀人，定定地望着她，眼神中透出几分难言的怜惜。然后在冯玥玥的直视下，他似乎因为自己的情感流露有些许尴尬，又低下头去，避开她的视线。

冯玥玥对于眼前的状况还是蒙的，但是理智渐渐恢复。只觉得眼前的男子浑身上下都透着某种神秘克制的气息，她甚至开始怀疑，这人是真实存在的吗？为什么她听到了他在耳边说话？为什么他能够出现在这个小屋里？

但是有人已经动了。

磨刀人站起来，如野兽一般，挥刀朝他扑去。

冯玥玥下意识脱口而出："当心！"

为什么会担心他呢？为什么不怕神秘的他呢？这样的情势下，刀光已映在了他的脸上，他居然还冲她笑了笑，有点感动、有点羞涩的样子，然后——

冯玥玥甚至都没看清他是怎么动作的，磨刀人的刀已经停下了。因为他牢牢握住了磨刀人的手腕，刀硬生生地停在半空中，离他的脸只有几厘米远。

他轻轻皱了一下眉，仿佛很嫌弃，又仿佛很漫不经心，然后他说："冯玥玥，闭上眼睛。"

冯玥玥没动，自然也没闭眼，反而瞪大眼，看着眼前的变故。某种喜悦在她心底绽放，明明不知这个人的底细，可她为什么就是感觉自己获救了？

见她不听话，他无奈地挑挑眉，而此时，磨刀人因为被他轻而易举地钳制住，已经怒极，拼命想要挣脱，他却不慌不忙，把对方制得死死的，又柔声对她说："听话。我说好，你再睁开。你难道不想我早点送你回去？"

这回冯玥玥一下子被戳中心坎了，立马闭上眼，然后她听到了很轻的哧啦声，像是刀又轻又快地划破了什么。又一阵窸窸窣窣的声音后，她听到他的声音就在面前，他说："睁开眼。"

她睁眼，看到灯光下一张清晰的、真实的脸。他在她面前蹲下，亦很认真地望着她的脸。她发现他把外套脱下了，只穿着里头的毛衣。她飞快地望向他身后，看到地上躺着个人。但是他的大衣几乎把那人的身体全部遮住，只露出两截小腿。

空气中有渐渐散开的血腥味道。

"你对他……做了什么？"冯玥玥颤声问。

他扶她坐起来，从口袋里掏出匕首，替她一处处割开绳索，只是说："他还会杀很多女孩，像你这样的。"

冯玥玥问："你怎么知道？"

他笑而不答，这时她全身已获得自由，只是长时间被绑着，一时四肢僵硬，活动不了。他伸手去搀扶她，她躲开了。他愣了愣，看着自己停在半空中的手，然后慢慢放下了。

冯玥玥往后靠在墙壁上，拉开与他的距离，问："你是什么人？为什么会找到这里？你是怎么进来的？你到底对他做了什么？你……为什么要救我？"

真的，好多好多问题啊。

他盯着她，忽然笑了。他本就长得好，眉眼干净，这么一笑，仿佛天生带着光，真的让人难以把他和他身后那一团血泊联系在一起。

然后他居然突然伸手，就按在她脑袋边的墙壁上。他的靠近，居然不让冯玥玥觉得恐惧、讨厌，只是紧张。然后他另一只手慢慢抬起，摸着她的下巴。明明是很不规矩让她很痒的动作，可她就是动不了。也不知道着了哪门子魔，这男人身上像是有魔力吸引着她，让她忍不住盯着他的眼睛。

那双眼睛里闪过的，到底是什么情绪？是悲伤、怜爱、痛苦、欣喜，还是迷茫？

然而转瞬间他的神色已恢复平静，如同他的靠近、他的离开一样突然。又像是害怕自己就此沉溺，他一下子就松开了她的下巴，保持蹲在她面前的姿势，手搭在膝盖上。也像是猎豹，却是安静地守护着自己想要守护的那个人。

他说："什么都不用管，继续过你的生活。我们会再见面的。"

冯玥玥问："什么时候？"

他微微一笑，然后忽然偏过头去，笑容也收住了。冯玥玥完全没有反应过来，他已低头在她唇角上飞快地一吻。那一刻她清楚地看到了他的表情，竟是紧绷的，甚至有些僵硬。难道……他是在不好意思吗？

同时，她也清楚地听到了他的答案："未来。"

（四）

未来有什么在等着自己，冯玥玥并不知道。只是接下来几年，她的日子过得平凡得不能再平凡。

那夜之后，尤其是那个轻吻之后的一切，她已记不清了。再次醒来，人已经好好回到宿舍的床上躺着了，仿佛一切都是南柯一梦。

可冯玥玥知道，那不是梦。手腕、脚踝被绳索捆出的红痕分明还在，唇角耳畔的余温也还在。

没有任何有关那个杀人狂的消息。冯玥玥也没有向警方举报，因为他曾经说过，磨刀人还会杀很多女孩。她也无法向警方解释那一切。明明是个陌生人，只相处了几分钟不到，可冯玥玥就是相信，他做出的就是最好的安排。

然后她像普通人一样，度过了大学时光，成绩不好不坏，好歹没有挂科。毕业后进了湘城一家普通公司上班。后来岑野又来开了演唱会，他结了婚，生了孩子，依然那么红。冯玥玥依然喜欢他，只是不再像当年那么狂热激动。她也听偶像的话，不再独自晚归。她租住在灯火明亮的闹市区的高楼上，安全得不能再安全。

她去过很多地方旅行，也见过很多陌生人，却没有再见过他。

他说他会在未来和她再见面。这句约定说出来会让所有人难以置信。可她不知道，他到底在哪年哪月哪个地方等着自己。

一转眼她都二十五了。毕竟长相清秀，性格还有点小可爱，也有几个男孩追过她，她犹豫之后，还是拒绝了。总觉得还是要等出个结果吧。

毕竟那个人曾经那样看着她，还亲了她一下，甚至还有些害羞尴尬。他完全不像个真实存在于她那个时空的人，可他那个晚上，还是赶来救她了。孩子气却又认真地告诉她：人生，真的可以存在奇迹。

冯玥玥二十五岁生日后的第三天，是个阴雨天，还是周末。她习惯性地去市中心的咖啡馆坐坐。一是很闲适，二是她可以望着窗外人来人往，一天下来，她甚至数过，可以看到好多好多人呢。

一杯咖啡喝完了，她又去吧台点单。吧台后，咖啡厅经理似乎正在对新来的服务生说话，那服务生高高的个子，一直频频点头，“嗯、嗯、嗯”，嗓音有点耳熟，还带着点快活的笑意。那是二十出头的小伙子才会有的明朗笑意。

冯玥玥不经意间抬头，就看见了他。

乍一看，他的轮廓几乎没怎么变，还是那么白皙、那么好看。头发短短的、软软的，像头高大的动物。即使穿着服务生的衣服，也显得高挑匀称。不过冯玥玥很快察觉出不同，眼前的他，分明比那晚的他小上五六岁，脸上甚至还有点少年独有的细细的绒毛。

察觉到冯玥玥的注视，他抬起头，有些奇怪地看了她一眼，然后咧开嘴笑了。

冯玥玥一直看着他，看得他都不好意思了，转过头去，似乎不想搭理这个奇奇怪怪的姐姐。过了一会儿，冯玥玥却又转头，望着窗外渐落的雨，还有总是川流不息的人群，笑了。

原来你还在这个年岁等着我呢。

在那个夜里手起刀落守护我和正义的那个沉稳男子，现在还是这副青涩模样。你藏着什么旁人不知的秘密？未来会发生什么？我与你之间，又会发生什么？现在我来了，是不是将来可以和你一起知道答案了？

“我叫冯玥玥，你叫什么名字？”

“呃……我叫程东。”

“你小时候是不是学过武术？”

“你……关你什么事？”

“喂，你身上是不是发生过什么奇奇怪怪的事？”

“咳，听不懂你在说什么……对不起，我要去给别人送餐了。小姐，不要拉着我……我去，你这个女人，放手啊！我……我……我要叫非礼了！”

“你叫啊。我还有很多话要慢慢和你说。知不知道我等了你多久、找了你多久，你这个浑蛋！只留下一句话就走了，装什么酷？耍什么帅？你就不能多说一点线索吗？”

…………

昨夜瓜子香

（一）

谢芙蕊坐在火炉前，正在刷手机。周围暮色降临，行人减少。

嘀——手机响了一声，“您好，有新的订单。”

谢芙蕊扫了眼这个外卖订单：三斤炒瓜子。一斤原味，二斤五香，订单地址……

她愣了一下，抬头看了看街道深处，放下瓜子，骂了句脏话。

瓜子都是她今天炒好的，还在火上热着。谢芙蕊按订单装好，让旁边摊位的大哥帮忙看一会儿，自己则拎起袋子走了。

她数过，只要走三十步，就能从她的炒货摊位走到本城最大的夜宵店“醉香”门口。

“醉香”的老板李沿三年前起家，据说原本一穷二白，一靠聪明伶俐，二靠起早贪黑经营，别人营业到凌晨三四点钟，他就通宵。不仅如此，他还远赴浏阳、湘潭、长沙，死缠烂打跟当地最有名的夜宵店学绝活儿，因此他的夜宵店总是能不断推出新口味，很快在小城独领风骚。

原本“醉香”只有一家门面，后来不断扩张，不断买买买，把这条本不繁华的街上的五个门面全买了，据说今年还要在城东开一家分店。

不过，“醉香”的人倒不敢来打谢芙蕊门面的主意。

天还没黑，还不是上客的时候。一个小伙子坐在门口，看到谢芙蕊立刻笑了：

“谢姐，又来送瓜子啊？”

谢芙蕊没好气地说：“就隔三间门面，为什么不自己来买，还要老娘送来？”

年轻伙计只是嘿嘿笑，谢芙蕊把瓜子递给他，他也不肯接，说：“谢姐啊，你这个工作做得不到位啊，谁订的送到谁手上，楼上呢。”

谢芙蕊只得慢吞吞上了楼。

楼上有好几个包间，不用伙计指点，谢芙蕊就知道那人一般都待在哪间里。

走廊尽头，风景最好，可以看到一片郁郁葱葱的树木和灰白色老房子。门是虚掩着的，隐约看到里头装修得特别好看。谢芙蕊也说不出是哪里好，并不金碧辉煌，只有一张长木桌，一盏垂落的铜灯，桌上还放着一小瓶枝叶歪来扭去的绿植。房间里全是木石结合的构造，可就是好看。每次走进去，谢芙蕊就有种舒服放松的感觉。

她叹了口气，敲了两下门，听到里头那人的嗓音还带着宿醉后的沙哑低沉：“进来。”

谢芙蕊在心中骂了句娘，再想想他如今这架势，果然男人一有钱就变坏，没跑的。她有点气鼓鼓地走进去，把瓜子往桌上一放，恶狠狠地说：“一斤原味，二斤五香，送到了！”

转身刚想走，李沿已从躺椅上坐了起来，问：“是现炒的吧？”

谢芙蕊只好停步：“现炒的。”

“那得我先尝尝是不是，先别走。”

谢芙蕊飞过去一个眼刀。

李沿却笑了，就这么松松垮垮地坐在藤椅上，抓了把瓜子，轻轻嗑着。才二十五六岁的男人，这几年却明显添了老成气质。穿着薄毛衣、宽松裤子，头发依然如当年那么短，手指却已不见早年的粗糙伤痕，现在可是养得细皮嫩肉的了。毕竟他现在是全城出了名的单身有钱男人，开的车都从二手金杯换成了崭新宝马。

一小把瓜子慢慢被他吃完了。

“试够了没？”

“够了。”他拍拍手，忽然站起，谢芙蕊惊得立刻往后退了一步。他一皱眉，“这是什么样子？你怕我啊？”

谢芙蕊每句话都带着刺：“你以为自己多牛啊？我怕你？我得回去了！”

他也不生气，轻轻“嗯”了一声，却咳嗽了两声，端起桌上的茶喝了一大口。

谢芙蕊看那茶都不冒热气了，忍不住说：“喝酒了还嗑什么瓜子，换杯热茶不行吗你？”

李沿长相端正，并不十分帅，但是轮廓很干净、很硬。听到这两句话，他顿时笑了，说：“哦，知道了。”

谢芙蕊最受不了的就是他这副好像很老实的面孔，脑子里瞬间闪过的，是他常和人夜店流连的传闻，心中顿时有些闷塞，正要告辞，他却竟像是能洞悉她心中所想，自顾自说道：“昨天有两个湘潭的老板过来，我招待了一下，白酒只喝了半斤。店里比较忙，我十二点不到就回来看着店了，没有参加他们接下来的活动。”

谢芙蕊问：“……你跟我说这些干什么？”

虽说李沿这些年混迹于社会，见过的女人无数，可他觉得自己其实是有怪癖的。眼前的女人，不施粉黛，原本清秀的脸现在还染着层灰似的，有点发黑，形象上大打折扣。穿的是厚厚的军大衣，完全显不出身材，因为这样才方便她每日在街头炒瓜子时不会被冻得病倒。头发也没好好梳，一缕黑发垂在脸颊旁，可她依然是这条街上远近闻名的“瓜子西施”。而李沿仅仅是看着这样的她，就觉得原本有些发冷的身体里，像是有团火在随意地蹿。他也觉得自己的眼睛是有病的，哪怕是看着她臃肿的军大衣，也几乎能勾勒出她军大衣下那苗条诱人的身材，胸是胸，腰是腰，臀是臀。夏天时他早看得清清楚楚。

于是他多看了她几眼，就更上火了。

李沿摆摆手，示意她可以先走了。谢芙蕊脸色还是淡淡的，她永远都是这世上最骄傲的瓜子西施。等她走到门口，李沿又有点不乐意了，开口说：“你那瓜子铺还要开多久？”

谢芙蕊奇怪地看他一眼：“我想开多久就开多久，关李老板你屁事！”

李沿其实不喜欢她老是说脏话，可又喜欢看她说脏话时的泼辣样子，所以这种时候总是不做任何反应。

然而斟酌了很久的念头，居然就这么轻易脱口而出："要不瓜子铺我派个人给你管，你来我这里上班，帮我管事？"

谢芙蕊看着男人清朗的眉目。他没有笑，他不笑时，你就知道他是认真的，跟刚才那个装老实的男人不太一样，跟外界传言的那个奸诈的、八面玲珑的、圆滑世故的老板也不一样，跟高中时那个总是沉默地坐在她身旁的男孩也不一样。

可哪里知道，他就这么轻易地说出这样邀约的话？到底是他这里确实缺信得过的老朋友，还是有点别的意思，还是怜悯她？

谢芙蕊是个耿直性子，低声说："为什么啊？"

李沿也静了一会儿，笑了，说："每天站在那里炒瓜子，你不冷吗？"

谢芙蕊不知道自己是否在等待什么回答，也不知道这一刻自己的心情是失落还是温暖。她"哦"了声说："我看起来像是怕冷的人吗？"转身走出包间，下了楼。

他当然不会追出来，他只会继续坐在他的小城堡里，继续嗑她送来的瓜子，或者继续喝着昂贵的茶吧。

谢芙蕊回到摊位前，突然像是有了干劲，开始很努力地炒炒炒，炒炒炒，炒出了一身热汗，可这一天生意依然平平。到了深夜，也不会有客人了。小城的冬夜冷得彻骨。谢芙蕊开始收拾摊位，拉下小卷闸门，粗糙的双手被冻得冰冷通红。

某个瞬间，忽然听到汽车引擎声从背后掠过。

谢芙蕊当然不会开车，也很少坐轿车。为了省钱，小城的破烂公交车她也很少坐，反正就几步路嘛，她很快就走到了。她也不知道，不同汽车的引擎声是否有所不同。可每次，宝马的声音，她都能听出来。

她没有回头，听着引擎声渐渐远了，才回过身，看到白色的、那么昂贵精致的轿车从街角驶出她的视线。

谢芙蕊低下头，想：自己白天想啥玩意儿呢，李沿现在是个什么人，她不是早就知道了吗？什么样的女人、什么样的牛鬼蛇神他没见过？也许对活得窝窝囊囊的老同学，他开始怜悯了；也许对有几分姿色的女人，他也学会要撩拨几句了。仅此而已。

（二）

这天谢芙蕊本来过得开开心心的。临近深夜，她就快下班了。今天还接了个“大单”，一家饭店让她提供春节期间所有炒货。她开心都来不及，正在炉前热火朝天地炒着，隔壁夜宵店的伙计急匆匆跑来了。

“欸，谢姐，你快去金色旋律 KTV 吧！出事了！”

谢芙蕊一惊，还以为自己的瓜子出质量问题了。可一想不对啊，金色旋律不是她的目标客户啊。她把大锅铲一扔，双手叉腰问：“出什么事了？”

伙计一脸悲痛：“我们老板在那里喝多了，正被人灌酒呢！他胃不好，刚打电话来，叫你去接他。”

谢芙蕊停顿了几秒钟，转身拿起锅铲继续炒：“他是你老板，又不是我老板，你自己去啊！叫我干什么？莫名其妙！”

伙计几乎是面不改色地说：“不行啊，店里忙得要死，根本走不开！拜托你啦！谢姐！而且你知道老板那性格，我们劝不动的，还要被骂。你是他老同学嘛，他放心！金色旋律 KTV，502 包厢，记住了啊！”说完就跑。

“哎！哎！”谢芙蕊叫都叫不住他，烦躁死了，转头看看快炒完的瓜子，又看了看手表，快晚上十点了。

又磨蹭了一会儿，把所有瓜子装好，炉子也收拾好，一抬头，看到隔了几间门面的“醉香”门口，那伙计分明躲着在偷偷张望。

谢芙蕊失笑，脑子里却浮现出李沿喝醉酒的样子。

那还是七八年前，他们在读高中。谁谁谁过生日，男生都喝了点啤酒。当时李沿就这么趴在她身旁，脸埋在胳膊里，头发很短，也很黑，只露出一点额头、耳朵、侧脸，线条却那么好看。她跟他说什么，他只是低低地“嗯，嗯”几声，可她居然觉得那声音很好听。

现在不知道他喝醉酒时是什么样子，会不会还有乌黑干净的发和线条清晰的侧脸。

谢芙蕊的心里乱糟糟的，就这么走到了 KTV 门口。到了才反应过来，自己还穿着炒瓜子时穿的又脏又厚的军大衣，一时竟走不进那金碧辉煌的纸醉金迷之所了。

只好拿出手机，给他打电话。

“喂，李沿，我跟你说……”

“蕊蕊？”他的嗓音很哑，带着浅浅笑意，一下子让她住了嘴。那头还有吵闹的音乐声和男人、女人的笑声。

“什么事？”他问。

“……我在门口，你伙计说走不开，让我来接你。”

“哦！”他好像这才反应过来自己才是始作俑者，“我……这就出来。你等我。”

谢芙蕊挂了电话，冬夜好冷，她双手插在口袋里，低头看着地面。今天穿的是一双新的黑色靴子，看着看着，她笑了出来。

李沿是跌跌撞撞走到她身后的。谢芙蕊听到响动，皱眉回头。一个陌生男人把他搀扶出来，看到谢芙蕊，很好奇地打量。

谢芙蕊虽然没什么钱，却也看得出来两人穿的都是名牌。那男的看了几眼谢芙蕊，没说什么，对李沿说：“就把你送这儿？你跟她回去？”

谢芙蕊脸一热，心想：什么跟我回去？

李沿却已很肯定地点头：“嗯，我跟她走。”那男人笑了笑，又看了谢芙蕊一眼，自己上了旁边停着的一辆奔驰。

谢芙蕊只好上前扶着李沿，叫了辆的士。李沿这时闭着眼，也不说话。上车后，头一歪，就靠在了谢芙蕊肩上。谢芙蕊皱眉，伸出一根手指想把他的头推开，结果推不动，这人死沉死沉的，她只好作罢。抬起头，看到窗外夜色流光，小城高高低低的建筑在眼前悉数掠过。而男人身材高大，几乎占据了三分之二的后排空间，他的呼吸、他的气息仿佛都占据着这里。谢芙蕊说不清心中是什么感受，温暖也好，害怕也好，踏实也好，彷徨也好，都已说不出口，只是这样安安静静地任他依偎着，竟也感觉十分好。

他住的是小城最好的小区，谢芙蕊扶他下了车，拍拍他的脸，问："是五栋……十八楼吧？"

他的眼睛忽然睁开一道缝，嘴角翘起："是……你怎么这么清楚？"

谢芙蕊没好气地说："你在家也点过瓜子外卖！"

她扶他上楼，好在他自己能走，只是不太稳。到了他家门口，谢芙蕊问："钥匙呢？"

李沿嘀咕了一句："指纹锁……"

"那你开锁啊！"

李沿抬起手，可醉态一下子就露出来了，那手指老放不到锁上，谢芙蕊只得握住他的那根手指。彼时竟似感觉到男人的身躯轻轻颤抖了一下，手指却微凉。谢芙蕊将他的手指刚放上扫描器，忽然间感觉到男人的气息靠近，就在耳边。当她转过头，就见他的头又耷拉下去，靠在她肩上。

谢芙蕊又叹了口气，拉开门，摸开墙上的灯。

这还是她第一次进他的新家。上次送外卖，她不想来，让隔壁摊主跑了一趟。

谢芙蕊记得以前李沿和母亲住在一段山坡上，房子是单位的老楼，又旧又小。每次谢芙蕊去上学经过此处，抬起头，就能看到他或者他的母亲站在栏杆前，在漱口、洗脸。有时候两个年轻人会隔着清晨的薄雾对望；有时候她走出一段，会察觉到他也走在身后；有时候两人会说几句话，有时候并不说话。

后来老城拆迁了，他们家没赔到多少钱。据说还住了一段时间棚户区，他上大学的学费都是靠自己打工赚的。

具体的，和同学们在一块儿时，他从来不提。谢芙蕊只是听别人隐约提过。

那时候谢芙蕊对他的感觉也是懵懵懂懂的。不是没有察觉自己对人群中的这个男孩总是格外留意，总是觉得他样子最好看，头发最黑，个子最高。他抬头沉默的样子，好像藏着别的少年没有的沧桑。但那时候谢芙蕊也有自己的苦，家里的重负，她上大学的学费，她不知道将来要去向何方……相比起来，那个男孩就根本不重要了。

其实，他们也曾经有过一次靠近。

吃高中散伙饭那天，李沿也是喝醉了。谢芙蕊趁没有任何人注意，端了杯茶过去，大着胆子扶起他的头。他睁眼看了看她，忽然握住她的手腕。当时谢芙蕊整个人都傻掉了，男孩像是醉了，又像是没醉。他把她拉过来，低下头，唇在她的脖子上、她的耳后，似有似无地碰了碰。

然后，就没有然后了。

大学四年，她在别处，不在家乡。逢年过节，他都给她发短信。她不知道他的境况，但他大概都知道自己的境况。因为每次她有什么变动，他都会发信息来问。

“你回老家考公务员了？”

“是啊，老同学你最近在哪儿呢？”

“我一直在老家。”他回答。

她突然就不知道怎么回复了，于是便没有回复。心想吃散伙饭的那个晚上，大家都挺冲动的，他八成只是喝了酒，一时意乱情迷而已。

又或者，去年。

“听说你打算自己开炒货铺？”他的消息总是这么灵通。

“对。”谢芙蕊回复，“继承家业，正在找门面。”

“我们这条街正好有个门面要出租。”

…………

谢芙蕊定了定神，看着眼前的豪宅。现在他早已不过寄人篱下的日子，一个人住在看起来至少一百五十平方米的大宅里。房子空空荡荡的，装修得不如她想象的金碧辉煌，四处清清素素，拖鞋居然只有一双男式的。

谢芙蕊只好穿着袜子，把他扶到沙发前。他还是迷迷糊糊的样子，谢芙蕊见室内寒冷，打开空调，又去厨房烧了壶热水。他始终闭着眼，至少在谢芙蕊回头时，那睫毛微微颤动，眼睛是闭着的。

然后谢芙蕊在他跟前蹲下，捏着鼻子脱下他的皮鞋，把他的双腿也放到沙发上去。她想要去卧室拿床被子给他盖着，忽然想起自己身上还穿着脏的军大衣，只怕会弄脏他的被子，便站在离他几米远处，轻轻脱下大衣，刚想放下，却见他家沙发、椅子、桌子无一处不一尘不染，虽然简单，却都是高级货。谢芙蕊犹豫了一下，找了块空地，轻轻将军大衣放下。

哪知一抬头，却看到李沿早已睁开眼，那双清黑的眼定定地望着她，显然已将她刚才的举动看得一清二楚。

那双眼太黑，带着某种隐忍的情绪。谢芙蕊一时没太在意，只问："醒了？头还疼不疼？"

他没答，眼睛盯着她脚边的大衣。

"你把衣服放在那里干什么？"他冷冷地问。

谢芙蕊低头看了看，说："我爱放哪儿放哪儿！"

"放沙发上来。"他低吼道。

她静了一会儿，说："我是怕弄脏沙发。"

李沿不说话了，忽然又闭上眼靠了回去。半醉的男人神色竟有一丝痛苦，也有一丝愤怒："蕊蕊，你到底要让我心疼到什么时候？"

（三）

那个晚上，谢芙蕊几乎是从他家逃走的。

听了他的那句话，她整个人都傻掉了，可她还是分辨不出他到底是真心还是假意。抑或，她看不清的其实是自己的心。

所以当李沿将她拉过去，竟要很凶、很生气地吻她时，她一把将他推开跑掉了，连放在他家地上的军大衣都忘了拿。

跑到楼下，一阵寒风令她瞬间清醒。回过头去，看到他家窗户里面的灯亮着。他没有追出来，醉成那个样子，他自己也下不了楼。

可谢芙蕊心里忽然升起个念头：似乎这几年，他们之间总是这样。她总是留他一个人在房间里，他在等，而她一直在跑。

谢芙蕊心中忽然十分难过。可她到底要怎么回头，他从不十分靠近，他也从不追。他一直在那里，没有离开，可是他也有自己的世界，跟谢芙蕊的生活完全不同的世界。

可是这天晚上，当她回到家，睡到半夜忽然就醒了，因为听到了手机的铃声。

那是醉后醒来的他发来的消息："谢芙蕊，我想和你在一起。"

第二天，谢芙蕊竟比平时起得迟很多，到了日上三竿，才顶着两个黑眼圈去了铺子里。隔壁摊主大哥看着她的模样："哎哟，小谢，昨晚干什么好事去了？"

她没好气地说："老娘失眠不行吗？"

街上还是那么热闹，又还是那么寂静。她抬起头，看到"醉香"门口的车位里，那辆宝马不知何时停在那儿了。他从不来这么早的。

像是知道她来了，手机嘀的一声，进了订单。

"五斤原味瓜子，醉香夜宵店……"

谢芙蕊装好瓜子，丢到夜宵店门口的伙计怀里，伙计瞪着她，赔着笑脸刚想说话，她已走了。

结果过了十来分钟，又进一个订单。

"二斤原味瓜子，醉香夜宵店……"

这回伙计学乖了，门口一个人都没有，偌大的店，居然也没人守着。谢芙蕊走上楼，把瓜子挂在他的包间门把手上，下了楼。

第三个订单："一斤原味瓜子，醉香夜宵店……"

尽管知道是他的订单，谢芙蕊还是习惯把订单都抄在一个小本子上，写下这个订单，她忽然愣了愣。

521。

哪怕做惯了泼辣的街头小贩，谢芙蕊的脸还是止不住地红了红，万万没想到他也能做到如此肉麻。她拎着最后这斤瓜子，走进空无一人的醉香楼。

她敲了敲门。

他就站在窗边，回过头，没有醉色，也没有困意，双眼清亮。

她知道躲不过去了，安安静静地把瓜子放下，也不说话。

“昨天晚上……对不起。”他说，“一时没把持住，想……”他顿了顿，“吻你。”

谢芙蕊的心都快跳到嗓子眼儿了，那慌乱的不知何年何月滋生的杂草又重新冒了头。

她说：“没事，反正也没亲到。”

她讲话总是无遮无拦，不太经过大脑，这话一出口，李沿又沉默了。

谢芙蕊好想打自己的嘴，结果李沿又开口：“嗯，我不急。”

这回换谢芙蕊说不出话了，眼睁睁看着他慢慢走过来，已经成为奸商的男人顺手关上了她背后的门，咔嗒一声还上了锁。

“你想干吗？”

“这回必须得把话说清楚。我昨天晚上发的信息，你是怎么想的？”

谢芙蕊一直在心中觉得这男人奸诈又复杂，可李沿看似平静地问出这话时，心里亦是七上八下。他不知道，如果这个女人给出的不是他要的答案、他等的答案，他应该如何面对。街角那间小小的炒货铺，他月月看，天天看，今天一旦挑破，她如果不肯，今后就再也不能看了。想到这一点，他心里就隐隐发痛。就像昨晚半醉在沙发上，朦胧间看到她极安静的举动，脱下外套放在地上，在他的家里小心翼翼、束手束脚时，他心头的那种疼痛。

谢芙蕊低下头，看着一边，问：“你说你想，有多想？”

李沿怔了一下，反怕为喜，努力自持，又上前一步，把她逼到了墙边，低声说：“你难道不知道？毕业的时候，我不就亲过你？”

谢芙蕊的脸一下子烫了，说："那你为什么……这些年一直不说？"

李沿静了一会儿，说："你没有回应。我也在等。"

"等什么？"

"说出来你也许觉得矫情。"他答，"我一直在等，等我可以照顾你的时候，才能够开口。"

他逼得近，尽管还没做什么，却一直盯着她。

她自顾自说道："我不需要别人照顾，我的铺子生意也不错的。这条街就我的瓜子卖得最好。"

李沿笑了："那是。你是全城人都知道的瓜子西施。"

谢芙蕊抬起头，问："你是不是因为这个想和我好？"

李沿愣了一下："什么？"

谢芙蕊低下头："那个……我是瓜子西施……你想玩玩而已……"

李沿几乎笑出来，也顺势抱住她，低声哄道："怎么会？隔壁街不是还有臭豆腐西施、麻辣烫黛玉吗？我也没去……"

谢芙蕊忍不住也笑了，可还是不放心，说："你……真的是认真的？你现在……已经成功了，不会轻视我，不会对不起我？"

李沿这才明白这女人心里究竟一直在担心什么。她难道不知道，他所努力的，他所奋斗的，为的都只是一个和她寻常的未来？

他沉默了一会儿，低头吻她。

这个吻压抑太久，太热烈、太凶狠，也太温柔。谢芙蕊都不知道他吻了多久，等他肯移开脸时，谢芙蕊的脸都快着火了。得手之后的他，表情虽是沉静的，眼睛里却藏着暗光。

"不会。"他只说了这两个字。

谢芙蕊忽然明白，这就是他的回答。没有任何山盟海誓，没有任何甜言蜜语，这就是他最干脆的回答。她也忽然明白，他分明还是当年那个沉默的、时常陪在她身边的少年。哪怕三千浮华、九流手段加身，对她，他也从未改变。

李沿记得那还是上初中的时候。

冬天很冷，他的棉衣很薄也很旧，但是没有法子，高个儿男孩只能把自己缩得紧紧的，快步走向学校。

天都还没大亮，街角的那个炒货铺就有人了。那位苗条清秀的阿姨穿着厚厚的军大衣，在给炉子生火。每当李沿走过时，就能感觉到一阵舒服的温暖。而那时候，阿姨总会温柔地朝他一笑。

阿姨身旁还有个跟他年龄相仿的女孩。他知道她在隔壁班，还是班花来着，虽然成绩不好，但是很招人喜欢，也有很多人追。但她每天放学就去妈妈铺子帮忙，从未谈过恋爱。

她有时候也会抬头看着他，那是一双很清澈的眼睛，她的校服有时候会沾上煤灰，但她很爱干净，会很仔细地拍掉，才去上学。

他们就是从那时候开始“一起上学”的。

他走出没多久，就听到她也走了上来。这条路上人不多，他想她也许是害怕，才跟着他一起上学。起初李沿不太耐烦，也不喜欢被别人跟着，总是加快几步跑了，之后就能听到她也加快步子，在后面追。

后来慢慢就习惯了。有时候也会说上几句话。

她问：“你三班的吧？”

“嗯，你几班的？”他明知故问。

她答：“我二班的呢。”

过了一会儿，她从口袋里掏出一把热腾腾的花生，递给他：“我妈早上刚炒的，你吃不吃？”

他实在馋，接过。

她便笑着说：“我以后也开个炒货铺，不过不像我妈开的这个小摊位，我要开一个很大的，全县第一大。”

他也笑了，说：“行，那我就在旁边开家夜宵店。”

她问：“你喜欢吃夜宵啊？”

他静了一会儿，其实没吃过，因为没钱。但是每天下晚自习，看到有些同学或者大人在那里吃，整条街都飘出廉价的油腻的香味，令正在长身体的男孩饥肠辘辘。

他答："喜欢。"

"好。"她说，"那以后你来我这里买瓜子，我给你打五折。我去吃夜宵，你也记得给我打折。"

…………

李沿开着车，沿着街道慢慢往前。夜色流光，白驹过隙。他忽然笑了。

这些年，他在她那里买过多少瓜子，只吃得全店伙计通通上火。她几时记得给他打折了？

她仅有几次来店里吃夜宵，他却恨不得免单，可又不好做得太明显，五折、六折不动声色地打，各种贵的菜品拼命送，她东西都下了肚，却还是傻乎乎的……

开到街口，李沿停下车，便看到街角那个熟悉的摊位，她已将炉子熄了火。李沿耐心等着，她换了身衣服，关了铺子，走到车旁，刚想开门，李沿已探身过去，从里面打开车门。她上车时还稍微有些羞涩，毕竟街坊邻居们全看着他们。白天还有个店主冷嘲热讽她攀高枝，被她一顿好骂。

"去哪儿啊？"李沿明知故问。

"……你不是说要送我回家吗？"

李沿的手指在方向盘上敲了敲："不送回去当然更好。"

"去你的。"

李沿也笑，那甜蜜的、温暖的感觉啊，就这么藏在两个人心里，只有彼此知晓。

"我也可以不回家的。"他又说。

谢芙蕊骂道："……滚！"

夜风轻轻吹着，每一盏霓虹都悄悄闪烁。只见昨日今宵，星光依旧。但愿今夕何夕，长情不朽。

遇榕

（一）

祝阳是在凤青山的一片林子里见着她的。

那日下了很大的雨，原始森林里朦胧一片，顷刻如夜。祝阳本是上山来采些菌子，哪料天气突变。不过山里人早已习惯这样的天气，他也没太慌张，寻了棵茂密的大树，坐在极粗的树根上等，身上甚至没有湿太多。

她便是在这时，从树根后冒了头。

饶是胆大如祝阳，也吓了一跳。定睛一看，是个穿着白裙的少女，长发披肩，浑身湿透，一只雪白的手抓着树根，抬起苍白的脸看着他。

祝阳想起长辈们说过的山里树精女鬼的传说，不过眼前分明是个人。他站起来，问："你怎么在这里？"

浅榕也没料到这时候会遇到人，还是个看起来高大俊朗的男人。她指了指自己的腿："我受伤了……"

祝阳这才注意到，女孩一条纤细的小腿上血流如注。来山里的游客，他见得多了，各种摩登时尚女人也见过不少，但像眼前这么清纯漂亮的，还真不多见。于是祝阳的脸可耻地红了，可是男性的脸面主宰了一切，他走过去，将她扶起来，问："你一个人来的？朋友呢？"

浅榕支吾："走散了……她们可能没有等我。"

雨渐渐小了。

祝阳说："那……可怎么办？你要不要给他们打个电话？"他掏出手机。

浅榕却露出生气的表情："她们都不等我，我不想打。喂，有水喝吗？有东西吃吗？我好渴。"

祝阳说："我没带，家里有。"

浅榕说："那我去你家里，我叫浅榕。"

祝阳愣了愣，没想到这女人大胆得很，但仔细想想，也没有别的办法了。他说："嗯。"

阳光这时穿透树枝漏了下来，他看清了女人的脸，尤其是那一双眼，光彩熠熠，像是会说话，跟山里任何女人都是不同的。

这不是个老实的女人，他想。

浅榕跟着祝阳走了一小时的山路就到了他家。

路上，祝阳用一条毛巾替她绑住出血的腿。那时她倒露出害羞神色，整张脸通红。祝阳觉得新鲜，许是出自男性本能，替她包扎时，那粗黑的、来自山里男人的手指，就故意摸了几下她的膝盖。她的膝盖光洁、白皙、细腻，像被水冲过许多年后变得洁白透明的石头。

她好像并没有意识到自己被他偷偷地占了便宜。

祝阳家就在山脚下，但这里是深山，远远近近就几户人家。祝阳父母早亡，又没成家，平时性子也沉默，进进出出几乎都是一个人。他从衣柜里拿出自己少年时的粗布衣物递给她。她又是一副感到很新鲜的样子，躲到房间里去换了。

晚上祝阳做了白天采的菌子，他做的菌子是一绝，香味能飘到很远的地方。他给浅榕盛了一大碗米饭，配以菌子烧肉。但浅榕对米饭和肉没什么兴趣，对菌子却情有独钟。祝阳觉得她吃菌子的模样好玩极了，很急，还吃得有点凶，那么一大盆菌子，居然有一大半是被她干掉的。

最后她一抹嘴，靠在祝阳家门口的藤椅上睡着了，呼噜声居然还很大。祝阳默默地洗了碗，又拿了条毛毯来给她盖上。

天就这么黑了。

这到底是个什么样的女人，祝阳搞不清楚。不过想想也不觉得奇怪，因为那些从都市来的女孩，他都搞不清楚。

祝阳没有过男女经验。少年时曾经爬过墙，听到隔壁李寡妇的卧室隐隐有激烈的动静传来。那时跟他一起的几个少年全都起了反应，然后全面红耳赤地靠着墙，沉默了一阵，纷纷许下宏愿。

狗三说："将来老子要娶村里屁股最大的女人。"

李木头说："我……我要娶李寡妇这么骚的。"

祝阳却沉默了很久，他是村里长得最好看的少年，干活儿打猎也最好，隐隐成了少年们的头领，所以大家都看着他。祝阳闭了闭眼又睁开，说："我想娶个白的、瘦的，像妖精一样的女人……"

大家都哈哈大笑，可又觉得祝阳品位最高。妖精一样的女人，谁不想要啊？

彼时夜色正好，一轮明月照得满院白莹莹的，挺拔茂密的大榕树上，枝叶在风中轻轻摇着，像是在倾听着少年们下流又纯真的秘密。

浅榕在祝阳的家里住了三天，每天睡到很晚才起，彼时祝阳都已干完地里的活儿，喂完猪、牛，再把晒干的菌子卖给村里的进货商。祝阳能干，虽然身在山里，一个月各种收入加起来却有五六千，他亦很满足现在的生活，自由自在，丰衣足食。

浅榕起床后便吃他准备好的饭菜，下午和他一起去河里捕鱼，去山里采菌、采药、狩猎。有时候出了大太阳，祝阳便摘一片小芭蕉叶，给浅榕当帽子戴。

浅榕满不在乎地说："我不要紧啦。"

祝阳闷闷地说："女孩子家别晒黑了。"

浅榕便笑了。

若是下了雨，祝阳便领她跑到大树下默默地等。她冷了，祝阳就脱了外衣披在她身上。他打着赤膊，露出一身精壮的肌肉。浅榕竟目不转睛地盯着他瞧，即使他看向她，她也不避不闪。那目光，却是清澈好奇的。

祝阳一时也搞不清她到底是单纯，还是故意。

不可能是单纯的，一个城市来的女孩怎么可能这么单纯？祝阳觉得一颗滚烫的心在胸膛中翻滚，暗暗忍耐着。他感觉到自己也许会获得什么，这也许是从未有过的机会。可那机会又是渺茫的，离他很远，远得像错觉。

第三天的夜里，两人淋了雨，浅榕照例去后院洗澡。祝阳则简单些，直接跳进门口的河里，洗了个痛快干净。

因心里藏了事，人就有点心不在焉。他洗完后没穿外衣，刚走进堂屋，却听到后头传来说话声。

“嗯……我知道……过几天我就回来……别管了，我已经不是小孩了，我还想在这边玩几天。不是，没有什么别的原因，就是想再待几天。”浅榕动听的声音传来。

祝阳站在那里想，浅榕应该是在给家里的人打电话。

她过几天就要走了。

可她的话语里，隐隐约约又透出什么意思，叫祝阳的一颗心翻来覆去，像是停不住了。

她要走了。这个念头，到底还是主宰了他的心。他感觉到某种急切、某种烦躁，于是推开后院的门就走了出去。

浅榕站在他的房间里，转头有些诧异地看着他。

她长发湿透，只裹了一大块布，那块布是他平时自制的“浴巾”。他的手机就放在离她不远的桌上，她刚才应该是用这个在打电话。

“有什么事吗？”她居然非常大方地问，完全不在意他现在几乎可以透过那布料的间隙，看到她若隐若现的长腿轮廓，还有半边酥胸。

祝阳沉着脸走向她。

她也抬头看着他，脸终于慢慢红了。

“你就是想让我弄。”祝阳闷闷地说，然后用他肌肉紧实的双臂把她抱紧。

浅榕轻呼一声，那雪腻的身躯很快变得绯红，竟像是紧张得很。祝阳哪里还容她躲避，心想哪怕只是露水情缘一场，也要干个彻底。

她在起初的慌乱后，竟也慢慢适应投入，那纤细得像柳枝般的手臂，紧紧扣在他的脊背上，终于将一切都交给了他。

那天，祝阳和浅榕折腾了一整晚。祝阳就像一头成年的牛，有用不完的力气。

可浅榕给他的感觉却很迷惑。起初，她是青涩的，似乎完全没预想到会发生什么。可到后来，她又变得很乐在其中，很妖娆。她总爱用双腿缠着他的腰，哺育他，诱惑他，支配他。

祝阳想，她真是个妖精。他得到了一个妖精般美妙的女人。

浅榕却比他还要先睡着，完事后，澡也不肯洗，趴在他怀里就呼呼睡着了。倒是祝阳，等天一亮就起床了，还有农活儿要干。

只是当祝阳趁着初升的阳光，看着床上，看着她的身下、她的大腿内侧斑斑血迹时，突然脑子里一片热烘烘的空白。

（二）

浅榕发现，就是在这一夜醒来后，祝阳对她的态度有些不一样了。

过去几天，她觉得他就是头闷闷的小黑牛，话不多，但是可靠，让干啥干啥。在床上干男女那事时，更像是一头牛。

呼……一想到这一点，浅榕就忍不住捂住嘴笑了，喜欢，很喜欢啊。

以前可没有谁教导过她大山青年会是什么样子，可她现在瞧见他粗黑粗黑的眉毛、岩石般的一张脸，还有总是在流汗的光着的膀子——那膀子时常把她紧紧箍住——她就觉得喜欢得不得了。

祝阳呢？浅榕觉得，他应该也是喜欢自己的吧。

发生关系后的那天早上，他居然很早起来，给她煮了碗红枣红糖水，不善言辞的男人只是坐在床头，等着她醒。等她终于睡到日上三竿起来，便把糖水递给她。她一口干掉，皱眉："甜死了。"他却傻乎乎地好像挺开心地笑了。

晚上又给她炖了只鸡。浅榕非常不喜欢吃鸡，谁喜欢吃那长毛的玩意儿？可祝阳非逼着她吃，还逼着她喝了两碗鸡汤。浅榕都快吃哭了，祝阳望着她泪汪汪的样子，居然在饭后把她按在饭桌上，欺负了一番。

浅榕无奈地喊道："吃吃吃……以后我吃还不行吗？"

祝阳抬起汗淋淋的头，又冲她笑了，露出一口整齐的白牙。

浅榕这趟出来，真的就是来玩玩。她知道自己根本不可能长期留在这个人家里，家里人也绝对不会同意，她有自己的一辈子要过。可这晚，当她望见祝阳的笑，而后又被他紧紧抱在怀里时，怎么有一丝心慌意乱的感觉呢？

祝阳真的没想那么多，他也不想想那么多。不去想这个女人什么时候会走，到底是真心还是假意，是否会留下……一切渺茫得就像山间的云，时高时低，时远时近，你永远不知下一刻是天晴还是下雨，直至那片云飘至你头顶。

他只知道，要对她好一些，再好一些。他总是想留住一些东西的。

在山里生活的日子很平静，于祝阳而言，却从来没这么快乐过。她陪他一起去放牛，听着他发出清亮的吆喝。有时候她调皮，非要牛群这边走或那边走，他也陪她胡闹，指挥着牛群瞎走。然后他抱着她坐在一头牛的背上，觉得她真像个颐指气使的公主。她却觉得，他像个山大王，牛居然全听他指挥，这个男人神气极了。

他很喜欢带她去河里游泳。有时候碰到村里的王大妞、张大婶，全都会惊讶地看着她这个外来女人。祝阳从来只打个招呼，就拉着浅榕下水。

他好像天生不会看不感兴趣的女人。浅榕却觉得，那些女人看祝阳的目光，都充满了渴望。于是浅榕理所当然地在水中用腿盘住他的腰，打湿的长发全散在他怀里，而后偏头看着那些女人。她们都一副惊呆了的样子，看她的目光充满了鄙夷和愤怒。浅榕却咯咯笑了，抬头望去，自己男人的脸通红一片，连肤色稍白的脖子都红了。

浅榕立刻说："完蛋了。"

祝阳问："怎么了？"

她闷闷地说："你恼羞成怒，回去我肯定又要被你压了。"

祝阳一愣，而后哈哈大笑起来。浅榕感受着他胸膛剧烈的震动，不知怎的，也笑了起来。那种快乐的感觉，以前从未有过。

然而祝阳对于她的离期，也不是完全不闻不问。有时夜深人静时，两人躺在床上，她玩他的手机，他就在旁边看着她，然后问："明天想去哪儿？"

浅榕的声音脆得如同最香甜的绿枣："想去跟你摘菌子！"

"好。"祝阳说，"你想回家吗？"

"不想。"她答得很顺溜。

祝阳的整个心又暂时安稳下来。他抱紧她，两人的身体紧紧贴着、缠着，他说："我也不想你走。"

这个时候，浅榕总会有些怔忪。她不会再说什么，只是摸了摸青年硬硬的额头，说："要不我们再做一次？"

后来，浅榕累得睡着了，隐隐约约听到有人在耳边说："我……不止是为了这个……"

祝阳也有过龌龊的心思，他想，如果浅榕怀了孕，她是不是就能死心塌地地留下来？哪怕到时候她真的要走，留下一个孩子也好。他甚至觉得，自己不想再让别的女人给自己生孩子了。

可浅榕那平滑的小腹，无论他怎么耕耘，总是不见动静。祝阳还懊恼会不会是自己有问题，偷偷跑去镇上医院检查过，结果医生说他"活力很好"。

于是祝阳做那事做得更勤，有时候完事了还习惯性摸着她的肚子。结果有一次浅榕语出惊人："你是不是想让我怀孕啊？"

祝阳一愣，脸红了，答："是又怎样？"

浅榕却翻了个身，满不在乎地说："别白费力气了，我的体质怀孕很难的。"

后来祝阳怎么回答的？

他从背后抱着她，过了很久，闷闷地说："就算没孩子，我要的也是你。"

浅榕不知道自己心里是什么感受，可那晚她头一次失眠了。直至身后祝阳鼾声响起，她还望着窗外的月亮，月光透过院里大榕树的枝叶照进来，在墙上留下一道道水波般的影子。

（三）

祝阳是在三个月后发现院里大榕树的异样的。

这棵榕树陪伴他已经很多年，一直茁壮生长，强健笔直。但现在，几乎是贴着榕树，又长出一棵半人高的小树。那树是釉白色的，而且形状奇怪，有许多分枝，几乎是缠着榕树，在不断往上长、往上爬。两棵树紧紧箍在一起。

那天，浅榕和村里的几个小孩去河边捉鱼了。她虽和女人们关系不好，小孩却都很喜欢她。祝阳看着院里的树，总觉得那小树恶心得很，像是不怀好意，于是他专程去请教村主任。

村主任一听他的描述，专程过来看了，然后也皱眉，说："阿阳啊，这一棵，叫绞杀榕，专门绞死树的。已经绝种很多年了，怎么在咱们村又出现了？"

绞杀榕。

这个名字落入祝阳耳朵里，像是有什么火焰在跳动。那是一种很特殊的、说不出的感觉，可他也不知道为什么。

于是他问："这棵树长下去会怎么样？"

村主任答："它会一直长大，一直缠着榕树，把榕树的精气养分全都吸走。最后等它长成和榕树一般高的大树，榕树也就死透了。而且它的种子还会随风、随鸟落到村里很多地方，一棵棵长出来，所有的大树都会被它弄死。阿阳，这是一棵邪树，留不得啊。你看你这棵榕树，是不是都蔫了许多？"

祝阳抬头望去，果然如此。

不知怎的，好像心中某个隐秘的痛处恰恰被村主任说中了，于是他脸色更加阴沉。

村主任问："砍了？"

祝阳答："砍了。"

于是他叫来村里的两个青年做帮手，几个人三下五除二把那棵绞杀榕砍断，几截树干被大伙儿捡回家当柴烧了。只是祝阳望着地上残余的枝干，白白的、细细的，甚至是嫩生生的、好看的，总觉得很不舒服。

村主任却没注意到他的分神，用烟杆敲了敲树干，说："阿阳啊，你和那个城里来的女的，是怎么回事啊？"

祝阳心头一热，答："我同她处着呢。"

村主任笑了："留得住不？"

祝阳说："她离不开我呢。"

村主任又说："你要是真娶了个城里媳妇儿，那就是大新闻了。"

祝阳回答："我不要上大新闻，不知道她肯不肯同我结婚。"

所以说，一个男人哪怕再稳重内敛，当他真正爱上一个人时，就会无法控制地有不切实际的联想。明明两个人连爱都没说过，他却已想到了结婚。

这一夜，祝阳从天亮等到天黑，浅榕也没有回来。

他一家一户去找跟她一起下河的小孩，他们的话却如同当头棒喝：

"姐姐突然说肚子痛，要回家呢！"

"她站在河边一直呕，一直呕，臭死了！"

"她早就走了！我们还以为她回来了呢。"

"我看到她哭了！"

…………

祝阳心如火焚，央求了村主任，带着一些青年连夜进山找。可是他们翻遍了附近几座山，也没有见到浅榕的踪迹。按说一个女孩根本不可能一个人走这么远的，可她就是不见了，就像一粒种子落入深山老林里，从此消失得无影无踪。

祝阳也翻看过自己的手机，想要找到她曾经打给家里的电话号码，可是翻了很久，也没有找到。他想，她或许打完后就把号码给删除了。

浅榕就这么消失了，没有留一句话给他，连一点念想都没给他留下。

（四）

起初的日子是难熬的。

他以为说不定过不了多久她就会突然回来，就像她突然出现那天一样。

他晚上睡不着，家中的一切仿佛都有那个女人的气味。他以前从未如此清晰地嗅过，原来她的味道很清淡，像极了雨后树木的味道。他晚上睡不着的时候，常常把眼前的一切，都想象成她妖娆多情的模样。

他其实偷偷出去找过她很多次，镇上、公路上、深山里，甚至是附近的城市。山里的青年皮肤黝黑，戴一顶毡帽，站在陌生的车水马龙中，没有人理他，他一条路一条路地找。

其实他内心深处知道，这样很无效，这样很徒劳。可仿佛只有这样，他的寻找之路才永远没有尽头。

村里也多了各种各样的传闻，有关于那个突然出现又突然消失的、美丽又放荡的城里女人的。

他们说她其实是做皮肉生意的；说她根本就是贪图山里青年身体好，把祝阳玩腻了就跑了；还有人说，她其实是死在山里头被狼叼走了；甚至还有人说，她其实不是人，是山里的妖精，专吸男人精气，要不祝阳整个人都憔悴了许多，多了两个黑眼圈，整日胡子拉碴，完全不复以前的精神模样。

为此，祝阳和许多人打过架，每次都是他把人按在地上一顿痛揍，后来终于没人再敢当着他的面说了，但他也因此落下了个暴脾气的名声。

后来，祝阳就不再找了。

日子终于恢复了原本的寂静如水。

他白天上山打猎、采菌、采药，回来侍弄庄稼和牛羊，再拿到集市去卖钱。他常在院子里一坐就是大半个晚上。那几截砍断的绞杀榕树枝，从那天起就这么被丢在地上，他再也没管过。原本的大榕树倒是重新生机勃勃。

他不明白她为什么不辞而别，不明白她为什么要闯入他的生活中。他曾经如此平凡无奇，可她将他害了，害得他再也想不了别的女人了。他闭上眼，看到的都是她的模样，然后就感觉到心口胀痛胀痛的。他总觉得自己似乎做错了什么、错过了什么。可一夜醒来，依旧是日头懒散冷漠地照在床头。

他甚至想，那个女人是否从来没真的存在过，一切都是自己的幻觉。因为村里人早已把她忘了，再也没人提起她。而且后来，连她的模样都在他的记忆里模糊了，只依稀记得每当晚风吹过时，榕树叶在头顶摇晃，她的笑声传来，像很软很软的料子缠住他整个身体。

到了第九年的开春，经村主任坚持，祝阳娶了邻村的一个女人。那是个典型的山里女人，体格粗大，屁股也大，皮肤粗糙黝黑，性格也彪悍。结婚那天祝阳喝了一斤酒，晚上折腾得媳妇儿嗷嗷叫。第二天醒来时，她满意地对他说："老公，你真棒。"

祝阳笑，心里既不高兴，也不难过，就是平平静静的，像是有什么东西离自己远去了。

又过了一年，媳妇儿给祝阳生下了个大胖小子。看着那团白白的小东西，脾气又闷又暴的祝阳总算开心了不少。成日扛着儿子，几乎每周都去赶集，什么都给儿子买，有时候也给媳妇儿买。有一次，媳妇儿在灯下补衣服，瞅着他逗弄孩子的样子，忽然说："有了娃，你才像个人了。"

祝阳有时候觉得自己很幸福。媳妇儿能干，儿子健康，家里收入也不错。每天干活儿，好像也有了奔头。只是夜深人静时，他还是喜欢一个人坐在院里的大榕树下，捏弄那几个木雕。

木雕就是小猫小狗什么的，他的木雕手艺就那两下。那几个木雕都是用那几段绞杀榕的树枝做的。经年累月，原本白色的木质在他手里磨出了橙黄的色泽。有一次，有个城里来的游客想花几百块钱买去，媳妇儿听得眼都直了，他却不肯，后来被媳妇儿一阵念叨。

每当在山中遇到雨天，祝阳还是会坐在那棵大树粗大的树根上抽一支烟。山里的旅游业逐年开发，游客越来越多。偶尔他会瞥见一个穿着白裙的苗条的长发身影，已经年过四十的老山民抬头望去，望见的却是一张张陌生的脸。

后来祝阳终于想通了。

那段经历就是自己人生中的一段故事、一段艳遇，现在的人生，才是自己应该有的人生。哪怕他曾经想过留下她，也愿意随她到陌生城市里去闯荡，他想过，她去哪里，他就去哪里……然而都是徒劳。她不要他了，说不要就不要了。她就是这样的女人。

后来，孩子也大了，他们两口子都老了。孩子很出息、很聪明，也遗传了祝阳的倔劲儿，居然考上了很远的重点大学，然后在那个城市结婚生子。也曾让老两口去住过一段时间，但是不习惯，于是两人又回来了。

再后来，孩子也有了孩子，老伴只得去那个陌生偌大的城市给他们带孩子，有时候也会打电话回来对着祝阳哭诉，哭儿媳妇不懂事，哭在外面买菜、坐车都会被人瞧不起。祝阳只是安静地听着，然后说："住不惯就回来吧。"老伴却舍不得孙子。

等到孙子三岁上了幼儿园，老伴终于回来了，老两口又恢复了正常的山里生活。只是儿子担心两人住得偏，又上了年纪，万一有什么事，根本来不及救治。于是坚持在最近的城市，给他们买了套小房子，之后他们就搬离了山里。

老伴其实很喜欢小城市的生活，不愿意再回山里，每天和小区里的人跳广场舞。祝阳也认识了几个老头子，约着每天去游泳。

日子就这么平静幸福地过着。

到了祝阳六十五岁那年，老伴因为脑出血去世了。孩子、孙子过来陪了几个月，又走了。

祝阳一个人又生活了八年。

人老了是件很奇怪的事，某些很遥远的记忆又变得很清晰。他清晰地记起了那年的雨天，自己坐在大树下，那个女孩探出头来。那清晰的、妖精般的面容，仿佛昨天才见到。

他也记起了曾经在他家里，他们度过的每一天。在他干活儿时，她会很顽皮地把水浇在他背上，弄湿他一身。然后他会转身抱住她，她咯咯咯地笑，那双眼灿烂得像深山夜空中的星子。

他已经是个老迈将死的人，却发现了自己心中的一个秘密。

原来他从来没有忘记过她。

孙子怕他得老年痴呆，所以寄了很多视频、音频资料给他，其中还有读古诗的。可怜他书只念到初中，而且早忘了个干净，现在七老八十却要背唐诗，孙子还隔三岔五打视频电话过来检查。

有一次他读到一句诗，是白居易的，诗云：

老来多健忘，唯不忘相思。

读完后，他沉默了很久，当天晚上就收拾行李，回了山里老居。儿子他们知道了，都极力阻止。但是老人很固执，他们也没辙。

祝阳知道自己的生命就快走到尽头了。他很健康，一直没什么毛病。可生命的烛火是有感知的，他能感觉到自己的身体正在一天天衰老下去，即将在某一天停止。

他没有告诉儿子，他工作太忙，人太孝顺。他不想他们伤心，只想安静地走。

又或者，他为了儿子操劳了半辈子，隐隐中盼望临死时陪伴着自己的，其实是别的东西。

回到老宅，他开始频繁地做梦。有时候梦到她，有时候梦到儿子小时候，还有时候梦到深山中雾气弥漫，一棵大榕树矗立，但已显死态，因为有一棵绞杀榕紧紧缠绕着它。他又回到了年轻时的样子，拿起斧子，一下下劈死那棵绞杀榕。然后他忽然听到了哭声，凄厉的、无比伤心的女人的哭声。

他的心突然如同被绞杀榕缠住般，绞痛至极。他丢掉斧子，跪在树下，忍了很多年的泪水掉下来，他说：“对不起，对不起，你不要走……”

后来，他就疼醒了。睁开眼，发现自己还躺在老宅的床上，头顶是老朽的横梁。他发现自己的四肢和身体都动不了，某种剧烈的痛正贯穿他的全身，而他在一点点失去力量。他知道，自己终于是要死了。好在手机一直留在枕头边，他拼命地动了动手指，拿到手机，拨通儿子的电话。

“喂……爸……”那头儿子的声音还恹恹的，毕竟现在是半夜。

“儿子……好好活……爸……要走了……”他的声音沙哑得几乎听不见。

儿子当时就大哭出声，但是手机已经从祝阳手里滑落。他开始出气多，进气少，他完全动不了，眼睛也快要闭上。他知道这一闭上，就睁不开了。

“吱呀——”一声，他听到门被人从外面推开。

有熟悉的脚步声渐近。

他发现自己的头突然又能动了，偏头望过去，看到一个苗条的长发女子走过来。

祝阳此刻已分不清眼前究竟是真实还是幻象了。

女人竟然还是五十年前的模样，娇俏的一张脸，二十多岁的脸，如墨般的长发披落，她握住他的手，然后祝阳突然就恢复了力气。

他看到自己变回了那个二十多岁的强壮青年，他一把将她拉上床，翻身扣住。

他低头看着她，热泪盈眶。她的眼中也有星光在闪动。长发却如同有了生命，如同绞杀榕的枝叶，开始缠绕上他的背、他的脖子、他的双腿、他的腰、他的全部。

他说：“你终于回来了。”

她说：“终于等到这一天了，等了你好久，我来接你了。”

江河有时尽

（一）

沅水的水是绿的，冬天也不结冰。早晨会有雾，但是太阳出来就散，露出一条碧绿的河。两岸的山不高，一边深绿一边浅绿，显得寂静得很。

明澮的船就停靠在沅水边上，有时是白天，有时是夜晚，只见一人站在船头，摇橹至江中央。那是他兴致所至，去打鱼了。明澮的船大，每次捕的鱼又肥又好，县城里有几家餐馆的老板是他中学同学，明澮的鱼专供给他们。所以在打鱼的人里头，明澮是个小富户。

他的船也是最好的。这个好不是说有多豪华，而是质地好。全木船身，桐油也上得很老到。船舱有窗，窗上还雕有花，挂着素净的窗帘，整条船就像是修在水上的小房子。船尾甚至还放了盆花，江面阳光充足，花长得很放肆。

陈菀第一次见到明澮时，他就蹲在船头，正在理渔网。那些线缠缠绕绕的，在他脚下铺成一片。而他穿着件衬衣，裤子挽到脚踝以上，赤着脚。脚很大，皮肤却很白。一个大男人做这样细致的事，却那么专注。在他身后，夕阳照在江面上，一切都像一幅画。

陈菀知道他的名气。

江上有个男人，长得帅得很，而且他捕的鱼只供给县城里最地道的那几家餐馆。他像个小小的传说，但也不会有人真的去寻找他。陈菀没想到，自己会亲眼见到他。

明澹理了半个小时的渔网，陈菀就盯着他看了这么久。江边是一层层台阶，她坐在第八级台阶上，离他大概三十米。直到天快黑了，陈菀才熄掉手里的烟，随意丢在地上，起身走下去。

“喂！”陈菀喊道。

他没有抬头。

陈菀说：“你的鱼卖不卖？”

他抬头，答：“不卖。”然后站起来，把渔网收起。他的腿好长，肩也宽。果然是帅哥坯子。

陈菀又点了支烟，笑着说：“你卖给餐馆多少钱？我出双倍。就买条小的，我一个人吃。好多年没回家乡了，河头鱼也不容易买到了。就请你帮这个忙，让我尝尝记忆中鲜美的味道。”

不料这一回，他却答得干脆：“好。”把船摇近了，他丢出几条活鱼在地板上。

陈菀装模作样地看了一会儿，其实也看不出哪条最好，指着离他的脚最近的那条：“就那条吧，多少钱？”

他答：“这条大约一斤半，收你一百五。”

陈菀心想还真够黑的，不过是她自个儿说要出双倍价，比起这鳜鱼的市场价，感觉也差不多。她点了一下头，掏钱。

指间的烟往上飘，船头有盏小灯，照得那烟气特别妖娆。

她抽的是一百块钱一包的“和天下”。

两人都在灯下低着头，离得也近。陈菀盯着他的手，他用挂在门边的一块毛巾擦干净了手，才接过她递来的钱。陈菀这才完全看清楚他的模样：黑衬衣，深灰色裤子，很短的发，没有比他穿得更简单的男人了。可他站在船头，却完全不像个打鱼人，而像是从某个很远的地方走来，只是安静地经过这一段暮色。

冷不丁陈菀开口：“要来一支吗？”她摸出烟盒。

男人皱了一下眉，答：“我不抽。”

不知为何，这反应居然令陈菀有点得意，她“哦”了一声。她知道自己是极美的，微卷的长发，纤素的手，黑色毛衫和长裙搭配得很好，妆也化得恰到好处。手腕处有一只小鸟的文身，平时她并不露出来，但现在是回乡探亲，所以并不在意。此刻八分袖的毛衫遮不住那只黑色细小的鸟，而她正用这只手拈着烟盒，离他的手不远。她知道他看见了。

陈菀大学时交过一个男朋友，但双方还未有过深层的肉体关系就无疾而终。她从来没有跟别的男人亲热过，也冷漠地逃避过不少人的勾引和示好。可此刻她站在他的身边，穿着高跟鞋还比他低半个头。如果他此刻把她打横抱起扔进船舱里，她竟然也不会觉得太抗拒和害怕。

他走进船舱里，发动马达，船突突地驶向江心了，只留给她一个船屁股。

陈菀拎着鱼，慢慢往河堤上的广场走，想想自己今天还真的是晕了头，被一个惊鸿一瞥的男人弄得五迷三道的，还是个赤脚打鱼的。

你知道你这一生，会遇见那么几个人。他或许在你的生命里停留很久，或许只给你一眨眼的时光。可他是如此不同，像雾气飘浮的江上突然穿破的阳光，只留下耀眼的一瞬，却叫你一辈子难忘。在此后漫长的时光里，你会偶尔想起那道光的轮廓、气味、颜色、温度……后来记忆很快就模糊了，但他带给你的感觉却历久弥新。你知道这辈子，再也遇不到第二个这样的人了。

世上大概只有千万分之一的幸运儿，可以长久地得到他。

你我通常都不是其中之一。

不过明澹留给陈菀的印象当真深刻，这夜她做梦时，居然梦见一双大脚沾着水踩在深褐色甲板上。还有男人的脸，从模糊变得清晰。那是太干净、太明透的一张脸，因而帅得让人忘不了。

（二）

陈菀是休年假回来的，住在家里，但家里并不让人快活。

母亲舍不得钱，没有装网线。陈菀年初给她的那笔装网络的钱，她也只字不提。

陈菀带了笔记本回来，要处理工作，却还得去网吧。

这还不是唯一让人不痛快的事。

妈妈总会在她耳边念念叨叨：“你都二十五了，怎么还不找男朋友？”

“楼上林柔霞‘十一’带了个男朋友回来，北京人，听说有两套房，还有车！”说完就颇有深意地望着陈菀。

说真的，要不是对面这人是她的母亲，陈菀真想狠狠剜她一眼。

还有更过分的。有时候母亲念起劲了，讲话也就不那么客气了，冷笑着说：“你堂姐现在在我们老家搞房地产，家产都千万了。你一个名牌大学生，又去了北京，看来也是没什么用的。怎么还买不起房子？”

陈菀跟堂姐关系一向不错，可她当年是县城高考文科第一名，毕业后求职应聘在北京。跟读了个自考文凭、靠父母安排在老家工作的堂姐，走的从来都不是一条路。但母亲的话让她连反驳的兴趣都没有，她关上门，拎着个电脑包，直接就走了。

自从两年前父亲去世，母亲似乎就越来越焦躁了。其实陈菀成年后慢慢感觉母亲也不是那么爱自己，当然也不是不爱，只是她的人生、她的期望、她的面子更重要。不像父亲会在她大学毕业时，慈爱地说：“菀菀不想考公务员、不想过拘束的生活，就不考吧。不想读研就不读吧。想干什么就干什么。”

为这事，母亲还跟父亲大吵了一架，好长一段时间，看父女俩都没有好脸色。但是因为有父亲在，所有的气都由他受了，母亲也开朗一些，对陈菀倒也依然关心。直至几个月后，陈菀找了份相当不错的工作，第一个月工资九千，除去四千元房租和生活费后，给家里汇了五千，母亲才渐渐有了笑颜。此后逢年过节，遇到亲朋都说：“我家菀菀，那是在大企业上班的，每个月一万多呢。读研、考公务员，我看也没什么用，还是赚钱实在。”

只是在任何职场，都会有瓶颈期和不同阶段。三年之后，陈菀成了部门骨干，每个月工资两万，再往上涨却难了。而她现在每个月的开支比以往都大，她也得为自己今后考虑，每个月争取攒点钱。而母亲现在每个月领着自己的退休工资和父亲单位的补贴，也有快四千，在小县城生活完全够了，所以陈菀每个月也不给她寄钱了。母亲倒也没说什么，她也同意陈菀为未来打算。只是她对陈菀越来越不满意，对生活也越来越不满意。

陈菀不愿想太多。毕竟那是她妈。

小城里阳光倒是很好，天很蓝。比起北京的雾霾，这里显然更宜居。

陈菀刚走到县里最好的一家网吧外，就接到经理的电话。经理的语气挺客气的，但也不亲热："陈菀，A 项目的标书，你再仔细做一遍，明天就发到我的邮箱里。还有 CEO 要的价值分析模型详细报告，做一个更简洁的版本。老板他不喜欢看太啰唆的东西。"

"好的，我知道。"陈菀答得干练，语气里还有不露声色的笑意，"经理您放心，一定按时发给您。"

大概看她态度良好，经理也笑笑，问："在家里休息得挺好的吧。"

"挺好的。"

"那件事，好好考虑。"经理说，"对你其实没啥坏处。多少人想一步登天都没机会呢。咱们老板是万里挑一的人物，整个行业唯他马首是瞻。人品好、有魄力、眼光高，我就没见过比他更牛的。他是真心待你。陈菀，别错过机会。"

挂了电话，陈菀觉得胸口有点闷，嘴角一扯，骂了句脏话。

这网吧环境不错，陈菀找了个靠窗的沙发开始工作，只是一直心不在焉，烟头渐渐填满了烟灰缸。干了一下午，基本上倒也完成。她推开键盘，伸了个懒腰。美人伸懒腰也是极美的，旁边的大男孩一直在偷看她，陈菀没搭理。

到处都是打游戏的人，有男孩，也有成年男子。时而有人欢呼，时而有人咒骂，时而有人叹息，这时候，所有人都是孩子。陈菀笑了笑，瞥见有好几个人站在一个人身后，正在看他打游戏。

陈菀觉得有点眼熟。这时那人恰好打完一局，松开鼠标，拿起旁边的矿泉水，然后转头跟旁边的一个人说话。

于是陈菀认出了那人是明澹。

这让陈菀大吃一惊。看他的样子，还是个游戏高手。他今天穿着薄外套、牛仔裤，看起来跟陈菀熟悉的都市青年没什么两样，一点也不土气。有个女孩端着一盒水果，趴在他的显示屏上，笑着递给他。明澹摆了摆手，这时他身后的人也散了。他摸起桌上的烟盒，点了根烟。

原来他不是不抽烟，只是不抽她给的烟。

一个打鱼的抽的是二十一包的芙蓉王，不贵也不便宜，却偏偏像个蛰居此地的男神。

就在这时，他忽然偏头看过来。

男人和女人的视线在空中相遇，她笑了，他的眼神却依然像极了江上的雾，又静又深又干净，可是没有温柔。

只是陈菀今天实在没有心情去撩这个陌生人。她拿起包，打算结账离开。

明澹的一支烟也已抽完，打算再开一局。旁边的堂兄明瑞却低声说："阿澹，看到我们后面第二排那个美女没有？"

明澹答："嗯。怎么了？"

明瑞小声说："我刚才还看到她手腕上有文身，看来是个野性美女。"明瑞向来老实，但这时的语气里居然也有点向往的意味。

明澹却说："她才不野，是个老实女人。"

（三）

但是这天发生了件极狗血的事。

陈菀被人调戏了。

网吧本就是鱼龙混杂之地，在小县城里，高不成低不就者更爱混迹于此。陈菀一个女的，不仅抽烟，还有文身，长得也嚣张，确实醒目了些。在她准备走时，几个男的往她电脑前一趴："喂，美女，交个朋友？"

“你叫什么名字？”

网吧里很多人看过来。本来那几个男的只是搭讪，但吸引的眼球多了，领头的就忍不住开始挑衅。偏偏陈菀不是忍气吞声之徒，冷冷道：“没兴趣。”

“哎哟——”有男子扯高声调，“转什么转，跟谁说话呢？”

有人小声说：“欠收拾。”

几个男子哈哈大笑。网吧里其他人却不敢说话了。

陈菀不怕他们，只是厌恶极了，但也怕遇到亡命之徒。这时，她的目光又落在了明澹身上。他本来看起来很专心地在打游戏，现在手却停了，屏幕上的画面陈菀也看不懂，只看到他坐在原地，在抽烟。

陈菀身子一转，走到他背后，拍了拍他的肩：“走吧。”

旁边的明瑞惊讶地看着他，然而更令明瑞惊讶的是，堂弟竟然站了起来。他一站起来，比那几个混混高了整整一个头。陈菀也不知道那几个混混认不认得他，但他们一时都不说话了。

明澹把手放在陈菀肩膀上，说：“走吧。”

之前站在明澹身后的那几个游戏男孩都站了起来，笑着说：“明哥，慢走。”

陈菀跟着明澹走出了网吧，身后一点风浪都没有。门外有大路，也有一段通往河边的阶梯，明澹搂着她，走向那段阶梯。

这时是傍晚，有霞光映在对面的山上，也落在这条路上。路旁边是老寺庙的灰瓦红墙。走出一段后，直至看不到网吧了，明澹才松开手。

可是陈菀不想让他松开，她抓住他的胳膊，看到他眼中闪过惊讶。她踮起脚，亲了一下他的嘴，那感觉让她发抖。结果她被他推开了，不仅被推开，还被他按在那红墙上，他问：“你什么意思？”

陈菀笑了，说：“你什么意思？和我一起出来，还把我往小路带？”

于是明澹意识到，眼前的女人就像轻而易举缠绕在一起的渔网，而他是中间那根轴线，不是那么容易跟她撇清关系的。而且他也无法解释自己只是习惯性地往下河的路走，不是故意把她往偏僻无人的路上带。

见他沉默的样子，陈菀却又觉出几分可爱，往前一凑，轻声说："发什么呆，还要亲亲吗？"

太阳落山了，小路上变阴了。

明澹松开手，陈菀自嘲地笑笑，说："再见，今天谢谢你。刚才……闹着玩的，别放在心上。"

她转身原路折返，往大街上走。走出好几步，忽然听到他说："喂，你叫什么名字？"

陈菀转身，居高临下，笑着对他说："陈菀，耳东陈，'菀'是草字头加宛如的'宛'。你呢？"

"明澹。"

陈菀说："下次再找你买鱼，昨天的鱼非常好吃。"

明澹却说："不用了。"

陈菀一愣，他却已转身下河去了。

陈菀回到家，母亲已做好了晚饭，应该是今天打牌赢了点钱，看起来兴致挺高，对陈菀也和颜悦色。陈菀喝着昨晚剩下的鱼汤，母亲的厨艺极好，鱼汤熬成奶白色，特别香。陈菀感受着唇齿间的味道，突然想起刚才的那个吻，心头一烫。

但她也不会想他太多，说到底明澹不过是一个萍水相逢的人。难不成还会有下次相遇吗？她跟他根本不可能有任何后续。而且他都说了，不要她再去买鱼了，大概是记了仇。

他还记住了她的名字。想到这里，陈菀心中居然暖暖的。

她无法抑制地想起经理白天说的话。他们并没有逼她，只是用混迹人生和商场数十年才有的心机诱惑她、暗示她，并且若有若无地威胁她。

她现在还租着简装的一居室，也没有买车，即使买了，使用起来也有费用负担。她不知何年何月才能买得起房子，她也不愿意借钱付首付背三十年贷款买到五环外的密集楼盘去。她还想深造，她想到处走，她想在职场里绽放更大的光彩。

她若苦熬，大概还要熬十年、二十年，甚至三十年，才能实现梦想的生活。又或者，现在经济不景气，整个行业一旦倾倒，波及她这样的个体，也不无可能……

但她只要点头，想要的一切就会属于她，甚至超出很多很多。

经理一点都没说谎。她的老板是行业翘楚。那人能准确判断行业趋势，不论好市歹市，他都能带领大家赚得钵满盆满。他的身家不可估量，行事从来果决刚毅。他也向来洁身自好，公司不说美女如云，那也是环肥燕瘦，年轻漂亮的小女孩很多，但是他基本不跟女职员扯上什么关系。他今年四十多了，女儿在美国念书，妻子很少在公司露面。所有女职员都说他是可遇不可求的好男人，嫁给他是几辈子修来的福气。

陈菀之前负责一些项目的时候，跟他汇报过几次，也一起出过几次差。对他也是崇敬加喜欢，他亦是如兄长般温和深沉。谁能想到他动了那样的心思？

他的任何心思，都是大事。他所要的，似乎从来都没有得不到的。

陈菀不是没想过一走了之，可是能走到哪里去？几乎行业里所有最优秀的人才，都凝聚在他的麾下。其他几家大公司的老板，据说也跟他交情匪浅。虽说陈菀觉得他不是卑鄙的人，但是她真的了解他吗？如果有人跟其他几家公司的人力资源部打个招呼，她陈菀真的能混下去？换行业？她已干了三年，好不容易混出点资历，说换就换谈何容易？

太平盛世，管理先进的职场，谁说没有逼得人走投无路的陷阱？

更重要的是，于陈菀而言，这真的只是个陷阱吗？

只是花上几年时光，这辈子就能想怎么活就怎么活，多少人里才能有一个人实现这样的人生。而且那不是个讨厌的男人，甚至是非常有人格魅力的男人，是她的偶像。

她陈菀就半点不动心？

这一夜，陈菀依然怀着乱糟糟的心情入睡了。醒来时还是身心疲惫，母亲已出门买菜了，她今天换了身运动服，打算出门吃早饭。

她看到明澹站在绿化带旁，身上穿的还是昨天那身衣服，很帅。他喊道：

“陈菀。”

陈菀走过去，说：“你在这里干什么？”

他看了她几秒钟，才答：“我在等你。”

陈菀问：“为什么？”

她的样子看起来有点冷淡，和昨天的娇俏可爱判若两人。明澹握住了她的胳膊，就像她昨天对他做的那样，说：“怎么？你以为我是想亲就能亲的男人？”

（四）

明澹和陈菀坐在一家小巷里的粉馆门口——小小的桌子，矮凳子。明澹吃完一碗粉时，陈菀刚好放下筷子。因为他找的这家店太好吃，她吃粉的速度差点超过他。

明澹拿出纸巾擦嘴，还递了张给她。陈菀擦好，又恢复了某种伪装，问：“你怎么知道我住哪儿的？”

明澹答：“打听的。”

陈菀想想也明白。县城就这么大，两人读的估计还是一所中学，她陈菀当年也小有名气，他想打听到并不难。她笑了。

明澹站起来：“走吧。”

陈菀问：“去哪儿啊？”

“你看起来也是无所事事，就不用多问了。”

“呵呵……”

忽然间，手被他握住了。陈菀有些发怔，而他大抵天生是个心里有大主意的男人，此刻也并不看她，只是握得很稳当。

陈菀觉得自己一辈子都会记住这一幕：阳光照在小巷里，周围是高高的墙，有个还算陌生的男人牵着她的手朝前走。这世间的一切都没了声响，只有他们紧挨着的脚步声。

可陈菀怎么会是束手就擒的那一个呢？她不仅不挣脱，还抓住了他的胳膊，笑着说："走这么快干什么？心慌吗？"

她就像只千面狐狸，有许多许多面，冷漠的、寂寞的、迷失的、专注认真的……此刻却又像只无法无天的小妖精。明澹在心里笑了，脸上却冷静得很。后来手指甲轻轻在她的手腕上刮了一下那只小鸟，然后就看到她脸红了。

明澹带陈菀上了一辆旅游大巴车，坐了大概半小时，到了江边的一座山下。

陈菀问："这儿有什么？"

明澹说："爬上去就知道了。"

结果，还真得爬。

当陈菀看到眼前望不到尽头的台阶时，都想骂人了。生活在大城市的她，几时走过这样的路？即使是从前，她也从不在山里野。

她幽幽地问："有多少级台阶？"

明澹答："不多，九百九十九级。"

陈菀扭头就走，被他抓了回来，手重新被他紧握住，说："不动一下筋骨，怎么看得见最美的风景？"

陈菀答："我不想看。"

明澹说："你想看。你的眼睛里写着挣扎。"说完就拉着她开始往上走，走了一段，陈菀忍不住笑了。她想，他真的能看得懂她的眼睛？

一路停停走走，竟也不是十分累。路边崖壁下，会有古人留下的诗句，也有凋零的凉亭。此时正是深秋，满山的叶子黄的黄、红的红，颜色十分好看。有时候明澹会牵着她的手，有时候她会趴在他肩头休息，但也只是止于这样的亲近。

路上，陈菀口渴了，明澹跟一个挑着担子下山的老妇买了几根黄瓜，用溪水冲了冲给她吃。陈菀吃得唇齿生津，说："我从来没觉得黄瓜这么好吃。"

她吃了两根，明澹只吃了一根，他伸手擦掉她脸上被溅到的一点汁液，说："是吗？我也是。"

陈菀忍不住冲他一笑，他搂住了她的肩，坐在溪水旁，笑着不说话。

终于到了山顶。

陈菀未曾想过家乡还有这样美的景色。云海浮动，霞光像被人用笔涂抹在山间、河面。沅江像是条发着光的碧玉带，蜿蜒向前。此景壮阔而不失秀丽，只有爬到山顶的人才可以看到。

两人都安安静静地不说话，过了一会儿，陈菀说："下山吧。"

明澹说："好。"

回到县城时，还是下午。两人下了车，站在路边，明澹说："你下午打算干什么？"

陈菀瞪他一眼，说："明知故问。"

明澹有点没反应过来，陈菀说："你明知道我无所事事。"

明澹笑了，手往她肩上一搭，说："我下午约了人去网吧，要不要跟我一起去？"

陈菀说："可是我不懂打游戏。"

明澹说："你不需要懂。你可以在边上上网。"

"是上次那家网吧？"

"当然不是。"

陈菀说："那好啊。"

到了网吧，明澹要了个情侣包间。里头除了两台电脑，还有沙发、电视，装修得也不错。明澹戴上耳机开始打游戏，陈菀坐在他身边看了一会儿，花花绿绿的闪烁画面，她实在是看不懂，就干脆戴上耳机开始看连续剧，连什么时候睡着的都不知道。

等她醒来时，窗外天都黑了。身边没有人，明澹站在窗前，灯光在地面上投下一道高而寂寞的影子。

陈菀坐起来，什么话也没说，先去旁边的洗手间洗了把脸，又漱了口，对着镜子整理了一下头发，觉得并不凌乱难看，这才重新推门进入包间。

他还站在原处，望着窗外的江景，很清闲的样子。因为没有开灯，他的模样有些模糊。

陈菀走过去，问："打赢了吗？"

明澹答："团灭了对方三次。"

陈菀虽然不懂，但也感觉很厉害的样子，笑了："哟，这么厉害？"

他轻声答："我今天心情好，出手自然厉害。"

陈菀随口说："对了，不是有一些人打职业游戏比赛吗？听说还能挣很多钱，你要是真那么厉害，怎么不去参加？"

这回明澹安静了几秒，才答："你怎么知道我以前不是？"

这让陈菀大大吃了一惊，但明澹似乎不打算多谈了，问："晚上想吃什么？"

陈菀低头看表，说："糟了，已经很晚了，我得回家吃晚饭。我妈肯定做好了。"

她拿起沙发上的包，却发现明澹跟在身后，离得很近。屋子里很暗，只有两台电脑的光。

陈菀说："明澹，我走了。"他却抱住了她的腰，陈菀身子一软。

房间里又黑又静，外头的人声好像隔得很远。明澹就在这暧昧的小空间里，将她压在沙发上亲吻。她从一开始就知道，从看到他站在船头时就知道，他应该是个占有欲极强的纯爷们儿，却依然没料到自己会被他吻得这样浑身无力。他捧住她的脸，有时候会轻轻抚摸她的头发、脸颊和手臂。彼此呼吸挨着呼吸，像是有一团热气把两人包裹在中间。

过了好久，他才不亲了，抱着她坐在沙发上。陈菀整个人有些微醺，靠在他的胸口，说："明澹，你想干什么？"

明澹却说："看来吻得还不够，你都没明白我想干什么。"

（五）

陈菀猛地惊醒，看到手机上有条短信："我在河边等你。"

她笑了，一骨碌从床上爬起来。母亲看到她的模样，有点怀疑："菀菀，最近在忙什么？"

陈菀答："没什么，同学聚会。"

早晨阳光正好，明澹站在船头，船就停在他们上次相遇的位置。

这是陈菀休年假回老家的第四天，也是他们认识的第四天。

走近了，明澹伸出手，陈菀抓着他的手跳上船，闻到一股甜香。

明澹先亲了她一下，才说："今天早上喝鱼粥。"陈菀还是第一次到他船上，走进船舱，里头舒适又明净。明澹把船开到河中央，两人喝了粥。明澹取出钓竿，教她钓鱼。

一天的时间，就这么在船上度过了。中午时，陈菀在他的床上睡着了。醒来时发现他躺在自己身边，搂着她的腰。陈菀看了他好一会儿，心里有点疼。

此后几天，两人几乎时时刻刻都在一起。小城不大，都快被他们逛遍了。明澹显然是个很会享受生活的人，每天早上换着花样带她吃早餐。午餐和晚餐在外头吃了几顿后，基本就在船上自己做。他还开船带着她顺流而下，沿途的所有小岛、码头，他们都玩遍了。

他在沼泽地里吻她，在水草丛里吻她，在荒无一人的小岛上牵着她散步。许多时候陈菀会觉得北京的生活、工作以及老板的窥探像是另一个世界的事，唯有眼前的阳光、他手掌的温度，还有他这个人，才是真实的。

不过陈菀最喜欢的，还是待在他的船上，哪儿也不去。一艘小船，一个穿衬衣、裤子挽到脚踝以上的干净男人，就像漂浮在江上的一场梦，而她陷了进去。

其间，经理也曾打过一个电话过来。但这次陈菀的语气很不一样，因为当时她正坐在草地里看明澹钓鱼。她说："好的，经理，我休完假就回去。工作上有什么事您只管吩咐给我。"

她的语气听似顺从，却又坦荡平静得很。如果说曾经陈菀吃不准他们的手段，现在却换成经理和他背后的人，拿不准陈菀到底会不会入网了。

假期的倒数第二天。这天母亲本来想叫陈菀陪她去探亲，陈菀拒绝了。母亲打量了她几眼，没说什么。

陈菀一早就来到明澹的船上。

吃完早饭，他搂着她坐在船头吹风。今天两人都很安静。

陈菀问："今天我们干点什么？"

明澹答："我今天要陪堂兄下乡娶亲，明天才能回来。待会儿就要动身。回来再找你。"

陈菀不说话。

明澹把她的脸拨向自己，问："怎么了？"

陈菀答："我明天一早就要回北京了，要上班。"

明澹沉默了一会儿，问："什么时候再回来？"

陈菀答："最快也要春节了。"

"那还有两个月。"

"是的。"

不久，堂兄打电话来催了。明澹把船靠岸，陈菀跳上码头，说："明澹，再见。"

谁知明澹也跳下船，抱住了她，二话不说就开始亲吻。码头上有不少人，全都围观起哄。明澹不在意，陈菀也不在意。过了一会儿，明澹放开她，说："菀菀，好好的。"

这天陈菀一直有点心不在焉，以至于回家后母亲的眼神十分阴暗，她也没有发现。不过看到她收拾行李，母亲的脸色缓和不少。

但到了夜里，陈菀睡不着。外面下了雨，越下越大，噼里啪啦落在屋檐上。陈菀爬起来，看到城市黑乎乎的一片。明澹今天是开船去的，现在他应该已经参加完婚礼，或许在闹洞房？或许睡了？他一条信息、一个电话也没有，他们就这么告别了？他们还会再见吗？

冷不丁收到条信息，来自明澹："睡了没？"

陈菀看了眼钟表，深夜一点半。她突然反应过来什么，跳下床穿衣服。母亲本已睡着，听到响动披着衣服走出房间，问："大半夜要去哪里？"

陈菀说："同学有点急事。"

母亲说："同学同学！你几时跟同学这么亲热过？到底去哪里？"

“你别管。”

母亲一下子怒了，吼道：“大晚上的，你一个女孩子到底要去哪里鬼混？”

陈菀听到“鬼混”二字，心就跟被扎了一下似的，她说：“不用等我。”拉开门走了。

被母亲一扰，陈菀出来得急，到楼下才发现没拿伞。她的心里有某处滚烫着，因而完全不在意这大雨，直接冲进雨里。

一路奔跑，到河边时，才发现黑乎乎的一片，连河岸线都看不清，只有一艘船停在她熟悉的码头，里头亮着灯，他的所在之处，更显得风雨飘摇。

陈菀跳上船，舱门一下子打开了，明澹走出来，陈菀扑进他怀里。他一把将她扯了进去，关上门，所有雨都被隔绝在外。他吃惊地说：“怎么没打伞？淋成这样！”

陈菀打了个寒战，笑着说：“忘了。”

他说：“快上床，脱掉湿衣服，盖上被子。”说完就去了舱里的另一个小隔间，那是他的小厨房。

陈菀犹豫了一下，把自己脱了个精光，钻进被子里，焐了好一会儿，才感觉重新活了过来。只是这是他每天盖的被子、他每天睡的床单，她觉得每一寸皮肤都在轻轻地颤抖。

明澹提了个小炉子进来，放在床边，让她烤。又在上面放了个架子，把她的衣服一件件拧干，搭上去，然后倒了杯热茶给她。陈菀捧着茶，这才注意到坐在炉边的他脸色绯红，而且船舱里有酒气。

陈菀问：“你喝酒了？”

明澹答：“嗯。”

陈菀又问：“不是说要明天回来吗？怎么突然半夜回来了？”

明澹把手里的一件衣服拧干，才答：“一开始喝醉了，睡了几个小时，忽然醒了，想到你，就开船回来了。”

“哦。你这是酒驾。”

明澹笑了，说：“是啊，差点就开错方向，开去北京了。”

陈菀没说话。

灯泡是黄色的，照得整个船舱格外寂静。明澹又拿起一件什么，正是她摘下的胸罩。他轻轻拧干了，搭在架子上。陈菀动作顿了一下，因为她看到剩下的最后一件是她的内裤。

陈菀想说“我自己来”，话到嘴边，又吞了下去。

明澹把它拧干了，晾好，然后往椅子里一靠，转头望着她，笑了。

陈菀忽然觉得无法阻挡，无法阻挡他的笑，无法阻挡某种战栗的热流将自己的整个脑子淹没。她说：“明澹，你过来，亲我。”

明澹站起来，身体遮住了大半的光。陈菀闭上眼睛，又睁开。

他问：“你确定？”

陈菀点点头，笑了笑说：“虽死无憾。”

明澹上了床，隔着被子捧着她的脸说：“说什么傻话？”陈菀却已吻住他。她今天太主动，亲了一会儿，明澹慢慢掀开被子，人进去了。

陈菀从未被男人真正爱过，然而明澹给了她太刺激、太强烈的爱。这一夜他们做了四次，直至天明时，陈菀已软成一团泥，还被他牢牢搂在怀里。两人迷迷糊糊睡了一会儿，等明澹再次醒来时，发现陈菀已穿好衣服，站着在打电话。

陈菀挂了电话，说：“我刚打电话给经理。”

明澹双臂枕在脑后，看着她。

陈菀说：“我强行把假期又延了三天。”

明澹一把将她拉过去，抱在怀里亲了一会儿，笑了。陈菀也笑了。两人就这么挨着。

陈菀说：“真想一直这样下去。”

明澹说：“那就一直这样下去。”

陈菀笑笑，没搭腔。

两人又说了很久的话，说江里的鱼，说山上的树，说中学时的事，说她在北京，他在长沙的求学经历，甚至说他当年打游戏职业联赛的事，陈菀唯独没有提及的一个话题是未来。

因为陈菀知道，跟任何男人都可以要未来。唯独面对明澹这样一个男人，你没办法跟他提妥协与未来。

（六）

陈菀没想到，回到家时，迎接她的是一场狂风骤雨。

平时这个点，母亲应该还没起。一进门，却见她坐在沙发上，脸色阴沉。

母亲问："你昨天晚上在哪里？"

陈菀答："哦，朋友家。太晚了就懒得回来了。"

她刚要走进屋，母亲却一下子站起来，指着她骂道："你还扯谎？你一个女孩子，还知不知羞？！"

陈菀说："我怎么不知羞了？"

母亲愤愤地说："你在男的家里过夜，什么东西！他是什么东西？！"

陈菀问："他是什么东西？"

母亲动作一滞，大吼道："他是河头打鱼的！一个开渔船的！别以为我不知道你和他在河边搂搂抱抱，跟我一起跳广场舞的人都看到了！全学给我听！丢人啊！我这辈子没这么丢过人！我培养出来的名牌大学生，我的好女儿，大企业的职员，回我们这个小破地方找了个打鱼的！还跟他睡了！我完了，我还有什么活头，我这辈子都完了！呜呜呜！"她放声大哭起来。

陈菀沉默了一会儿，说："妈，他没有你说的那么不堪。他很好的，很有担当。你不必激动，没接触过就要死要活。"

母亲一听更生气了，说："担当？什么担当？他在北京买得起房子吗？别说北京了，他在咱们这儿有房子吗？有一栋楼我就让你嫁给他！菀菀你糊涂够了没有？我就问你，难道你打算留在家里？你是不是要回北京上班？他那鬼样子，有本事在北京找到工作吗？你们两个怎么可能？你明知道不可能，还跟他好什么？你图他什么？图什么？图他长得帅是不？他迷惑了你，给你下套了对不对？”

陈菀觉得跟她说不清楚了，干脆进了屋里，锁上门，戴上耳机。在床上静静地躺了不知多久，才感觉屋外安静下来，但是隐隐还能听到母亲的啜泣声。突然间，她觉得倦怠，连明澹新发来的消息都没看。又或许是因为昨晚太累，她直接睡着了。

睡醒时是中午过后，陈菀觉得头脑清醒无比。应该怎么做，她脑子里现在也是清楚的。第一，暂时不与母亲争执什么，不是怕了她，抑或母亲能管住自己什么，母亲从来都管不住自己，而是心软，不想气着她了；第二，她知道有关未来，自己必须和明澹谈一谈了。

陈菀离开的前一晚，天气很好。一轮月亮挂在高空，将水面照出一层淡淡的银光。陈菀和明澹一块儿躺在小床上，明澹说："明天什么时候走？"

陈菀答："早上八点的大巴去长沙，下午飞北京。"

明澹说："把汽车票退了，我开车送你去长沙。"

陈菀却笑了笑，说："你对未来有什么打算？是一直干打鱼这行吗？会不会受季节、年份的影响？"

她问得不露痕迹，那是她的骄傲使然。

明澹笑着说："会啊。其实干这个收入不高，我只是为了兴趣。我喜欢这样的生活方式。每天在江上看着慢慢日出、慢慢日落，我会觉得这辈子没有随波逐流，按自己想要的方式而不是世俗认为正确的方式活着。"

陈菀在心里说：我也喜欢。

她又问："我在北京北三环附近上班。你去过北京吗？"

明澹说："去过。"

"喜欢吗？"

明澹回答："说实话，不喜欢。人太多，车太多。有时候看着那些人，觉得他们都活得太慌了。我一直就不喜欢上班，这辈子都别想让我朝九晚五。"

陈菀伸手从床头摸来烟，点燃后刚抽一口，就被明澹取走。他吸着，却不给她了，只是摸着她的长发和脸，笑了。

陈菀也笑了，又问："那么明澹，对于未来，你究竟是怎么规划的呢？"

隔着几缕烟雾，明澹看着她的眼睛，他说："菀菀，我承认自己不太喜欢规划所谓的未来。我相信人生无常，聚散也终有时，所以我用以丈量未来的，不是既定的写在纸上或电脑里的计划。每一年、每个季节，甚至每一天，我们的感受或者想法都在改变，我只想时时刻刻随着自己的心走。"

这天很晚的时候，明澹把陈菀送到她家楼下。

陈菀抱了他一下，说："明澹，再见。"

明澹吻了一下她的额头："再见。"

两人松开，陈菀才走出两步，又被他拉回怀里，紧紧一抱后才松手。

这一刻，陈菀心里忽然有些难过，就像有预感自己将要失去什么了。

次日一早，陈菀给明澹发消息："我今天不坐你的车走了。我妈要跟我一起去长沙，她在那边玩几天。"

明澹回："好。"

陈菀把票换成早上七点的，一个人坐车走了。

（七）

接近年底，是行业最忙碌的时候。

陈菀回到公司，一切仿佛照旧。她依然是部门骨干，为一个又一个项目熬夜加班。经理不再说什么，只是人后，在许多小事上对陈菀格外亲厚。年底提名优秀项目经理，陈菀拿到了最高票。

老板也很忙。他忙的是更重要的事，与行业大腕们谈笑风生，与高层管理人员不断开会。陈菀曾经给他送过几次汇报资料，他不提其他，只是和颜悦色问及她回家探亲的情况，陈菀很寻常地回答了。

有一次，他递了一份小礼物给她，说："上个月去欧洲出差，给你带的香水。"

陈菀说："领导你太客气了，不用了，无功不受禄。"

他却笑了，说："拿着，所有优秀项目经理都有。女的是香水，男的是领带。"

陈菀这才了然，接过。

等她回到座位，打量了一圈，果然有些人的桌上有类似的礼物盒。老板今年亲自挑选礼物奖励给优秀员工，这成为公司的一桩佳话。但后来陈菀才知道，所有人的礼物都是从老板秘书那里领的，只有她的礼物是他亲自给的。

明澹不是个会时常给人发消息、打电话黏着你的人。

大多数时候，他会一整天杳无音信，但说不准什么时候，就会给陈菀发来几张图片或者打一个简短的电话。

有时候是他用手机拍的江上夕阳。这景色一个月前陈菀随他看过很多遍，再次看到，难免想起两人在船上厮磨的时光。陈菀的回复则直截了当得多："想你。"

他回复："我也是。"

有时候是他拍到的山间松鼠，或者是树上长的木耳、蘑菇。陈菀便知道，他又丢下渔船不管，上山行走去了。只是这时候，身边已没有她。

那么，有别人相陪吗？

打电话从来都是短暂的。他似乎并不喜欢跟人煲电话粥，陈菀也不喜欢。两人只是在电话里简单地聊几句家常，要么他挂断，要么陈菀这边工作忙，匆匆挂断。但是陈菀有时候会想：奇怪，两人面对面时，好像总有说不完的话，即使沉默的每一刻，好像也都在交谈，但现在彼此都像换了一个人。

起初，他们还会每天打一个电话。后来，三四天才打一个。再后来，陈菀只有周末才有时间和精力跟他通话了。但两人说话时，还是寻常的，好像没有什么异样。

分手的心，是从什么时候起的呢？

陈菀也不清楚，但时间和距离是可以冲淡一切的。他站在船头时，那令人惊艳的模样；他吻她时，那发抖的感觉；还有曾经令她感觉无比真实的朝朝暮暮，现在却变得像另一个世界的事了。

如今而言，让她感觉真实的，是每天早上拥挤的地铁；是踩得清脆作响的高跟鞋；是冷漠而自信的表情；是当她熬了一整夜完成重要方案后，心中涌起的巨大的充实感，以及和同事们击掌欢庆时的志同道合感；是她对北京这个充满机遇的城市的眷恋。而那青山绿水、薄雾蒙蒙的小城，渐渐在她心中褪去颜色，依然变回曾经那个落后的、乏味的小地方。

她恢复了理智和客观。

那为什么还要去招惹一段根本不可能有将来的露水情缘呢？陈菀这么问自己，然后她很清楚地意识到一个事实：她是抱着一时放纵玩玩的心态和他开始的。

小城入了冬，却不怎么寒冷，只是江上水汽清寒。

这天，明澹约了几个兄弟在船上吃锅子。他厨艺好，食料、啤酒准备得又足，大家喝得很是尽兴。喝多了，横七竖八地歪在船舱里开始闲扯。

男人聊得最多的，自然是女人。

一个兄弟问：“明哥，嫂子啥时候回来啊？”

明澹答：“春节。”

另一人笑着说：“哟，那一到春节，重色轻友的明哥又得神龙见首不见尾了，整天陪嫂子。”众人哈哈大笑。

明澹找了个在北京工作的女人的事，起初，任何人一听，都觉得太不现实，长久不了。但因为做这事的人是明澹，好像又理所当然了。

一个兄弟喝得多了点，说：“明哥，兄弟说句掏心窝子的话，这女人啊，尤其是漂亮女人，是不容易看住的。对不对？尤其她还是在北京那种地方上班，跟我们这小地方，根本没法比。你要真想长久，早点劝她回来，找份工作、考个公务员什么的，也行啊。”

“是啊。”另一个人说，“我看北京、上海这些地方，就没有我们这里好。空气不好，竞争还大，一辈子买不起房。在我们这里，虽然挣得少，但是舒服啊。明哥有车有房……还有船！是吧！咱们这里有几个男人有船？”

众人全都被逗乐了。

明澹也笑，过了一会儿说：“我春节前去趟北京。王三你给我看着船。”

“哟！”大伙儿都起哄，“去北京干什么啊？”

明澹说：“我去接她回来。”

饭局散了的时候，王三是最后一个走的。等其他人都下了船，他拉着明澹低声说：“哥，我给你看着船没问题，但是我觉得他们说得对，嫂子在北京，真的得看紧了。说真的，哥，你是个明快人，又仗义。咱们认识这么久了，我知道你只要一旦认准了谁，就不会有二心。可是这几天，你一直都跟我们在一块儿，我看嫂子也没给你打过电话。可能是我想多了……春节你过去也好，异地恋确实磨人，但是，哥，毕竟你们才开始几个月，你别陷得太深了，咱慢慢来。”

明澹说：“我和她之间的感觉，你不明白。”

王三笑了，问：“斗胆一问，那是什么样的感觉？”

明澹也笑，说：“我之前回老家，就是想好好地虚度时光。可是跟她在一起的每一分钟，明明依然是在干虚度时光的事，却觉得从此每一刻时光都没有虚度。那种感觉就是：这辈子就是这个人了。而且我也很清楚，她也有相同感觉。这事预料不到，但是真的来了，是我运气好。这跟时间长短没有关系，有的人结婚十年，心却越过越远。我们只好了几个月，还有大部分时间分离着。她工作忙，所以回复少。我一个大男人，难道还天天抱怨着？但我很清楚，你嫂子她不可能轻易再喜欢上别的男人了，除非她违背自己的心。”

王三听得感动，说：“好，明哥你这么说，我就放心了。一句话总结就是：跟明哥这么优秀的男人好过，哪里还看得上其他庸脂俗粉呢！哥，我希望你们好好走下去，结婚那天，我要当伴郎！也让我沾沾天生一对的喜气。”

明澹笑：“谢谢。”

王三又说：“不过你们长期分居两地，也不是办法。北京那么远，你也不能回回去接啊！”

明澹说：“回回去接又怎么样呢？先用心处着，真到了需要取舍的那一天，她如果割舍不了，我就去北京，随便开个啥小店谋生，一样地和她好。”

明澹一个人回到船舱里，却没有睡意。他从小舱房里拿出个画板，坐在船尾，就着顶上橘色的灯，慢慢描画。

画的是那天上午，两人爬上九百九十九级阶梯，翻山越岭，在沅江岸边最高峰上看风景的场景。但画里的人只有她，那是他眼中的她。

雾气皑皑的山顶，江河山川都变成一缕水墨。而她站在阳光中，长发飞扬。她大概不知道自己那一刻的表情非常放松、非常纯真，像个孩子似的看得入了迷。而那一刻，明澹知道，她是那样美丽。

现在，就快画完了，只剩下脸和一些细节。

明澹不知画了多久，有点累了，放下画笔，点了根烟。

手机依然没有响动。

上周他给她打过两个电话，但是她都没接。按照以往的惯例，她若在忙，当时没有接到，事后肯定会拨回来，但这次隔的时间有点久了。

明澹抽完一支烟，刚想再拨过去，陈菀发来了一条信息："明澹，我们分手吧。我们不合适，是我对不住你。就这样，不必再联系了。"

明澹放下手机，拿起画笔，继续把这幅画剩下的几笔画完。然后站起来，走到船头，把笔用力丢进水里。抬头却只见江水茫茫，漆黑一片。故乡的月悬在头顶，格外圆，格外亮。

（八）

陈菀突然病倒了。

医生诊断说是重感冒，但她其实并没有受寒受热，她生活规律，找不到任何病因。在家躺了四五天，烧退了，感冒也好得差不多了，她重新回来上班，只是整个人恹恹的。

这样的状态持续了几个星期，周围的人都能感受到她的闷闷不乐，但她自己并没有察觉，她以为自己一切正常。

有一次，闺密问她："陈菀，你最近是不是发生了什么事？说出来，别憋在心里。"

陈菀答："没有啊。"

"你别骗我了。你以前不是这个样子的。"

"我以前是什么样子，现在又是什么样子？"

闺密说："说不出来。就是好像有心事。"

陈菀说："可能是最近工作太累了。"

临近春节，陈菀决定不回家了，给母亲打电话。

母亲说："也好。"

陈菀说不出话来。

以前陈菀不知道，原来春节期间，北京几乎会变成一座空城。她一个人去超市，一个人去公司加班，一个人去看小剧场的演出。到了除夕，她在家里煮了一锅饺子，就着啤酒和香烟，开着电视放春晚，但并没有看。

窗外，有人在很远的地方放烟花。城市非常寂静。陈菀看了一会儿，突然想起家乡的河边，那个俗气又热闹的广场。此刻河水必然是波光粼粼，有很多人在河边放烟花。

陈菀拿出手机，翻到一个月前的通话记录。其中连续三天，每天都有几个未接来电。

他是个心气大的男人，三天之后，再也没给她打过任何电话。

陈菀擦干眼泪，开始吃饺子。

大年初三这天，陈菀接到老板的电话。

他问："陈菀，你今年没回去，在北京过年？"

陈菀答："是啊。"

他说："晚上一块儿吃个饭吧。"

陈菀说："好。"

中午刚过，车就到楼下来接了。不是老板常开的那辆奔驰，而是一辆显得更年轻有活力的蓝色保时捷。陈菀打开车门，却发现开车的不是司机，而是他本人。

她说：“您怎么亲自来了？”

老板答：“春节了，司机也要放假啊。我只能自己来接人了。”

陈菀说：“小小员工劳烦老板大驾，我真是太荣幸了。”

两人都笑。

一路上，他问了些家常话，陈菀随意作答。春节期间的北京交通十分好，一路畅通到了北五环外的一处别墅外，或者称为庄园更合适。老板把车直接开进大门，一路开到最里头的楼下，甚至还给她打开车门。

“我先带你到处转转，再准备晚餐。”他说。

园林布置得十分雅致，一树树蜡梅，一排排樟树，还有小桥亭台，显得静谧而生机盎然。

陈菀看得心情也宁静下来。

老板陪她转了大半圈，后来将她的手一拉：“房子后头还种了菜，想去看看吗？”

陈菀说：“好啊。”走了两步，寻了个机会，把手抽回来。

晚餐竟是老板亲自下厨。陈菀坐在餐厅，看到他端出几道清新可口的小菜，突然间就想起在船上明澹煮鱼给她吃的画面。那鱼的味道鲜美无敌。

老板也坐下，问：“你会下厨吗？”

陈菀答：“除夕我吃的是速冻饺子。”

老板笑出了声。

因他健谈，陈菀也常有妙语，一顿饭吃得气氛融洽。后来，他带她上了顶楼，说：“楼顶可以看到星空。”

来北京之后，陈菀有多久没看到星空了？

虽然今夜的郊外头顶只有稀稀落落几颗星星，但大概已是北京最昂贵的风景。

楼顶风有点大，陈菀仰头看了一会儿，老板将外套脱了罩在她身上：“不是感冒刚好吗？别冻着了。”

陈菀说："谢谢。"

老板却搂着她的肩膀没有放。他的个头比明澹矮一些，但身材保持得很好。养尊处优的中年男人，身上只有一点香水的味道，怀抱亦很温暖。

他说："陈菀，以后在北京，让我来照顾你。想做什么就去做，想要什么就说。我想要帮你实现梦想。你住得太偏了，我给你在公司附近买套房。下面车库里有几辆车子，你可以挑，买辆新的也可以。如果想出国继续读书，我送你去。我说这些并不是谈条件，而是我的一点诚意。我喜欢你，在公司瞧见你的第一眼就喜欢你，想要宠着你。你看行不行呢？"

陈菀忽然就想起了10月回家的第一个夜晚，她就是在那天遇到明澹的。

她也在夜里扪心自问：对于老板的心思，她真的半点都不动心吗？

见她不说话，老板扣住她的身子，低头吻了下来。

陈菀回到家，已是夜里十一点多。蓝色保时捷在夜里飞驰而去。

她对着镜子，看到自己的衣服和头发都有些乱，但稍微一整理就好了。

她知道自己捅了个大娄子，今后的生活、工作、前程……都不可能一样了，但居然也有种如释重负的快感，只是到底心里不太好受，瞥见桌下还放着除夕没喝完的几瓶啤酒，她拖出来，一瓶瓶就这么干喝。

夜里十二点多时，她拨通了明澹的电话。

打第一遍，响了二十多声，没人接。

打第二遍，响到第五声时，他接起："喂。"

他那头很吵，有麻将声，也有说笑声，很热闹。

陈菀说："谢谢你。"

明澹问："谢我什么？"

陈菀突然哽咽："谢谢你的出现，让我刚才没有选择这辈子堕落。"她挂了电话。

窗外，一个大礼花轰然炸开升空，照亮了窗玻璃。明澹手里被人塞了酒，却停在半空不动。

有人问："欸，欸，明哥，想啥呢？干掉啊。"

明澹一口干掉酒，走了出去，站在天空之下，望着璀璨烟花，一动不动。

几天后。

王三觉得自己已经看不懂事情的发展了，扯着明澹的袖子，哭笑不得："哥，你真要卖掉这船啊？这船花了你全部心血啊！干吗要卖掉啊？失恋也不用卖船啊，去剪个头发好了！不是说好了要陪哥们儿天天看日出日落吗？"

明澹说："头发已经剪过了。之前有几个人询价，替我卖个好价钱。"

王三说："真要卖啊？"

明澹说："这船，我也不想要了。"

（九）

大半年后。

陈菀换了一份工作，换到了相关行业的一家优秀公司。面试时，对方问她："×× 公司是行业里的龙头，多少人挤破脑袋想进去，你为什么离职呢？说实在的，我们虽然不差，但比 ×× 公司，还是有点小差距。"

这确实是个疑点问题，如果陈菀答不好，只怕拿不下这份工作。

也不知怎么的，她灵机一动说："我的男朋友在老家，听闻咱们公司在湖南省的分公司做得特别好。不瞒您说，我是想在总公司历练几年后，回湖南。"

这个理由非常充分，面试官露出满意的笑容。

此后的半年，陈菀过得比从前还要辛苦。毕竟跨了行业，一切都要重新开始。而她有三年工作经验，不能还输给应届毕业生。终于，在半年业绩评估里，她拿到了优秀，薪水也涨回了原来的三分之二，总算是站稳了脚跟。

而原来的公司现在对她而言，除了一些关系好的同事有联络外，没有半点瓜葛。

有两三个男的追过她，她跟其中一个相处了几天后，提不起半点兴趣，不了了之。

闺密打趣她："莞莞，你都快满二十六了，不会还没谈过恋爱吧？"

陈莞抽着烟，笑着说："谁说我还没谈过恋爱？"

闺密惊讶："快说快说！这是哪路英雄啊？居然能追到你！我都不知道！"

于是，咖啡馆的午后，陈莞跟闺密说起了一年前那段短暂得如同夏日流火般的绮恋。语气轻松，就像在说别人的事。闺密听完后，也露出陶醉表情："照你这么说，那个明澹真的能满足女人的一切幻想。不过，你分手做得对，他确实不适合你。一个小城青年跟你这么优秀的女人，哪里会有将来啊？"

陈莞说："是啊。"

她想自己已经彻底放下了，所以现在能够随意地跟人谈论他。

10 月，陈莞又回了一趟老家。一是已经一年未归，得去看看母亲；二是到了新公司，春节期间她主动领了个加班的任务，到时候就不打算回来了。

在家待了几天，跟母亲相处亦融洽。母亲还说："我家莞莞性格没有以前冲了，现在我感觉柔和了很多，就是……早点给我找个好女婿回来。就在北京找，以后我去给你们带孩子。"

陈莞笑着答："好啊。"

有一天，几个同学约她一块去学校看望高中班主任。陈莞无所事事，到得早，就在学校里闲逛。

后来，就逛到了挂着每一届学生毕业照的一大排橱窗前。陈莞先找到了自己那一届的，又在人群中找到了自己。她是班上第一名，站在最醒目的位置。

她又往前看，找到了比她高两届的毕业生照片。

他个子高，站在最后一排的中间。那时候都穿着校服，白衬衣、蓝裤子，可他还是很帅。只是轮廓比现在青涩些，头发也长一点，看起来十分柔软。陈莞觉得他的眼神没有变，十八岁的年纪，眼神却比同龄人深沉许多，但是嘴角有笑意。

陈莞看了很久。

她不知道自己是什么时候流下眼泪的。

明明这大半年来，偶尔想起他时，从不流泪；看到那些他们去过的地方的风景照，也不会流泪；哪怕母亲在电话里提及他并辱骂他，她也不会流泪；她路过江边、经过网吧，心情平静。可现在当她看到他少年时的照片，还是毕业照上小小的头像时，却突然泪流满面。许多被她遗忘的过往，那一幕一幕突然涌上心头。

他站在船头，把一条鱼丢在她的脚下，看到了她的文身；他站在台阶下，问她叫什么名字；他在黑暗的房间里吻她；他坐在炉子边，手里拿着她的衣服，脸颊绯红，对她笑了……

陈菀双手捂住自己的脸，世界变得一片漆黑。

猛然间，曾经在哪里看到过的一句话，像是一道光刺进她的脑海里，疼痛无比。

“你以为错过的只是一段感情，其实错过的却是一生。”

陈菀沿着江找了两天，找不到那条船，也没打听到什么。

他曾经的手机号已变成空号。

她跟明澹相恋的时间太短，跟他的哥们儿也不认识。最后托了同学拐弯抹角的关系，打听到了他的消息。

有人说：“明澹啊？那个比我们高两届的帅哥是不？以前还当过职业游戏选手，那是个神人。听说他今年交了个外地的女朋友，就跟人走了。”

（十）

又是一年春节到。

因为是跨国的重大项目，还有好几个同事留在北京和陈菀一块儿加班。到了除夕这天，一个老饕同事说：“欸，南锣鼓巷附近新开了家私房湘菜馆，我跟你们说，虽然位置有点偏，我去吃过一次，但是味道特别好。所以今年年夜饭，我就提前订在那儿了。明天晚上，都不要迟到啊。”

“我也去吃过一次。”另一个女同事说，“招牌菜是鱼对不对？老板还长得特帅。”

有人说："陈菀不是湖南人吗？让她去吃吃正不正宗。"

第二天晚上，众人抵达小馆门口。门口挂着两个红灯笼，里头绿树掩映，坐满了宾客，可见生意十分好。

"澹台小馆。"同事念出招牌。

陈菀多看了两眼"澹"字。

这个小馆是由老民房改造的，颇有几分云南古镇客栈的风情。在北京，那便是独具一格。众人坐下，先吃了几道私房菜，已是赞不绝口。便有人提及这餐馆老板，说："南锣鼓巷那边挺火的，这边位置偏，开店生意都不好。听说老板就是湖南人，拿出全部积蓄，租下这幢民宅开店，一下子做火了。"

"也是有魄力，还长得帅，有品位，啧啧，当他老婆肯定特幸福！"有女同事感叹。

"咱们同事里，是不是只有陈菀单身了？"有人起哄，"还是美女，不如拿下这餐馆老板，多合适啊！"

众人大笑，陈菀也笑，说："我对开馆子的没兴趣。"

这时，招牌鱼端了上来。大家尝过后，都赞美味。陈菀也舀了一碗，刚吃了一口，一怔。此后，众人说什么，她竟然都没听见，只是仔细地吃了一口又一口，再抬头看着门口招牌，脑子里忽然空白。

"老板来了！"有人说道。

陈菀抬起头，旁边的女同事低声说："啊，不是说是个帅哥吗……啥眼神啊，这帅哥……也太圆了吧！"

是个穿着中式黑褂的男人，中等身材，圆头圆脑，长得不帅，但是很喜气，一脸笑容地端着杯酒，正在挨桌敬宾客。

陈菀的心落了下来。

老板很快敬到了他们这一桌，笑嘻嘻地说了些祝福语。大家全都站起来，跟他一一碰杯。

陈菀忽然觉得他有点眼熟，却想不起在哪里见过。

老板的目光落到她身上时，却是一愣，又仔细打量了几眼，忽然脸色变了，仓促说：“我还有点事，你们慢慢吃。”转身走了。

大家也没放在心上，纷纷嘲笑之前持帅哥论的同事。那同事也很憋屈，说：“不是啊，我上次来吃饭，老板真的很帅啊，今天怎么换人了？啊，我知道了，肯定是两个老板合伙开店嘛……”

陈菀忽然想起在哪里见过刚才的这位老板了。

她抬起头，看到庭院的门廊下，有个人走了出来。他穿着跟刚才那人一样的中式黑衣，头发理得很短，眉目分明，手里拿着一壶酒，朝这边走过来。

陈菀的目光跟他在空中一碰，她惶然地低下了头。

他一直走到这一桌，放下酒壶，说：“感谢各位对小店生意的照顾。我是老板明澹，刚才是我堂哥明瑞。我也敬大家一杯，祝大家新年快乐。”

大家全站了起来，笑着说老板太客气了，也说了些祝餐馆生意兴隆的话。明澹跟大家逐一碰杯，到了陈菀这里，她抬起头。

明澹说：“新年好，工作顺利。”

陈菀说：“新年好，生意兴隆。”

两人都一饮而尽。

旁边几桌有不少人看过来，等着明澹挨桌敬酒。谁知他敬完这一桌，转身就走了，回了里屋。

女同事疑惑地说：“欸，这帅老板怎么就敬我们这一桌啊？”

“难道我们是今天的幸运桌？”

唯有陈菀，吃着桌上的所有菜，仿佛都没了味道。

吃完后，一个同事去结账，回来时表情更加兴奋，也更加奇怪：“喂！他们给我们免单了，说小老板嘱咐了，不要钱！”

“小老板是谁啊？”

“就是那个帅哥。”

大伙儿虽觉得奇怪，却想不出缘由。出了餐馆，各自开车或者打车回家。有人顺路要送陈菀回家，陈菀却说："你们先走吧，我还约了个朋友，晚点回去。"

餐馆门口终于安静了。陈菀站了很久，再次走进去。服务员看到她，都是一愣，她却径直往餐馆后院走。有服务员想拦，被明瑞看到了，挥手示意不用，看着她，轻咳了几声。

后院很小，也很旧。明澹坐在一间屋子里，门开着，他面前烧着一盆炭火。他身上披了件厚羽绒服，在烤火。旁边有张小桌子，放着些酒菜，竟是一个人在喝。

他抬头看着她。

陈菀走过去，说："你怎么来北京了？"

明澹倒了一杯酒，喝掉，反问："我怎么就不能来北京了？"

陈菀又问："你女朋友呢？"

他又倒了杯酒，没说话，喝掉。

"是怎么差点堕落了？"明澹问。

陈菀愣了一下，说："没什么，只是拒绝了一些人、一些事。"

"喝点吗？"他问。

陈菀说："好啊。"

她在他对面坐下，他拿出另一个杯子，给她倒满。陈菀环顾四周，这是间极小的屋子，只有一张单人床，上面放着被子，暖气也不怎么热。床边只有一双男式拖鞋。旁边衣架上，搭着他的几件衣服。虽然前面的店铺看着红火光鲜，但人后，是典型的北漂生活。

明澹说："碰一个。"

陈菀举起酒杯，竟想起在小船上时两人也是这样围着小炉吃吃喝喝。只是那时他是抱着她的，亲她、逗她。

"怎么又去而复返了？"明澹问。

陈菀的喉咙有点发干，烤了烤双手，说："来看看你。"

明澹的酒明显喝得有点多了，脸颊绯红。他往后仰了仰，闭上眼，说："男朋友呢？"

陈菀说："没有。一直没有。"

明澹静了一会儿，笑了，说："陈菀，我本来打算等这个店稳定了，再去找你，也就是春节后。没想到你先来找我了。"

陈菀哭了。

天空中，有雪簌簌落下，很快在院子里落了一层。午夜的钟声响起，前院的人们在热烈欢呼。

明澹握住了陈菀的手。

都说天涯海角有时尽。

而我心中，那条碧绿清澈的江上，始终有条小船停泊着。

唯有相思无尽处。

客从何处来

（一）

雨下得好大。

天像一个巨大的黑窟窿，整条街上寂静得只有雨的声音。有的客栈亮着灯，有的黑灯瞎火。洛晓握着伞，听雨砸在头顶的声音，像有人不停敲击着。

她不知道去住哪家客栈好。

这是云南边境一个偏僻的小镇，虽然也有古城发展旅游，但在如今“古城满天下”的旅游环境下，这里显然毫无竞争力，游客稀少。

这也是洛晓挑选这里的原因。清静、遥远，仿佛一个人就能在这里待到天荒地老。

洛晓沿石板长街走了一段，不经意间，瞥见旁边一家客栈的招牌——渐忘。

木质的旧招牌，轻描淡写的两个字，深绿色的门脸。

门内放着很多绿植，灯光蜿蜒而朦胧。

洛晓像是被那两个字吸引，收了伞，跨进门内。

一肩潮湿的雨。

客栈内的陈设同样素雅而干净。庭院里修筑了一座一尺宽的小桥，还有鱼。绿意满溢。

一个年轻女孩坐在吧台后，在玩手机，看到洛晓进来，抬起头笑了：“你好。”

洛晓问："你好，还有房间吗？"

这其实是客气的一问。这样的小镇，这么多的客栈，又不是旺季，空房间只怕大把大把的。

女孩果然点头："有的。"

"多少钱一晚？"

女孩答："你要能看到海的，还是不需要？能看海的三百一晚，不能看海的一百五。"

这里地处高原，当地人都管内陆湖叫"海"。

洛晓想了一下，问："看海的，能不能便宜一点？"

"最低二百八。"

洛晓的脸稍稍有点红了："能不能再便宜一点？"

女孩似乎也不是个谈价高手，加之这么晚的时间，洛晓一个女孩，行装又单薄，多少也让女孩起了同情之心。她说："你等一下啊，我去问问老板。"

洛晓这才注意到，吧台后还有一扇门，里头亮着灯，隐隐还有电视的声音传来。

"德国队！点球！是点球……"

足球赛。

过了一会儿，女孩出来了，脸上带着笑："我们老板最好讲话了，我跟他讲了你一个女孩子，他就松口了。他说看海的最低二百二，不看海的最低一百二，这已经是最低价啦。你走完这一整条街，也不会有这么便宜的看海房。而且我们客栈装修得很好的，你要不要上楼看看房间？"

洛晓相信房间内的情况一定不会太差——从庭院和客栈外观就能看出老板的品位，恰恰是她很喜欢的那种。

但是她长期出门在外，每一分钱都要省着花。虽然已经有点不好意思，但她还是故作镇定地说："小妹，你看，已经晚上十一点多了，也不会有别的客人住进来了，房间空着也是空着。给我住一晚，我明天早上可以自己帮你们把房间收拾干净。你看，能不能……让我住看海的房间，我出不能看海的房间的价钱，一百二。"她又强调了一遍，“反正你们今晚也是空着，对吧？”

前台女孩瞪大眼睛看着她。

就在这时，她身后却传来声音：“小梅。”是一个低沉却清亮的、来自年轻男人的声音。

客栈的老板。

小梅忙又跑进了里屋。

过了一会儿，小梅出来了，脸色有点奇怪，又多看了洛晓几眼，说：“好吧，你把身份证给我，201房，能看海，一百二十块。押金一百。”又压低声音说，“老板同意了。欸，他就是这么任性。”

洛晓忍不住笑了，忙说：“谢谢！”

小梅手脚麻利地很快替她办好入住，然后说：“我带你上去吧。明天早上七点到九点有早餐，老板亲手做的，十元一位。你要吗？”

洛晓下意识说：“要。”

小梅走出吧台，带她往楼梯上走。洛晓背着仅有的那个包，转身时，微微一顿，扬声朝那门里说：“谢谢。”

屋内，只有球赛的声音热烈又寂静地持续响着。

房间果然如同洛晓所料，简洁却不失素雅干净。床头柜上还放着个白色瓷瓶，里面插着一枝不知名的鲜花，使整个房间都萦绕着模糊的香气。

洛晓这几天都在旅途中，此刻终于暂时落脚，只觉得浑身骨头都散了架。她拉开窗帘，然后在床上躺着。天已黑透了，雨也停了。天和海混沌一片，没有星光，只有潮汐澎湃地打在客栈下方的岩石上。洛晓看着看着，一种发自肺腑的感动慢慢浸染整个胸腔。这种感动，这种被温柔安抚的感觉，或许只有大自然的无边壮阔和寂寥才能赋予。

渐渐地，她便安稳地睡着了。

醒来时，天才蒙蒙亮，客栈周围安静极了，只有鸟偶尔啼鸣着飞过。清晨无比寒凉，洛晓穿上外套，还觉得不够，干脆又添了件毛衣，才感觉身体回暖。

客栈背后是一小片树林和沼泽，沼泽之外，才是一望无际的缥缈湖面。洛晓很想去那里走走，便一人下了楼。

客栈的门还关着，庭院里一个人也没有。也不知道这偏僻的小客栈里一晚上能有几个客人来，也没有见着小梅，大概还在自己房间里睡觉。洛晓从庭院另一面的门走出去，走了一段路后，便到了那片树林里。

薄雾弥漫。

脚下的泥土湿润而柔软，踩上去会微微下陷。带着水味的空气扑面而来，令人心旷神怡。洛晓做了几个伸展运动，然后沿着水岸线慢慢地走。

有鸟从头顶飞过，她却听到风的声音。

抬起头，不远处的林间草地上有个男人。

年轻的、高大的男人。

一眼望去，看见的便是他的身体。他没有穿上衣，只穿了条黑色宽松长裤。臂膀、腹部的肌肉精瘦而结实，漂亮得很，像封面模特才有的身材。看不清楚脸，只见一头利落的短发。

他趴在地上，在做俯卧撑。一下、两下、三下……动作都带着风，这样的男人，身体每一寸仿佛都蕴含着野性的力量。

二十五岁的洛晓还是第一次看到身材这么好的男人，也不知是出于什么心理，竟不好意思盯着多看。而且大清早的，树林中孤男寡女，这样一个男人莫名带给她极富侵略性的存在感。她转身想走，谁知脚下却踩到树枝，发出咔嚓的脆响。

那男人像是察觉了，动作一顿，朝她的方向抬起头来。

洛晓快步离去，直至走到完全看不见了，洛晓才放慢脚步，抬头四顾，却又到了水边。周遭泥泞一片，树影婆娑。

原本安静的早晨仿佛因为那个男人的出现，变得不再宁静。其实洛晓心里清楚，他多半就是昨晚那个客栈老板。爱看足球，好讲话，有品位，还任性。但洛晓就是没想到，会是这样一个男人。

她抬头辨了辨方向，估计了一下客栈的位置，便朝前走去。

脚下的泥土渐渐变得柔软，水雾模糊了水岸线，但是她没有察觉。

又走了一小会儿，突然间，她的胳膊被人牢牢抓住，吓得她几乎魂飞魄散，她下意识就拼命挣脱，想要往前跑。可是那人的臂膀就跟铁钳似的，她居然完全跑不出去，然后下一秒她就被扣进了一个冒着热汗的胸膛里。

她抬起头，看到一张陌生的脸。

利落的发，棱角分明的脸，深潭般的眼，鼻梁上还挂着细汗。只不过此刻他已经套上了一件白色 T 恤，衣服很柔软，但这并不妨碍他身上的肌肉和骨骼，隔着一层布料还在发着烫，硌着洛晓的脸。他个子很高，她都还不到他的肩膀。

洛晓这辈子还没被男人这么强硬地抱过，整个人都僵住了。而他低着头，目光审视，隐有寒意。

"你想干什么？"

"你想干什么？"

两人竟异口同声，然后都是一怔。

洛晓又低声吼了句："放开我！"

韩拓看着她涨红的脸，到底还是先松开了手，但一双眼牢牢盯着她。

"前面就是沼泽，人进去了，只怕出不来。"韩拓说，"所以，你想做什么？千里迢迢一个女人孤身来到这里，然后要进这片沼泽吗？"

洛晓愣了一下，这才明白过来，他以为自己要自杀。

风轻拂过树枝，雾有些散了。竟有些阳光落了下来，照在他高大的身影上，也照在她柔软的发梢上。两人静静对视了一会儿，洛晓开口："老板，我只是……迷路了。我以为客栈在这个方向。"

韩拓又仔细打量了她几眼，发现她的确不像是说谎，双手便插进了裤兜里，淡淡道："我的客栈，不在你以为的方向。跟我来。"

洛晓便安静地跟在他身后。

这高海拔山海之间的天气就是奇怪，前一刻还雾气朦胧，仿佛大雨将至，下一刻云却被风吹走，天空逐渐明净，阳光也清澈得像被水洗过的一样。

洛晓抬起头，便看到这男人后背的 T 恤被汗打湿了一大片，勾勒出骨骼的轮廓。他看起来还不到三十，是什么原因让这样一个硬朗如狼的男人跑到这世外之地，来开一家温柔寂静的叫“渐忘”的客栈呢?

她这样胡思乱想着，渐渐便看到前方的客栈。

韩拓突然停步，头也不回地说：“以后不要一个人往沼泽地跑，否则扣你的押金。”

洛晓还是头一回听到客栈老板用这种理由“威胁”客人的。

韩拓见她不说话，继续慢悠悠地往前走。他步子大，听到身后的女人脚步细碎，下意识便放慢了脚步，让她紧跟着。

过了一会儿，却听到洛晓开口：“放心吧老板，万一哪天我真的想不开要自杀，也一定是选个荒无人烟的地方，不会给任何人添麻烦，更不可能死在谁的客栈边上。”

两人走到庭院门口，便立刻像有默契一般分了手。洛晓拐弯上了楼，低声说了句：“谢谢。”

韩拓抬眸看了她一眼。

这女人虽然有点古怪，但礼貌和教养却始终是不缺的，身上也是细皮嫩肉，像是良好人家养出来的女儿。

韩拓转身走进厨房。

小梅没过多久也起来了，闻到厨房的香味，便往里蹿。她是韩拓的一个远房亲戚，私下里一直管他叫“大表表表哥”。当初跟着他来开客栈，只是好玩，谁知交了个本地男朋友，干脆也留下不走了。

“哥，做什么好吃的了？”小梅冲到他身后，一看桌上的东西，立刻大惊小怪起来，“我的老板啊，今天的早餐怎么这么丰盛?我数数，米线、馒头、牛奶、鸡蛋，还拌了三个凉菜?我没记错的话，今天客栈里加上一个客人，就我们三个人吧?

您这是抽什么疯啊？菜不要钱的啊？”

韩拓已经把早餐准备好了，洗了洗手，在旁边的老藤椅里坐下，然后点了根烟，淡淡道：“爷想做就做，不行吗？”

小梅眨了眨眼，凑到他身边：“你不会是对昨天那个姑娘有兴趣吧？”

韩拓失笑：“说什么呢？”

小梅追问：“那你昨天答应让她花一百二就住海景房？上次来两个男的，砍价到二百元一晚，你都不肯，你还说我们这种有格调的精致小店就是要维持住价格，贫贱不能移，富贵不能淫！怎么昨晚就破例啦？”

这下韩拓被问住了，半天没说话。

指间的烟气缓缓升起，他靠在硬硬的藤椅里，微微合起眼。

昨晚是怎么鬼使神差地答应了那个女人的非分要求呢？

当时雨下得那么大，稀里哗啦的。他本来看球赛看得正入神，身旁的啤酒瓶倒了满地，然后就听到门外有脚步声传来。那么轻，他却偏偏听到了。

她问：“还有房间吗？”

起初韩拓并没有在意，直至她和小梅砍价的声音传来。而后他又听到她反复恳求的声音：“我明天早上自己可以把房间收拾干净……让我住看海的房间，我出不能看海的房间的价钱……反正你们空着也是空着……”

她的声音与别的女人不同，低柔，略带点嘶哑。仿佛有些疲惫，但又是极悦耳的，带着点卑微，又带着点倔强。

这时小梅已经下了结论：“哼，肯定是因为她长得好看。老板，你这样色令智昏，不好！不好！”

韩拓却一笑，下意识说道：“不，是因为她的声音好听。”

“啊？”难道真的是？当时韩老板的确还没看到人家的脸呢。

小梅叹了口气，说：“老板啊，没想到一向清心寡欲的你，居然还是个声控！”

韩拓抽了口烟，他原是北京人，跟熟人在一起，讲话总会带点油劲儿。

他淡笑道：“爷想控什么就控什么，你管得着吗？”

（二）

洛晓听到有叫卖的声音，她推开窗，看到客栈后门的巷子里，一个中年女人挑着担子，正慢悠悠地走过。

担子上，绿的瓜，黄的菜，红的水果，仿佛还沾着雨水的气息，非常鲜嫩清新。

洛晓突然就很想吃，拿着钱跑下了楼。客栈后门是用木头拴着的，洛晓很轻易就打开了，恰好看到那女人把担子放了下来，停在门外。

女人三十七八岁的年纪，细看居然姿容姣丽，只是穿着非常朴素的衣服，皮肤也不好，神色劳累，所以乍一看并不觉得十分漂亮。

女人看到洛晓，也是一怔。

洛晓一笑："这些……卖吗？"

女人忙说："卖！卖！"

洛晓便倚在门边挑拣起来。菜她是用不上的，桃子她也不爱吃，最后挑出几根看起来特别脆嫩的黄瓜，放在一旁。

身后传来某人闲散而不失沉稳的脚步声，然后是低沉的嗓音："赵姐，来了？"隐约有温热的男性气息掠过洛晓的身后。

洛晓微微一僵。

韩拓已经靠着另一边门站定，抱着双臂，看她一眼："你来买东西？"

"嗯。"

他淡淡道："挑吧，算我的。"

洛晓立刻说："不……不用了。"她从口袋里掏钱，这时韩拓却已弯腰在担子上挑拣起来。

那赵姐似乎跟他很熟，脸上露出一点笑容："别挑了，给你们客栈送的菜，都是我家最好的。"

韩拓也笑了一下，问："多少钱？"

洛晓这才明白，原来赵姐是给客栈送菜来的。

“五十五。”赵姐答。

韩拓看一眼洛晓，然后直接从担子上拿起一根最大最绿的黄瓜，咔嚓咬了一口，问：“你挑的东西呢？”

洛晓看着他手里的黄瓜：“……被你吃了。”

韩拓一怔，看一眼手里的瓜，陡然笑了。

他一大早都是挺冷漠深沉的样子，这一笑，乌黑的眉是弯的，鼻梁下有浅淡光泽，那双眼竟像会说话似的，光泽盈盈，看得洛晓心头一跳。

她转过脸去，避开他的目光。

韩拓从赵姐手里接过几大袋菜，然后手在洛晓后背虚虚一拍：“进去吧。”剩下的几根黄瓜赵姐也已经用袋子装好了，韩拓把它们丢进洛晓怀里。

“谢……谢谢。”洛晓忙说。

“不客气。”韩拓径直走向厨房，头也不回地说，“即使你只付了非海景房的钱，我其实也有得赚。羊毛出在羊身上。”

洛晓望着他的背影，过了一会儿笑了。

洛晓没有在客栈吃早饭，她吃了根黄瓜就觉得饱了，没有什么胃口。只是当她出门经过前台，告诉小梅不吃早饭的时候，小梅的表情稍稍有点怪异。

这古城面积其实很小，总共不过横竖几条街。据说这里还是茶马古道的发源地，只是最近旅游业不太景气，洛晓在街上闲逛了一会儿，发现竟有半数的店铺都是关着门的。

不过古城还是古城。经过数百年岁月，沧桑又沉寂。当洛晓一人登上那小小的城楼，俯瞰整个老旧的城市，还有远处围绕着的青山和大河时，竟真的萌生出在此处定居的冲动。

可好巧不巧，脑海里突然又冒出韩拓的模样——俊朗桀骜的脸，冷峻硬朗的身形。

洛晓摇了摇头，驱散脑海里这些莫名其妙的画面。

下了城楼，走了一段，又要通过另一扇城门，才是回客栈的路。眼看天空云层堆积，似乎又要下雨了。

她快走了几步，冷不丁却瞧见城门口一个男人穿着白背心和迷彩长裤，他坐在那里，正在跟一位老人下棋。

不正是韩拓？

洛晓从他身边无声走过。

“怎么到哪儿都能看到您啊？”韩拓头也不抬，淡淡说道。地道的北京口音，还带着一点点贫劲儿，于是洛晓便知道了他的来处。

可洛晓想——这话不应该由她来说吗？怎么到哪儿都能遇到这个男人啊？

韩拓手里落下一子，抬头看着她。洛晓注意到他的手指很修长，骨节粗大。

“古城就这么大，你守在城门这里，谁还能逃过你的法眼？”洛晓答。

韩拓没想到她会这么不软不硬地回自己一句，不仅不生气，反而笑了：“哦。”

洛晓也没想到他会就这么“哦”一声。不知怎的，她站着，他席地而坐，两人就这么相对着，她又有点不自在，于是便低头走了。

没走几步，听到身后传来他的声音：“不下了，雨就要落下来了。”然后是起身的声音。

小城的路很窄，前方有人牵着马，也有别的游客驻足。洛晓安安静静地走着，听着身后不紧不慢的脚步声。

就这样隔着三五米的距离，两人一前一后，往同一个方向走。

忽然，洛晓的脚步顿住。

前方路中间横着一条黑色大狗，几乎有半人高，吐着舌头，喘着热气，看着她。

小城养狗的人本就多，不知是谁家的狗没有拴住，跑到马路中间来了。

有游客绕路而行，也有本地人毫不在意地从狗身边走过。洛晓的双拳悄悄紧握，杵在原地，只觉得双腿发软，竟是半分也移动不了。

“怕狗？”一道清淡的嗓音在身后响起。

“一点点。”

他又笑了一下，扫了她一眼，又神色懒散地看了眼那狗，说："走吧。"

洛晓完全是条件反射——以前在路上遇到恶狗，她都要这么依偎在同学身边——她紧紧靠在他的身旁，几乎是保持着同样的步伐节奏，跟他一起朝前走。

韩拓察觉到她的紧张，稍稍放慢步伐，以便她能跟上。有雨点从天空飘落，落在两人的手臂上。他们的手臂是似有似无挨着的，韩拓这才发现她的皮肤极凉，手臂更是软得很，与他热而粗糙的皮肤形成鲜明对比。

韩拓抬头看着前方。

终于绕过了那只狗，洛晓几乎是立刻从他身边弹开，拉开至少一米的距离。

"谢谢。"她微红着脸说。

韩拓又笑了笑，说："有什么好谢的？毕竟你只有一点点怕狗。"

"……"

转眼已到了客栈，两人进了门，一个上楼，一个进前台，再度分手。

时钟已经渐渐指向十二点。

洛晓坐在房间里，一个人待了好一会儿，望着昨夜几乎没怎么打开的行李，然后站起来，走到窗前，稍稍推开一条缝。

院子里很静，有其他两个客人住进来了。但现在没什么人，依稀可见小梅坐在前台，而韩拓坐在对面的门廊下，双眼紧闭，似在午睡。

雨还是淅淅沥沥下个不停，虽然不大，但天边依然有云层不断堆积，大雨将至。

人生中，有些危险是无法预知的，有些危险却生来带着宿命的气息。当它出现时，任何一个女人都能察觉到。

大雨将至。

洛晓又看了眼庭院，她决定离开。动作很轻地下了楼，她背着仅有的一个包走到前台。

小梅听到她说要退房，居然有点迟疑，甚至还偷瞄了一眼她身后不远处的老板。

韩拓那边始终静悄悄的，似乎睡得很沉。

“不住了啊？”小梅说，“你看马上就要下雨了，要不你待会儿再走？行李可以放在前台，没关系的。”

洛晓微笑：“谢谢，不用了。”

“哦。”

结清了账，洛晓转身离开。她打开自己唯一的那把黑伞，雨水滴答落下，落在伞上，落在脚边。跨出客栈门的一刹那，她回过头。

门廊下，他双手枕在脑后，静静地看着她，目光沉静如水。

洛晓终于对他温柔一笑，转身离去。

可世事的发展，总是出乎人的意料。

或许，这真的就是一种叫作“命运”的东西在作祟。

洛晓没想到雨会下得这么大，铺天盖地都是乌云，满街迷蒙不清，除了她，竟没有一个人。此刻昏天暗地，白昼宛如黄昏。

她撑着伞也没用，背包全被淋湿，身子也湿了大半边。她擦干脸上的水，继续往前走，想要找到下一家可以供她暂住的客栈。

可现在她才发现，原来这小城的客栈并不是那么多的，很多都关了门，还有些在装修。有的敲了半天门，也没人来理，或许是雨声太大了。

而她又找了两家客栈，别说海景房了，普通房都要二百，颇有趁火打劫的嫌疑。也有便宜的，一百二十元一间，但是卫生条件真是差得可以。洛晓从小就是个有洁癖的人，哪怕现在在外飘零，但看着那床铺泛灰的房间，她也真的住不下去。看到客栈男老板特别殷勤的笑容，她就更加退却了。

也不知在外晃了多久，不知不觉，居然又回到了“渐忘”的门口。

这么大的雨，连“渐忘”的门都紧闭着。天地已经昏暗不清了，雨淋湿了洛晓的全身。她撑着伞，站在“渐忘”门外，突然觉得孤独，突然觉得难过。

原来她始终一人上路，她无处可去。

雨水带着寒意侵袭她的全身。她撑伞而立，站在雨中，却像站在孤独无援的深谷里。

吱呀一声，有人拉开了门。

洛晓抬起头，眼前雨雾朦胧。

韩拓依然是那副模样，倚在门边，抄手静静地看着她。

洛晓望着他，也不说话。

他忽然非常温和地笑了笑，说：“本店老客户，下雨天有优惠。一样的价格还可以住海景房——反正这么大的雨，房间空着也是空着。”

洛晓站着，隔着雨望着他，没有动。

“你总是这样收留无家可归的人吗？”她缓缓问。

他静了几秒钟，淡淡答：“不，这是第一次。”

雨水稀里哗啦落在两人身边。

洛晓低下头，再次擦干脸上的水。他却已转身，走向院内，门在他身后敞开着。

“今晚我给你做一桌好菜，驱驱寒。进来吧……洛晓。”

洛晓此刻却像是着了魔，明知不应该，却依旧走向“渐忘”的门，收了伞，跨进门，跟在了他的身后。

同样的房间，同样的价格。

洛晓一次性给了十天的房钱，小梅还给她打了个九折。看到她去而复返，小梅似乎一点也不惊讶，也没多说什么。于是洛晓想，她肯定是提前就受到了韩拓的叮嘱，不要让自己难堪。

不知怎的，洛晓就是这样觉得的。

他就是这样一个内心温柔而善良的人。

终于到了傍晚，雨也停了。天似乎比之前更亮了一点，但是依然看不到太阳，也看不到月亮。院子里的灯亮起了，树叶带着雨后的新绿，举目望去，竟令人觉得温暖又宁静。

洛晓坐在二楼房间里看书，却闻到厨房传来呛鼻的气味，还听到小梅咋咋呼呼、呼天抢地的声音："我的天哪，老板！你今天在炒什么啊？这么呛！"

连洛晓都被呛得轻咳了两声。书看了半个小时，却没翻动几页。

天黑下来时，她从窗口听到韩拓的声音飘来："小梅，叫她下来吃饭。"

洛晓没等人叫，自己就走了下来。院子里居然摆了一桌的菜，洛晓看见那菜色一怔。

水煮肉片、麻辣香锅、辣椒炒肉……一片红色，只有一盘青菜和一盘鸡蛋没有放辣椒。

难怪刚才那么呛。

这时韩拓已经端着三碗饭走了出来，身后跟着蹦蹦跳跳的小梅。

"我去！老板，你今天是要大开杀戒吗？炒得这么辣？"小梅吐了吐舌头。

夜间风凉，韩拓加了件薄外套，拉链也拉起，整个人添了几分清冷挺拔的味道。他瞥一眼小梅："废话什么？爱吃不吃。"

小梅呜咽一声，老实坐下。

他又看向洛晓："你也下来吃饭了？十块钱一位。"

洛晓微笑答："嗯，好。"

小梅翻了个白眼。

三人落座。

然而气氛比洛晓想象的更热闹。小梅从冰箱里取出两瓶本地产的酸奶，和洛晓边喝边吃，还自顾自说起古城趣事，妙语连珠，说得洛晓频频失笑。而韩拓拖来半箱啤酒，一个人在旁边慢慢喝着。说到开心处，他不是寒碜小梅两句，就是损洛晓几句，那散漫中带着点疏离，又带着几分不羁的模样，是夜色中最俊朗的风景。

洛晓并不敢多看他。

她拿起筷子，又夹了一筷子鸡蛋和青菜。刚放到碗里，忽然感觉到两道清亮的目光正对着自己。

她抬眸，与韩拓视线一触，他目露探究。

刹那间，洛晓也不知怎的，如醍醐灌顶般突然明白过来。

“今晚我给你做一桌好菜，驱驱寒。”

水煮肉片、辣椒炒肉、麻辣香锅……

“老板，今天干吗炒得那么辣？”

…………

她的身份证上，籍贯是湖南湘西。

据说是人人嗜辣、无辣不欢的地方。

洛晓紧紧握着筷子，胸口忽然有点闷。

两人的目光依然相触着，她唇角微笑未变。

可是，他不知道身份证……是假的啊。

洛晓静默片刻，对他笑了一下，然后夹了一筷子水煮肉片到碗里，过了一会儿，又夹了麻辣香锅、辣椒炒肉……

他喝着酒，却一直似有似无地看着她。

洛晓的眼泪都被辣出来了，脸也很快通红，她扯过一张纸，擦掉眼泪，又端起酸奶，一饮而尽。抬起头，看到韩拓和小梅都盯着自己。

她勉强一笑：“很好吃。就是我离开家乡太久，吃辣有点不习惯了，但是我很喜欢吃。”

她又想再夹一筷子辣椒，韩拓却已沉声开口：“小梅，给她换一碗饭。”

洛晓一怔，小梅已麻利地端了碗干净的饭过来，换过她碗里被辣椒浸红的饭，还劝她：“你吃不了辣早说啊。怕拂我们老板的面子？没事的啊，他又不要面子的……”

“就你话多！”韩拓盯她一眼，“去，再拿瓶酸奶来。”

小梅去了，庭院里就剩下他们两个。韩拓忽然低声说：“你较什么劲儿呢？”

明明才认识两天，他却像是能洞悉她心中所想的那个人。

洛晓忍着泪，抬头看着他，笑了：“没有啊，我真的……真的很喜欢吃。”

韩拓于是不说话了，过了一会儿，他一口干掉了一杯酒，兀自望着天上的云彩，笑了。

夜深人静时，洛晓和小梅都各自回房睡了。韩拓还在庭院里慢慢喝着酒，他抬起头，就能看到洛晓的房间里始终亮着一盏柔和的灯。

其实昨晚他就发现了，她房间的灯彻夜不灭。

怕黑吗?

还怕狗。

怕辣。

怕跟他这个萍水相逢的男人有任何纠葛，却走了又回来。

孤身一人，隐瞒故乡，欲盖弥彰。

原来，他真的收留了一个无家可归的姑娘。

客从何处来?

又要到哪里去?

(三)

一晃半个月过去了。

大清早的，洛晓伸了个懒腰，起床。轻轻推开木质窗格，就看到幽静的庭院里，那人点了根当地的烟草，似乎是刚做完早饭，此刻闲闲散散地靠在藤椅里。烟是用纸卷的，里面包着很香的叶子，昨晚他还让自己就着他的手闻过。

洛晓静静地看了好一会儿。

原来，有的男人的身影比晨色更动人。

洛晓打开行李，开始找衣服穿。尽管来到这个小镇已经有十多天，她还是习惯整个行李随时随地都打包好。

毫无例外地看到行李里塞得满满的红色钞票，有十来万。洛晓看着它们，心中忽然升起一丝烦躁。

她下楼时，韩拓已经等了好久。听到动静后抬头，便看见她一身灰色 T 恤、黑色长裤，脚下一双运动鞋。

明明长得清新脱俗，是会令任何男人都眼前一亮的那款，却总是穿得灰头土脸。韩拓几乎可以想象出她画韩式清雅淡妆时甜美的样子。

不过，现在这样也挺好的。虽然不太起眼，但仔细一看，素净清爽。

人家有颜，任性。

想到这里，韩拓笑了。

洛晓瞅见了，问："你笑什么？"两人已经很熟了，她的语气自然也很随便。

"没笑什么。"他站起来，"自个儿瞎琢磨呢。"

今天的安排，是陪洛晓去看一套房子。她既然打算在小镇定居，总住在客栈里肯定不是办法。韩拓是本地通，人脉广，有他在，天空的颜色好像都要明朗几分。

出了客栈，韩拓带洛晓爬了一段坡，远远地就望见鳞次栉比的房屋。他看中的房子就在其中。

乍一看，并不打眼，两间门脸，低矮的木屋。一眼望去，里头还挺深的。可再仔细一看，洛晓就喜欢上这里了。木屋的颜色很正，一看就是用有些年头的木材搭建的。门口生长着颜色素雅的三角梅，现在还不是很茂密，但可以想象出它覆盖住整个房屋的模样。穿过门面，后面是个露天的庭院，地上全铺着石板，角落里放满了盆栽。再往里，是老旧的屋子。走进去，都能闻到木头的味道。

只有心中有所思的人，才会明白其中的妙处。

房主是个头发花白的老头子，洛晓跟着他进去看房子，韩拓就在外面等。等洛晓出来时，就看到他双手撑在门口的几块花岗岩上，目光深深地望着她。

"喜欢吗？"他问。

洛晓的眼中闪着亮光，点头："喜欢，我很喜欢。"

韩拓微微一笑，仿佛早已料定。

洛晓低头看着两人脚边的碎石，却也在想：他选的，我果然喜欢。

"要是租下这房子，有什么打算？"韩拓问。

洛晓答："自己住，还可以开个咖啡店、面包店什么的，感觉一定很好。"

韩拓却说："现在经济不景气，赔钱的很多。当然也有赚钱的，譬如我。你要是弄个有个性、有口碑的咖啡店出来，也许可以有不错的生意。而且……"他低头看了看山坡下方，从这里甚至还能看到"渐忘"的屋顶，他说，"这里离我的店不远，我可以介绍客人过来。"

"你就不怕我做的咖啡不好喝，连带影响你的口碑？"

他答："不怕。"然后又说，"你不会。"

不知怎的，两人都静了一会儿，没说话，只有天空的小雨还细细地飘在头顶。

"干杵着干什么？"韩拓在她身后轻轻推了一把，"去谈价。"

"哦……好。"洛晓往前走了一步。

房主姓孙，是个干瘦老头，穿得也很朴素，一直笑眯眯地看着他们。之前这房子他的报价是一年四万。因为房子的位置相对偏一点，这个价格不算贵也不算便宜。

洛晓开口就问："爷爷您好，这房子还能便宜点吗？"

韩拓一听就笑了，他跟老孙也认识，平时叫人家"孙大爷"或者"孙叔"。这洛晓一上来就叫人爷爷，平白比他矮了一辈。

这丫头，心里还住着个孩子。

老孙特别和蔼地笑着说："姑娘，我这个价格已经很便宜啦，你看古城里的房子，一年十几万呢。真的不能再少啦，不能再少啦。"

韩拓以为洛晓肯定会砍价，毕竟她初到他店里时，可是挺厉害的。谁知洛晓低头想了想，然后笑着对孙大爷说："那好吧……"

哎哟我去！

韩拓赶紧伸手往她跟前一拦，然后似笑非笑地望着老孙："我说叔，这可是我的朋友，价格就不能再便宜点？"

老孙看他一眼，哼哼唧唧："就是看你的朋友，才这么便宜啊。欸，我老人家出租个房子也不容易……"

韩拓心中冷笑一声，刚想再说话，谁知另一只手反而伸到他面前，把他给拦住了。

“没事。”是她清淡平静的声音。

韩拓一怔。

她已抬头看着老孙，神色非常温和：“叔，就按您说的价格吧。这是定金，您给我打个收条。”

得，改口倒挺快，马上跟着他叫叔了。

老孙欢欢喜喜地进去写条子了，就剩他俩站在门廊外。

韩拓轻轻一掌拍在她头顶：“转性了啊你，这么容易就答应了，不知道再谈谈价。”

洛晓抬起头，从这个角度恰好可以看到老孙佝偻的身影。她答：“没关系，他是个老人家，我们就别再跟他砍价了。”

韩拓打量了她几眼：“心这么软？”

“不是心软……就是有点不忍心。”

“那怎么没见你对我心软？”韩拓淡淡道，“这老孙，别看他寒寒碜碜的样子，其实是出了名的老狐狸，名下房子多的是，一年光租金就收几十万，也就在你们这些外地人面前装可怜。我本来还打算跟他大战三百回合的，这房子少说他得给咱便宜五千八千。”

听他说这话，洛晓也是一愣：“这样啊……”

“要反悔吗？”他问。

洛晓想了想，却摇头：“不反悔了。”又抬头看了眼房子，“他不老实是他的事，租房的决定是我自己做的。最重要的是，我觉得这房子值这个价就可以了。我并不会为此感到沮丧或者有所怨念，心里还是很高兴的——我终于有了个落脚的地方。”

最后一句话到底还是暴露了一点脆弱心思，说完后，洛晓略有点尴尬，说：“我进去看看他写完没有。”

韩拓却说：“我去吧。你们一个愿打，一个愿挨，我还能说什么呢？不过……呵呵，至少得让他把水电煤气给你包了！”说完，他不等洛晓开口，就大踏步走了进去。

洛晓望着他硬朗的背影，再看看老孙闪闪躲躲的表情，突然笑了。

终于把所有手续全部搞定了，双方约定几天后就交房。此时已是午后，两人沿山坡往下走，韩拓问："中午想吃什么菜？"

"还想吃昨天的炒面。"

"行，待会儿回去给你做。"

才走了山坡的一半，谁知天空中蓄谋已久的重重乌云就有了动静，雨落了下来。雨下得十分大，很快就把两人的衣服都淋湿了。韩拓自己无所谓，却不想让洛晓淋坏了，于是拉着她的手，躲到路边一家店铺的屋檐下。店铺没开门，两人便靠着木门安静地站着。

很快，雨把整条路都砸得混沌一片。泥泞的路面上有升腾的水汽。一开始，有很多人在跑。后来，连跑的人都没有了。

温度很快变低，洛晓穿着湿衣服，打了个喷嚏。韩拓身上的衣服也是湿的，看了她一眼，没说话。

"今天谢谢你啊。"洛晓那柔和的嗓音伴着雨声，落在韩拓耳里，格外温柔。

"嗯。"他淡淡地应了一声。

洛晓觉得这个男人真的很特别，有时候，他细心温柔得让你迷惘。但有的时候，他又是冷漠疏离的。

于是洛晓笑了一下，说："说起来也是，自从咱们认识以来，我总是在跟你道谢，不停地道谢。"

两人都静了一会儿，他侧头看着她。有雨水从他的两颊缓缓流下，这个硬朗而生动的男人，眼睛深得像潭。

"你跑什么？"他突如其来地问。

他从来不问，今天却问了，然而她立刻听懂了。

洛晓下意识想要低头避开他的目光，可这一刹那，居然又觉得舍不得。

"我……"她答，"在找一个可以孤独终老的地方，让我对这个世界——渐忘。"

韩拓抬手抹去头发上的雨水，然后握住了她的胳膊。高大的身躯瞬间靠近，洛晓傻了，抬头呆呆地望着。他也看着她，低头吻了下来。

洛晓还是第一次跟人接吻，整个身体都是僵的，只觉得男人陌生而湿润的气息带着某种惊心动魄的诱惑。他起初是浅尝辄止，见她全无反应，索性摁住她的后脑勺，舌头也探进去。亲了好一会儿，他的脸移开，手却揽住了她的肩，说："你刚才在说什么，我怎么听不清楚？"

（四）

洛晓觉得真是难受。

他为什么要亲她呢，在她孤身天涯以后？

可这分明又是她极其盼望的，就像倦鸟撞见温柔的枝丫，就像一个孩童在黑夜里得到极想吃的糖。

她浑身都在颤抖，下意识推开了他，虽然晚了，虽然他已"充分"地吻过了她。

他抬眼看着她，那俊朗的脸上竟也泛起一丝红云。

"推我干什么？"他忽然笑了，带着点玩世不恭却又执拗的味道。

洛晓仓皇低头："我……小梅还跟我说过另一条街上的房子不错，我去看看。你不要跟我一起来。"语气挺硬，拒绝得十分彻底。

韩拓从来都是个风度翩翩的男人，当然强吻这种事并不是他能控制的，也不想控制。见洛晓整张脸都红了，简直就像被猫逮住的耗子。韩拓也觉得脑子里有点乱，怎么就吻了上去呢？

"嗯。"他淡淡地答，"你去吧。"

恰逢雨也小一些了，洛晓便从背包里掏出帽子，往脑袋上一扣，头也不回地走出了屋檐下："回见。"

"洛晓，回见。"他的声音却清晰有力得很，穿过雨帘送进她的耳朵里。

洛晓的心好像疼了一下，然后她大步走进了雨里。

她想，他真是个特别的男人。

大千世界，浮沉辽阔。只有他看见了她的存在，却也不会真的强留她。

其实哪有什么另一条想看的街，这边定金都交了，以她的节俭程度，又怎么可能反悔呢？

阴凉的下午，细雨不断。洛晓一人站在堤坝上，怔然出神。

堤下是个水库，河面平静，仿佛也要沉入昏暗的天色里。水边是丛生的草和树，人走在其中，却像走在荒原里。洛晓就这样漫无目的地走，漫无目的地想，想自己手中曾经沾过的鲜血，想自己的命，想那浮萍般飘忽不定的未来。

想韩拓。

怎么就遇到了这样一个情深义重的韩拓？

她用手捂住脸，指缝间像是有流水无声而过。窸窸窣窣，缠缠绵绵，敲筋击骨。

同一个下午，对于韩拓来说，却轻松得多。

几乎刚走到客栈门口，他就不为这事困扰了。他的感觉其实也挺复杂的，有点爽，有点冲动，有点快乐。但更多的是曾经空旷如野的心中，多了一份温柔而莫名的缠绕。

故此，他显得特别沉默。小梅跟他说了好几次话，请示明天是买猪肉还是买鸡肉，他都没有回答，惹得小梅在旁边直翻白眼："老板，你是被驴踢到脑袋了吧？装什么自闭啊？"

韩拓压根儿懒得理她，嫌她太吵，干脆走进房里，关上门，然后一个人靠在窗边的躺椅里。

手边一壶茶、一包烟，茶是当地产的，味道略苦，但是醇。烟更不用说，三天前，手把手教洛晓一起卷的。想到这里，韩拓就笑了。

抬起头，看着窗外灰白浓淡的天色。

这天色仿佛他俩之间那暧昧的颜色，却不失清纯，不失神秘。韩拓感觉到仿佛有一只顽皮的手，在轻轻拉扯着自己的心。他都不知道自己是何时被她吸引的，或许是第一天她自雨中来，嗓音低沉，带着某个江南水乡才会有的水汽，带来一个男人对陌生女人的好奇和怜惜。

韩拓靠在椅子里，不知何时，合上了眼睛。

他做了一个梦。

梦中有悠远的岁月，有那些渐行渐远的人，还有曾经年轻气盛的自己持枪站在一地血泊中，痛哭流涕。

那是刑警韩拓。他把整个青春献给了黑暗边缘。后来，他想回家了，却已没有家。

于是他选择渐忘。

那个女人身上到底什么吸引了他？其实韩拓也说不清楚。

那是一种气质，让孤身天涯的他觉得无法抗拒的气质。

韩拓是在天快黑的时候被小梅叫醒的，她猛地在外面捶窗："哥！哥！老板！你快醒醒！醒醒！"声音很急，甚至还带着哭腔。

韩拓睁开眼睛，一下子从躺椅里站起来。

待洛晓回到客栈时，天已经全黑了。多奇怪的天气，高原地区中午还瓢泼大雨，晚上天空中却挂上了星子。

洛晓看着星星，心仿佛也变得静谧。

不想抗拒，可是又必须抗拒。想到这里，洛晓自嘲地笑笑，觉得自己这半辈子活得就像个傻子。

因为心思太重、太纠结，以至于她推门进去时，都没注意到院内没有平日炒菜的香气，以及小梅聒噪的嗓音。她抬起头，却只见庭院里黑暗一片。平日总是站在门廊灯下抬头望着她的那个男人不在原地。

洛晓愣了一下，然后把整间客栈都找了一遍。除了二楼的两个客人，没有别的人在。

他去了哪里？

洛晓忽然想起中午时他说的话："晚上给你做炒面。"

他不是别人，他说的话一定会做到。哪怕他中午强吻了她，晚上也会给她做炒面——她就是这样笃定。

出事了。

洛晓打他的手机，却发现手机就在他屋里响着。发生了什么事，让他连手机都没来得及带？打小梅的手机，通了，却没人接。

洛晓跑出客栈。

门口还是那条街，狭窄、古朴，却也是小镇的主要街道。此时各家各户灯火初上，洛晓却敏锐地感觉出街上的气氛有点不一样。她循着人流方向望去，果然看到长街尽头的一户宅院门口围了不少人。

直觉告诉洛晓，韩拓应该就在那里，但是她下意识不愿意往人多的地方去，又往前走了一段，观察了一下地形，便绕进了另一条小巷里。

这里的人少多了，小路阴暗，也没有灯。她的方向感向来好，轻易就辨认出那户人家的后门。她假装蹲下系鞋带，没听到门内有任何声音。也就是说，正门外围着的那些人并没有进来，或者距离后门很远。

她站起来，左右看了看，没有人。她退后几十米，一段非常矫健快速的助跑后，脚就踩在了墙上，轻而易举翻进了院子里。

落地时，只有非常轻微的声响。她抬起头，这户人家在当地应该算条件不错的。有个院子修葺一新。整个院子都是暗的，只有正对着她的主屋里亮着灯，但是没有人影。

越过一条走廊后，洛晓看见大门明显是关着的。那些围观的人都被挡在门外。

洛晓的眼睛里，仿佛有一条极细的线轻轻地跳了一下。

因为她看到门口拉起了一圈警戒线，这大概就是那些人不得进入的原因。

有警戒线，意味着这里有警察，或者至少有警察来过。

洛晓下意识就想转身离开，但人都已经到这里了，且不知道主屋里到底发生了什么事，她又有些不甘心。

洛晓告诉自己，她就看一眼，辨明屋里确实没有动静后立刻就走，回客栈等韩拓。她三步并作两步走到屋门口。门居然是大开着的，灯火摇曳之下，一个男人扑倒在地上。

男人是全裸着的，满地是血。那是个四十余岁的肥胖男人，上身被割开了一道口子，露出狰狞的血肉，下身被剁得稀巴烂。

洛晓认出了他，之前她在街上还遇到过这人，就是这家的户主，好像还是个搞运输的老板，家境殷实，前些年离了婚。洛晓看过很多刑侦破案方面的资料，知道一个人只有被割断动脉，才会流这么多的血。

她在门口呆呆地站了十几秒钟，才往后退了一步，又退了一步。她脸色苍白，周围死一般寂静，她只觉得阵阵恶心。她就像被火烧着尾巴的猫，四只爪子都绷紧了，只想快点离开这里。

突然有人轻拍了一下她的肩膀，只吓得洛晓全身一抖，下意识就抓住那人的手，想要来个标准的过肩摔，然而竟然没有摔动。那人反而制住了她的胳膊，顺势一推，就将她压制在墙上。

“洛晓！”他轻唤她的名字。

洛晓惊魂未定，这才看清眼前的人竟然是他。她整个人都贴在他的胸口上，他将她的双手握得死紧，低头看着她。

“你怎么会在这里？”

“你怎么会在这里？”

两人同时脱口而出。

然而韩拓松开了她，却依然握住了她的一只手。洛晓遭受的精神冲击太大，一时没有察觉。

“我……看你们都不在客栈，就找了过来。”她答。

“怎么不走正门？”他微蹙眉头，“发生凶杀案了，警察还没到，我过来帮忙，守着现场。”

“哦……”洛晓稍稍松了口气。他人缘好，又有威望。邻里发生了大事，找他过来主持大局，理所当然。

散发着木材暗香的门廊上，灯光幽暗，韩拓看到她的脸都吓白了，却下意识也反握住了他的手。尽管因为凶杀案心神冷肃，却也忍不住微微笑了，问：“你一个人跑到这里来，是担心我？”

洛晓答不出来。

所有危险，都是有征兆的。所有异常，她都害怕并逃避。见他突然不见了，她下意识就想要找到他，现在又要怎么撇清关系？

于是她低下头不说话。

韩拓也低下头，脸非常轻地擦过她的脸，嘴唇在她发梢上轻轻一吻。洛晓的心头如有急弦被无声快速地拨动。这竟然是他今天第二次吻她了。

察觉她的手还是冰凉的，他柔声说：“别怕。警察很快就到。”

“嗯。”

两人都静了一会儿，她又抬起头，下意识朝那屋中的尸体看了一眼，然后迅速移开目光。韩拓注意到她的小动作，上前一步，将门彻底掩上了，这样她就看不到了。

“对了，刚才看你翻墙的身手不错，以前练过？”他问。

洛晓的心头微微一颤。

他的语气是那样若无其事，似乎只是随口一问。

“嗯。”洛晓答。

他笑了一下，牵着她的手走到庭院里，找了张石椅坐下，说：“好，有时间我们俩……也练练。”

洛晓却有点出神。

他在夜里守在凶案现场，却是这样淡定自若。

是因为……他的性格向来豁达坚定吧？是因为他本性就是这样一个男人吧？

一定是的。

“你……一点都不害怕吗？”洛晓到底还是轻声问。

他在星光下低头看着她，眼睛却比星光更亮。洛晓突然注意到，他即使坐着，背也是挺直的，硬朗得像一棵松树。

似乎觉得她的问话非常有趣，他盯着她笑了，说："这些事，我从来不怕的，只有他们怕我。"

洛晓的耳朵里像是有什么东西砰地破裂了。

她直到这时才意识到，眼前的男人身上还有某种隐约的气质。

那分明是她熟悉的、喜欢的，却也是她害怕的，那种人的气质。

（五）

韩拓蹲在地上，就着手电明亮的光，看地上的半个脚印。

再抬头，环顾室内一遍，心里大概有了分寸。

刑警小谈赶紧凑过来，看着韩拓自带的白色手套、鞋套，那材质看起来就比他们小镇警察用的高好几个级别，加之韩拓的一举一动看起来是那么专业精准，小谈不由得赞道："韩哥，你不说我们还不知道，原来你以前在北京也是刑警啊！这手法，啧啧……怎么样？有发现了吗？"

韩拓站起来，身旁是几个一脸好奇和期盼的警察。当然，也有手足无措的。

小城地处偏僻，几十年都没发生过命案，这些警察的整体刑侦水平不高也是情有可原。起初韩拓就是看到他们到来后生涩的勘探手法和紧张的表情，才让洛晓等在屋外，自己上了。

其实不该上的，早就决定要与过去的一切诀别，但刑警的血流在身体里一天，似乎就不会真的冷下去。更何况看到这样暴力血腥的凶案现场，他也忍不住手痒。

男人总是要对几样东西有瘾。他现在又还没有正式交女朋友，偶尔破破戒也不为过吧。

想到这里，韩拓心中如同有清风拂过。他锐利的双眼盯着地上的尸体，心思仿佛也因之更加明朗。

“凶手是女人。”韩拓说。

小镇警察都是一怔。

“不……不会吧……”小谈脸色一变，“女人下得了这么狠的手？”

韩拓冷笑：“你们不知道？女人有时候狠起来比男人还要残忍数倍，这点事算什么？跟哥见过的差远了……”到底还是没有再往下说，他无视警察们好奇的目光，往门口一指，“尸体被发现时，大门和房门的窗户都没有被破坏的痕迹，邻居也没听到任何响动——凶手和死者是认识的。”

众警察点头。

“尸体被发现时，下身赤裸。死者谢华身材高大强壮，但是房间内没有任何扭打痕迹，极有可能是深眠时被人杀死，但是他的裤子和内裤都是被完好地脱下来丢在床头，大腿内侧还有精斑，所以……”

小谈恍然大悟：“难……难道……他是被他睡的女人杀死了？”

韩拓点了点头，道：“当然，一个男人睡的，可能是女人，也可能是男人，决定性的证据是地上的足印。”他往尸体旁的血泊中一指，“这里的几个足印，属于同一个女人，染了血，三十七码，布鞋。身高一米六五到一米七五，体重九十到一百一十斤，体形偏瘦，从步伐来看，是中青年，也就是二十到四十岁。凶手剁坏了谢华的‘老二’，可见对这个东西充满憎恨，必然在感情上受过伤害。去找吧，跟死者谢华有关系的，尤其是有情、财、仇纠葛的女人，再询问周边邻居看看是否有目击者。小镇就这么大，重点排查她们今天下午的不在场证明。”

小谈等人的眼睛都瞪大了：“韩哥，你这也太牛了吧！光看两个脚印就推断出这么多！哈哈，我们破案这就有方向了！”

韩拓却只是淡淡一笑，抬头望着门外，说：“等你们市里专家来了，得出的也是同样的结论。走了，回头需要录口供再叫我。”

推门而出，却仿佛到了另一个世界。

血腥味还萦绕在鼻尖，却也有院内树叶的香气飘来，一如他此刻的心情。院内还有不少人走来走去，个个神色惊惶，一派兵荒马乱的场景。

韩拓抬起头，却见洛晓原来站着的树后已没了人，是见人太多避开了吗?

这女人，说等他却不等。韩拓在昏黄的路灯下站了一会儿，然后双手插在裤兜里，慢慢地走回了家。

他回到客栈时，已是深夜。刚推开门，响动声便被楼上房间里的洛晓听见了，毕竟庭院寂静。洛晓坐在窗前没有动，隔着淡薄的窗纸，可以看到院里的那个身影。

有人热烈地欢迎韩拓的归来，那便是一整天都处于紧张、激动、害怕的心情中的小梅了。她撑到大半夜没睡，就是要等韩拓回来打听八卦。见他走进来，一把抓住："哥！哥！怎么样？谢华是真的被人剁成了七八片吗？欸，欸，你怎么不看我？跟你说话呢，看哪儿呢？"

韩拓都懒得搭理她，抬起头，瞟向洛晓所在房间的那扇窗。灯还开着，窗户上映着一道人影。她还没睡。

在等他?

她要真四平八稳地睡了，那才真是没心没肺。他有点喜悦地想。

"无可奉告！"韩拓丢给小梅这么一句，转身就上了楼。

"欸——"小梅十分怨念地看着老板决绝的身影，又耍酷！大半夜要给谁看呢?

正怨念着，眼睛却瞟见韩拓沿着二楼走廊一直往里走，步子还快得很。等等……那不是……

小梅瞪大眼，手指张开捂住嘴，看到老板一把推开洛晓的房门，走了进去，然后反手关上了门。

我去!

就知道他们两个有猫腻!

想不到向来视美色如粪土的老板，也会有这样热情似火的一天!

韩拓推门进去，就见洛晓坐在床边。身影纤细，无边沉默。

韩拓走到她身后，有点想抱，却又怕唐突到了她，最后在她身畔坐下，便见她的身影在灯光中微微一颤。

“怎么先走了？”他低声问。

“人太多了。”她答。

“嗯。”

“警察会抓到凶手吗？”

“会的，只是时间问题。”

两人又都沉默了一会儿，他偏头吻住她。这是一个比白天更热烈、更有耐心的吻。他的手揽住她的腰，另一只手握住她的发。于是她整个人便由他掌控，仿佛化成了一团水，逃不开他的怀抱。

吻了许久，直至两人的气息都有些急。他低下头，用额头抵住她的额头，轻声问：“洛晓，喜欢吗？”

洛晓快要哭出来，她没有别的答案。

“喜欢……”有生之年，喜欢得要死掉了。从见到你的第一眼起，我就遇见了爱情。

他的嘴角有微微的笑，嗓音更轻：“那我们努努力，争取以后每一天都由我来吻你。”

洛晓的眼泪掉下来，他低头用脸蹭去：“傻姑娘……哭什么？好像我欺负你似的……”说到这里，自己先笑了。

回答他的，却是洛晓的双手，她的手无声地按住了他的肩。韩拓抬眸看着她，顺着她的手倒下去，于是他被按在了床上。

洛晓低着头，脸又红又白，她说：“我不要永远，我只要现在。”

韩拓无声地看着她，看着这个独自流浪的姑娘，这个善良又勇敢的姑娘露出一脸毅然决然的表情，仿佛带着飞蛾扑火的勇气。她伸手就脱掉了T恤，只剩下内衣。仅仅是这一个动作，仿佛就用掉了她全部的羞涩和疯狂，她的脸涨得通红，然后伸手抱住了他。

韩拓好想喝水，用水滋润干涸的喉咙。还有被她坐着的紧绷无比的身体，也渴望得到疏解。

她抬起头，生涩地，又痴痴地开始沿着他的脖子往下亲。诚然韩拓此刻也极想把她反压在身下，看她还敢不敢这么野。

但是韩拓忍住了，他一把抓住她的胳膊，将她从身上推了起来。洛晓的脸更红了，两人对视一眼，她转身就要下床。韩拓却又将她抱了回来，盯着她，一字一句地说："洛晓，我知道你在想什么。我不会做你的那根救命稻草，我只做一棵树，扎根在你心里。那才是我韩拓想要的爱情。"

洛晓说不出任何话来，末了用手撑住脸，吐出一句："对不起。"

韩拓笑了："你道什么歉？是我占了便宜。"他拉过旁边的被子，包住她的身躯，然后低声说，"哟，身材不错，真羡慕将来的我。"

洛晓终于还是被他逗笑了。

他深吸一口气，站起来，说："走了，再待下去，我可不知道自己会干出什么。丫头，明天早上想吃什么？"

洛晓抬头看着他。

一室昏暗的灯火，映着彼此温柔的脸庞。

她沉默着，他非常耐心地等待着。像是察觉了许多事，却又像是一无所知。

洛晓觉得自己不能拒绝他，真的不能。

这一生，唯一一次天涯相遇。

唯一一次无法抗拒。

"米粉……和豆浆吧。"她说。

韩拓的眼睛里有看不清的情绪在涌动，他微微笑了："好。"

转身时，眼角余光却瞥见洛晓投在地上的那道影子纤细又飘忽，继而又瞥见了她脚上的鞋，正是当地常见的布鞋，大概是她来到古镇之后买的。以韩拓的眼力，看一眼就知道尺码。他一怔，又思及洛晓的身材、个头……韩拓猛地心神一凛，他在干什么？然后暗暗失笑，自己的职业病又犯了。

他拉开门离去，只剩洛晓一人独坐在夜色里，一直听着他下了楼，进了自己屋里，洛晓才怅然若失地躺了下来。被子上仿佛还有他手掌的余温，洛晓裹紧自己，闭上眼，一时心情却不知是忧愁还是欢喜。末了，只有一个无用的念头在她脑海里翻来覆去——如果她的人生，没有行差踏错多好！

如果是当年一身清白的洛晓，在此年此月此时此地与韩拓相逢多好！

次日清晨，日出云开，清清静静。

韩拓照旧早起，准备早饭。

厨房里传来响动。

二楼，洛晓却早已独坐了很久。她听到声音，将窗帘掀起小小一角，恰好看到韩拓从树下走过，黑发遮住了他的容颜。

洛晓轻轻咬着自己的嘴唇。

他说，要做一棵树，扎根于她的心。

却不知她此刻停留在这里，就仿佛站在高高的悬崖边沿，看着下方海水沉浮，而他驾驶着唯一的舟，伸手邀她上船。可她稍不留神，就会粉身碎骨。

…………

韩拓，我也好想做一棵树，攀缘在你抬头可见的窗棂上。

此生相遇，惊鸿一瞥，便是永恒。

而后某一天，我的树叶便再也无法呼吸了。

（六）

韩拓站在人字梯上，正在取腊肉和香肠。忽然听到楼梯上传来脚步声，他回头看了看，望见一抹黑色的裤腿。

他心中冒出个小念头，当机立断把腊肉挂在更高的位置，然后从人字梯上一跃而下，再将梯子收到墙角，自个儿蹿进厨房里，动作一气呵成。

过了几秒钟，就见洛晓走下楼来，她也晃进了厨房里，看着韩拓穿着白 T 恤、系着黑色围裙低头切菜的样子，有点晃神。

“一直看我干什么？”韩拓淡道。

“你的厨艺跟谁学的？”洛晓从门边盘子里捡了颗枣子，咬在嘴里。

韩拓笑了一下，下刀如风：“以前上班那会儿哪会做饭，也不挑，快餐盒饭哪怕做得跟猪食一样，饿急了也是一扫而光。两年前……退了，寻思来开客栈，厨艺什么的，自己慢慢学，瞎琢磨出来的。”

洛晓没说话，只觉得嘴里的枣子有点甜，又有点涩。那涩的，就叫作过往，你我不为人知的过往。

韩拓抬眉看着她：“你呢？厨艺可还过得去？”他望向洛晓细长白皙的手指，潜意识里觉得这样美好轻盈的女孩子厨艺一定相当了得。

“莫非是深藏不露的厨艺高手？”他低笑道。

不料洛晓的脸却红了，把那枣的小核丢进垃圾桶，老实说：“我做的东西不能吃。”

韩拓很想笑，但是为了给她面子，忍住了。

仿佛为了扳回一城，洛晓特意强调：“但是以前我爸爸妈妈做饭都很好吃的，红烧狮子头、清蒸鱼、小炒芦笋尖……比很多饭店都好吃，那时候很多朋友都喜欢到我们家吃饭。就是因为他们厨艺太好了，所以我才没有自己做。我觉得我要是当年学过的话，现在的厨艺应该也是很赞的吧……”

最后一句话还没说完，韩拓就笑着擒住她的脸，低头吻下去。他的手指上还沾着水，有胡萝卜和玉米的味道，他的另一只手则摁在她身后的墙上。这大概是洛晓经历过的最甜、最清新的一个吻，她被吻得全身都覆盖着微颤的凉意，仿佛有谁的手抚摸而过。她知道，那其实是他的呼吸。

只吻得她满脸通红，韩拓才快活地在她腰上轻轻一拍：“去，帮我拿块腊肉下来。中午做蒜薹炒腊肉，不放辣椒。”

“嗯。”洛晓走出两步，转头看他还瞧着自己，脸颊上染着几丝红晕，还有笑意。洛晓又快步回来，抬头在他脸上轻轻一吻，这才转身走出去。

韩拓摸摸自己的脸，这是啥感觉呢？就像心里藏了个快乐的小人。他终于从沉寂太久的山里冒出头来，特别渴望地想要得到幸福。而她就在这时来了，像是一汪潭水，引得他忍不住往里跳。

而那头，洛晓按他的吩咐爬上了人字梯，正在跟腊肉较劲儿呢。偏偏肉挂得那么高，她站在人字梯最上层，踮起脚也够不到。努力了几次，忽然感觉不对劲，回过头去，便看到韩拓倚在厨房门边，低头在笑，她顿时明白过来：这家伙故意的。

幼不幼稚啊！

洛晓没好气：“你自己来取。”作势要下来。

韩拓却上前两步，一把抓住梯子的踏板：“别啊，我这刚洗好手。要不你跳起来，看能不能够着，你不是有两下子吗？放心，要是掉下来，我在下面接着你。”

“真的？”洛晓半信半疑地看着他。

“嗯。”韩拓单手托着下巴，望着她，“要不你先跳一回试试？来，往这儿来。”

洛晓的脸又微微烫了，小声说：“你故意的。”

韩拓嗓音更低：“哦，你知道啊。”

屋内加上厨房、走廊，也就巴掌大块地儿，那两个人却在里面磨蹭一上午了。连花五十块从二手市场搬回来的人字梯，都被老板用作调戏妹子的道具了。再这么下去，只怕那些花啊草啊，院子里囤的土豆啊白菜啊，处处都要留下谈恋爱的暧昧痕迹了。

小梅蹲在院子里，默默地浇着地上的花。

我听不见，我看不见，我感受不到……

情窦初开、天雷地火地躲在小黑屋子里谈恋爱什么的，就不该有围观群众。她小梅虽然是过来人，可老板这一出手，没羞没臊的，连带着她都感觉到不要脸啊。

中午，出离愤怒与羞愧的小梅自己出去觅食了，只剩韩拓和洛晓在家。吃了顿香喷喷的蒜薹炒肉和小白菜后，洛晓自告奋勇去洗碗。韩拓便靠在门廊下的躺椅里休息，突然感觉庭院里顺眼了许多。想了想明白过来，是小梅那个杵了一上午的大电灯泡终于知道回避了。

孺妹可教。

韩拓决定从下个月起，给她加十块钱工资。

“下午我去那边收拾，可能会很晚回来。”厨房里传来洛晓的声音。

那边——指的就是她刚租的那套房子。

韩拓说：“我下午忙完手里的事，就来找你。”

“你要是忙就别去了，我自己可以搞定。”洛晓的声音顿了顿，“你已经帮我很多了。”

韩拓转头看着厨房的门，低声说：“多什么，离咱们俩有个结果还差得远呢，不算多。”

他的声音有点小，在水龙头哗啦啦的流水声中，洛晓没听清：“什么？”

韩拓一笑：“没什么。那你慢慢洗，哥出个门。晚上接你回家吃饭。”

洛晓拿抹布轻轻擦拭着碗碟边缘，听到他自称“哥”，有点想笑。在心里算了算，客栈的营业执照上有显示他的生日呢，他是比她大了四岁。

这个男人，有时冷漠，有时可爱，有时敏锐，有时却迟钝。他前些天会吻她，连洛晓自己都没有想到。可是有时候想起他们初遇那天的情形，想起他在晨雾中望着她的那双氤氲又深沉的眼睛，忽然又觉得，他们终有一天会亲吻彼此，这是一件那么理所当然的事。

然而这天韩拓并没有如约来跟她吃晚饭，当然，洛晓也没顾得上。那新房子还挺大的，她一下午都在打扫，结果只拾掇出一小片角落。等她忙得腰都酸了，抬起头一看天色，却发现都入夜了。

韩拓还没来。

她拿手机给他打电话，无人接听。洛晓也不在意，将手机丢到一旁，便坐在一堆杂物上，啃一小块面包，喝点水，权当晚饭了。

云南的天黑得比内陆晚多了，此时暮色将至，霞光绵延，山像人，水如梦。

洛晓低头吃了一会儿，这样一个人独处的日子，她已经经历了有一年多。可此刻，感觉竟是不一样了。有个人就在山下，如浮云，如大海，翩然占据她的生活。

洛晓知道，自己心底那份永恒的寂寞无法被拯救，哪怕韩拓也不能。

可这一次，她是这样地想要得到幸福，想要老天也开开眼，让她逃过这一回。

世上难得遇到一个韩拓。她知道的。

举手投足都是他，日出日落也是他。从他那天在大雨中拉开门收留她开始，她真的舍不得放手。

下午的时候，韩拓去了趟警察局。不为别的，那个案子不破，他的心里自然始终惦念着，而且他也不是很信得过小镇警察的办案效率。

果然，一走进警队办公室，就看到小谈几个愁眉苦脸聚在那里。

“嘿，韩哥，韩哥……我们按照你说的去找，可是找不到嫌疑人啊。”

韩拓不紧不慢地坐下来，又指指旁边的小警察，让他给自己倒了杯茶，然后才慢悠悠地问：“什么情况？”

“死者家附近几条街都有监控，但是没拍到任何可疑的人啊，都是每天在街上的那些小贩或者游客。”小谈说，“我们又打听了一下死者的男女关系和财务关系，他前几年跟老婆离了婚，跟厂里的小会计有暧昧，我们找到那小会计，人家吓傻了，她那天一直在厂里值班，有不在场证明，而且体型和脚也不符合。财务方面，死者没有负债，也没有纠纷。哦，对了，他是找过几次小姐，但都是人财两清，总不至于因为这个被杀吧？他的前妻早就去省会打工了，跟这起案子也没有关系。”

韩拓想了想，点了根烟，说：“说明是熟人作案。”

小谈等人一怔。

韩拓掸了掸烟灰，淡笑道：“风过无痕，人过却一定有痕迹。凶手又没有上天入地的功夫，怎么可能逃过你们的视线？很可能是熟人，只是被你们忽略了。在某个我们看不到的角落，凶手通过某种交流方式和死者勾搭上了。死者是个精明的小老板，不会那么轻易上当，一来二去跟凶手一定有过数次接触，然后才水到渠成有了后面的入室杀人。”

“哦……”

“再查仔细一点。”韩拓说，“哪怕是小镇上我们熟得不能再熟的人，都要仔细筛查。只要符合嫌疑人那几个条件的女人都要查。我有预感，这次的凶手不会在你刚才说的小会计、小姐、前妻这些人中，很可能会是一个我们完全没有想到的人。这就有意思了。”

“嗯嗯！”小警察们被韩拓说得懵懂又兴奋。

韩拓又问：“上头的警察什么时候到？”

小谈答：“前几天下雨，道路塌方。省厅的人应该明天就能到了。”

这天韩拓在警局待到大半夜才回客栈。

踏进门的一刹那，抬头望见一轮明月，才想起自己忙得忘了时间，也误了和洛晓的约会。拿出手机，果然看到一个属于她的未接来电。

有案子的夜晚，身体里的血像是冷的，又像是热的，然而这感觉已阔别太久。它就像一条命中注定的路，哪怕你远离了这条路，它却依然无时无刻不出现在你脚下。

韩拓抬起头，看到她房间里的灯已关了。约莫是已经熟睡了，韩拓不想吵她，直接回自己房间睡了。

脑子里还想着明天给她做点啥好呢。

直至第二天天亮，韩拓才察觉洛晓其实彻夜未归，她根本不在房间里。问小梅，小梅揉着眼睛答：“我不知道啊，我昨天到十二点就睡下了，以为她回来了呢，是不是还在那边搞房子呢？老板，自己的女朋友不看紧，跑来问别人干什么？哎哟，我知道了，新手上路，理解理解。”

韩拓懒得跟她废话，打洛晓的手机，发现无人接听，于是便出了客栈，沿着山坡一直往上，很快便到了她那家百废待兴的咖啡馆前。

门关着，里头却有灯，依稀可见一个人影趴在桌边。韩拓的心放了下来，瞅一眼围墙，也不是很高嘛，估计连洛晓自己都能翻过去。

他心中失笑，瞬间翻墙而入，落在院子里，再推开院门，就见洛晓歪歪扭扭地趴在桌上，睡得很沉。

韩拓再看一眼院子周遭，竟都已收拾得整洁有序。原本的老家具都被她扔了出去，地面洁净得一尘不染。稍微装修一下，再买上桌椅等器材，洛晓的咖啡店就可以开业了。

许是晨光温柔，韩拓的心中也涌起一阵柔软。再看向洛晓，她白净的脸上有几抹灰，一只手上的手套还没脱。即使在睡梦中，两道眉毛也轻蹙着，长长的睫毛微微颤动。

韩拓在她面前蹲下，轻声问："梦里还在愁什么呢……"

她自然没醒，只是轻轻拧了一下眉。韩拓低头在她唇上轻轻一啄，寻思这丫头只怕自己干了个通宵，才可能把整个院子都拾掇干净。

这个女人，真是个持家过日子的好手。想到这里，韩拓微微有些得意，环顾四周，最后在她身旁的一张椅子里坐下来。

他打定主意，等她醒来时，就啊呜一声，吓她一跳。再趁她受到惊吓时，一把抱住她，亲个没完，亲得这淡定的小姑娘也像他一样"既见伊人，心思涌动"。

想得倒是挺美好，只是韩拓手捏下巴靠在椅子里，盯着新晋女朋友的容颜，总觉得有什么东西被自己忽视掉了。

没多久，手机响了。旁边的洛晓动了动，依然没醒，看来昨晚真是累坏了。

韩拓立刻接起，走到院子里，离她足够远了，才出声："喂，小谈，什么事？"

小谈明显整个人都慌了："韩……韩哥……昨天晚上，又死了一个人！跟谢华一样的死法！是同一个人做的，连环杀手！"

韩拓一怔，迅速道："我马上过来。"

小谈还在那边抖抖索索地说："但是你的判断是没错的，省厅的人到了，鉴定结果跟你说的一样。他们会从今天起，展开拉网式搜索，排查镇上所有脚为三十七码，身高为一米六五到一米七五的偏瘦女人，无论是本地人还是游客。出镇的公路也已经设置了关卡。另外，省厅的人想见见你。"

韩拓答："知道了。"

他挂掉电话，抬起头，看到屋里的洛晓，忽地心头一震。

他知道刚才自己是觉得哪里不对劲了。

两次凶杀案发生时，洛晓都是一个人，都没有不在场证明。

（七）

省厅来的头儿叫老丁，是个四十多岁的刑警，眉目严肃，不苟言笑。身穿旧旧的皮夹克，手指修长而粗糙，看谁的眼神都跟钩子似的，又尖又亮。

这样的老刑警，韩拓以前见过不少，故他发自内心就对老丁有种由衷的尊敬，讲话也谦卑客气。

而老丁听说了他的推理，再看是这么一标致、精神、有灵气的小伙子，内心也有了好感，只是不表露出来罢了。

小镇的那些刑警，在老丁眼里都是些菜鸟，他也懒得跟他们多说，只把韩拓叫到一旁，又给他点了根烟，两个糙爷们儿不紧不慢地抽着。

老丁问："怎么就不干刑警了？"

韩拓笑笑："乏了，想退。"

"嘿，你才多大年纪呢，就说乏。咱们系统培养你这么一个能干的刑警不容易。小伙子，好好想想，将来能回去还是回去吧。"

韩拓尊重他，只点点头，笑而不语。

后来，等老丁托人打听了这小伙子的经历后，才知他的过往远比一般人沉重。于是老丁只徐徐地长叹一口气，知道是劝不了了。

然而对于小镇发生的这起案子，哥儿俩的看法却产生了分歧。

"外来人作案的可能性非常小。"韩拓诚挚地看着他，"这起案子，给我这样的感觉非常强烈……"

"放屁。"韩拓还没说完，老丁就打断了他，"怎么就小呢？我看这案子就不对劲。多少年了，小镇居民相安无事，突然就出了这么惨烈的案子。我看外来人的嫌疑也不能排除，尤其是那些外地来的，在本地定居的单身女人……”

韩拓心里没来由地一股火气冒起来，勉强压着，说：“老丁，你这就太主观了，缺乏任何客观证据和推理做支持。你看，两名死者都是四五十岁的中年男人，丧偶或独居，个人生活不太检点，家庭经济条件良好，有孩子，第二名死者还有两个。但是凶手下手时，孩子都恰恰不在身边。她为什么没选择那些没孩子的男人？镇上明明也有不少符合条件的。我有种感觉，这是凶手刻意避开的，这是她的母性使然——因为她觉得这样的男人不配当父亲！凶手仇视的目标非常明显——她恨男人，恨有点小钱的、不忠的男人，她尤其恨男人的那玩意儿，简直是厌恶，我怀疑她曾经被男人强奸过。而且她总能轻而易举地进入死者的家，明显与死者之前就勾搭上了，认识了。本地人更符合这样的画像。一个外来人，她到小镇，短时间内要弄清楚这么多事、找准目标，是很难的。而且如果是外地人、是新鲜面孔，下手很容易引起别人注意，但是现在我们却没查到任何线索。”

老丁也气了，冷笑道：“犯罪心理画像？韩拓，你这番分析也太主观了吧？仅仅两起案子就能给凶手定性，缩小凶手范围，断定凶手不是外地人？我不是说凶手一定是外地人，但现在不能仅凭你的推理，就把外地人排除在外。先做加法，把嫌疑人范围拉得足够大，确保不遗漏任何可能性之后，再做减法，挨个排除。这是任何刑警都遵循的基本原则。我以为你是个能干的，怎么这么意气用事？是不是还想护着谁？你的外地朋友？”

韩拓心头一震，一时失语。

老丁是多狡猾的狐狸啊，见状也不点破，只慢悠悠地说：“书上不是有这么一句话吗？任何故事的开始，都遵循一个原则：要么是一个人开始一段新的旅程，要么是一个陌生人来到小镇。就看我们面临的故事，是前者还是后者了。”

韩拓静默片刻，问：“这句话是什么书里的？”

老丁一边抽烟，一边转身离去：“《编剧的法则》。忘了告诉你，我还是个兼职编剧，把我这一辈子见过的案子都写成剧本，只不过还没有人有那个眼光来投拍过。”

韩拓在警局里转悠了一会儿，走到一楼一间大屋时，停步。抬起头，是户籍科。

小镇才多大的地方啊，户籍科也有几个人跟他认识，加之现在得知他还是个跑到小镇开客栈的退役刑警，还在帮刑警队破案，户籍科的几个年轻小姑娘看到他，脸上就难免带上了粉红色。

“韩老板，有什么事？”一个姑娘问。

韩拓笑笑：“能不能帮我查一个身份证号的归属地和真假？”

姑娘说：“哟，这可不能随便查的，是跟破案有关系吗？”

韩拓顿了一下，说：“是跟破案有关系。”

姑娘立马顺竿而下，点头：“那就不一样了，行吧。你等会儿啊，还没到上班时间呢，我开一下电脑。”

韩拓答应着：“欸。”

姑娘低下头去，开始倒腾主机、显示屏什么的，还有点娇羞地跟旁边的人讲话。韩拓眼角余光却看见窗外阳光满地，有风轻轻吹动树叶，窸窸窣窣地响着。这样的景色，忽然令他心里有点安静，又有点难过。

等那民警姑娘打开系统，抬起头，才发现玻璃窗外已没了人：“欸，韩拓呢？”

这人不是要查身份证号吗？怎么又不声不响地走了？

韩拓回到客栈时，洛晓正好好地坐在庭院里看书，手上拿的是一本《佛祖都说了些什么》。

这姑娘动过皈依佛门的念头吗，还是只是想宽心？

韩拓走过去，把书从她手里抽出来，柔声问：“干了一晚上活儿，怎么不多睡会儿？”

洛晓摇头：“睡不着。”

初初恋上的人，彼此亲昵还不是那么熟练坦然。洛晓有点忐忑地伸手握住了他的手，他便这样站着，任由她握着。两人都静了一会儿，小梅一副“我什么都没看见”的表情，挡着脸从旁边经过。

于是两人便都笑了。

“上楼去？”他低声问。

洛晓心头一热，感觉到某种暧昧而危险的气息：“好。”

进到她的房间里，门窗还是半掩着，有风和阳光从间隙而入，温暖宁静，一如韩拓此刻的心情。洛晓去桌旁给他倒水，韩拓抬起头，注意到她这些天在小镇添置的一些小物件，都已搬去那边了。

“丫头，你上次说你练过，在哪儿练的？”他问。

洛晓端茶过来，微笑：“我练过八年跆拳道，小时候……爸妈让练的。”

韩拓不动声色地打量着她。她几次提及父母，语气都有迟滞。那是掩饰不住的悲伤，她其实并不是一个善于伪装的人，但足够坚忍。

“你爸妈……现在在哪儿呢？”韩拓单刀直入地问，眼睛也直视着她。

洛晓跟他眼神一触，似乎读懂了什么，但又似乎在恍然出神。

“他们都不在了。”

她的声音很轻、很平静，韩拓心头突然一痛，有点不想再问下去了，但又特别想知道有关她的更多的事，想知道她的一切，想把她的神秘与哀愁彻底搞清楚。

他一把拉住她的手，将她拉进怀里。两人坐在床上，他的手轻轻抚摸她的脸蛋和头发，低声说：“对不起。”

他是这样一个有力而温柔的男人，洛晓感觉浑身微微发烫，但这并不代表她不警醒于他的提问。于是她闭口不言，不主动多说一句。

他终于还是问了出来，声音低低地、谨慎地在她耳边说：“你似乎格外在意警察？”

洛晓闭上眼睛，又慢慢睁开：“是的。”

她的心就像是悬在了翻开的水壶上，水壶上方热气滚滚，就要将她淹没。她的手指慢慢地紧握，等了好一会儿，却听他淡淡地道：“今晚想吃什么？”

洛晓一怔，抬起眼，他却已松开她站起来，神色有点严肃：“好好睡一觉，女人熬夜不好。何况现在还是……”他微微笑了笑，“如果你不睡，我可管不住自己又要干点什么了。”

洛晓望着他不说话。

他却也干脆利落，走到了门口，又温柔地看她一眼，笑了："发什么傻？去睡啊。"

洛晓问："你为什么不继续往下问了？"

韩拓反问："你打算全都告诉我吗？"

洛晓轻咬下唇，她感觉到世界仿佛在这一刻黑了下来："是的。"

韩拓微微一笑："那就够了。我也有过去，但是也不想对任何人提及。你尊重我，你察觉了，但是你从来不问，只是温柔对我。我放在房间里的旧警徽和警帽，你上次看到了，什么也不说，反而轻轻替我擦干净，放回原处。那么洛晓，我也是一样。我不该问的。一个会爱上刑警的女孩，她不会是坏姑娘的。"

洛晓的眼泪差点掉下来，他却伸手揉揉她的头发，示意她赶紧回去睡觉，转身欲走，洛晓却一把抓住他的手，抬头吻了上去。她吻得太激烈又太用力，几乎咬痛韩拓的嘴唇。韩拓倏地睁大眼睛，只愣了几秒钟，转而就将她压在墙壁上，扣着她的双手，更加用力地吻了回去。吻她的每一寸嘴唇、她的脸庞、她颈项上裸露而细致的皮肤，吻得狂野又性感。

洛晓感觉到一股从未有过的热意在侵蚀全身，她感觉到被征服，感觉到欲望之舌正在舔舐身体深处。她都没意识到自己的双手何时抱住了他精瘦结实的腰，并无意识地抚摸着。韩拓同样动情，啃咬了好一会儿，又将手伸进她衣襟下方，沿着腰轻轻摸了一会儿，到底是没有再深入。他抬起眼睛，微哑着嗓子对她说："快回去吧。良家妇女一旦招惹人，可真要命。"

洛晓被他逗笑了，他也笑了，深吸一口气，在她额上一吻，转身离去。

这一觉，洛晓竟睡得十分沉，直至日落西山，韩拓走到她的窗边想要叫她吃晚饭，却发现她呼吸平稳，双手搁在胸口，睡得还很沉。看起来真像个孩子，睡觉都护住自己。

韩拓摇头失笑，转身下楼。抬起头，看到昏黄的天，再想到白天的缠绵，更觉心头激荡。

他下午也睡了一觉，睡醒后心思更加明朗。

老丁固执己见，迟早会查到洛晓头上来。她看起来嫌疑很大，但她其实没有嫌疑。韩拓已下定决心，要抢在警察之前找出洛晓不是凶手的证据，抑或找出真正的凶手。

子夜时分，月上枝头。韩拓了无睡意，一人独行上了那片山坡。

他又到了洛晓盘下的那家咖啡店。

他有钥匙，直接开门。昨晚凶手杀了人，但是洛晓在这里蹉跎了一整晚。只要用心找，说不定能找到证据。

于是，他仔仔细细地把整个房子都查了个遍。看完后只有一个念头，洛晓非得在这里耗上一整晚，才能把房间收拾成这么明朗干净的样子。可这又怎么样呢，这只是情理上说得通，却不能作为证据。

最后，到最里面的两间主卧时，韩拓看到了意料之外的东西。

其中一间房自然是她的。她的几件衣物，还有她在小镇上买的那些零零碎碎，都归置在里头。墙边还插了几枝花，整个房间的布置，一看就叫韩拓喜欢。她的性情一直是跟他相通的，淡泊而温和，他知道的。

另一间房也已收拾得整齐利落。窗前堆满绿植，屋内几件二手的木头家具都是白、黑、灰三色。从整体装饰来看，不太像女人住的房间。书柜里放着几本当季畅销新书，墙上贴着一幅不知从哪里淘来的狂草书法。窗边的一张矮桌上摆着一副旧棋盘，还有烟灰缸。

韩拓在这个房间里看了好一会儿，看得心潮涌动，转身离开咖啡店，往家的方向走去。

原本心思徜徉，柔软而有担忧。可在看到客栈内外灯火通明，还停着几辆车的那一刻，韩拓的整颗心都绷了起来。

他刚进门，就看到老丁带着人从里面走出来。两人打了个照面，老丁只说了一句话：“她跑了。”

韩拓心头一震，低吼道："你知道什么？不是她！"

老丁不答，压了压帽檐，走了出去，大声道："连夜搜捕！"

韩拓迈着大步跑进客栈，住客们和小梅全都神色惊讶地站在院子里。韩拓抬起头，看到她的房门洞开着，有两个便衣在，她显然不在。

韩拓心头一痛，心思已千回百转。约莫老丁早起了疑心，白天大概又从旁人口中打探到有这么个女人住在这儿，样样条件都符合，晚上才带人突然袭击。老丁的做法无可厚非，要换成他是负责人，也会这么干，可是……

他不是别人，他现在是知她心、怜她意的爱人，他怎么会误以为她是穷途末路、心狠手辣的匪徒?

韩拓拔足飞奔，跑上了楼。两名刑警见状要拦，被他一把挥开。抬头便见屋内残状，她的行李七零八落，红钞掉了一地。她什么都没有带走，大概只带走了身份证件，因为那就放在她随身的包里。

韩拓一拳狠狠地砸在墙上，抬起头，看到自己发白的指关节，心里有点发疼。

这丫头，这傻丫头，跑什么跑？一码归一码。这桩案子不是她干的，就不会有直接证据。老丁虽然固执，但绝不会冤枉人。可她这一跑，又哪里说得清?

而且这深更半夜，天寒地冻，她穿着单薄，除了他，无亲无故，路又全被警方堵死了，她能跑到哪里去?

（八）

高原地带的深夜，寒意浸骨，哪怕只是早秋。

洛晓抱着双膝坐在一棵树下，从这个角度望去，远处的小镇像一个发光的星球，那里有她爱的人，也有她想要的生活。

可是现在她从那里落荒而逃。

她低下头，感觉到自己微微颤抖。眼泪流下来，但是很快被她擦干。

她已不知道怎么办了。原本不该这样的，她应当警醒，应当随时抽身而去，可是她松懈了、恍惚了。在他的客栈里，她活得太纵容，给了自己一场黄粱美梦。

结果代价是万劫不复吗？

她小声地、压抑地哭，不能哭得太用力，因为会有人发现深夜有个孤身的可疑女子坐在这废弃水库的堤坝上。天是黑的，草是黑的，连她脚边叫着的蛐蛐都是黑的。她伸手只见苍茫五指，风吹草动，远山嶙峋。

她在最寂静的黑暗中。

突然有人轻拍她的肩膀，只吓得她全身一震，差点惊呼出声。没能叫出声，是因为有一只熟悉的、带着烟味的手掌捂住了她的嘴。

洛晓惊骇转身。

明月高悬于头顶，他站在深空之下，望着她。身后一片黑暗，似乎并没有警察。

洛晓下意识松了口气，但触及他刀锋般的眼神，心口又是一紧，然而手已被他牢牢抓住："为什么看到警察要逃？"

洛晓咬唇不语，韩拓冷冷地看她一眼，拽着她就往回走："跟我回去！"

洛晓的心头如有阵阵寒风刮过，偏偏犟着不动。两人力量一撞，她落进他的怀里。韩拓一把抱住她，低头仔细凝视。她眼中泪水满盈，就如同这许多天来困着他的那一片湖，深邃幽静，暗潮涌动。他看得分明。

韩拓的心也是一坠，又低声问："为什么哭？"

洛晓心如刀割："韩拓……对不起……对不起……我回不去了。"

树下，风停。

她靠着树，有些痴痴地望着天。他坐在一旁，极其压抑地抽着烟。她低下头，就看到一点火光在他指间流转。这一刻，他比任何时候都要英俊冷漠。

"多大的案子？"他静静地问。

洛晓一愣，低声说："杀人。"

韩拓正在抽烟的手一停，深吸了一口气说："过失还是预谋？"

"……过失吧。"

"怎么杀的？"

洛晓人都有点恍惚了，这还是她多年来第一次对人袒露心扉，她答："我不知道……当时天很黑，他从房子里冲出来，我什么都没看清，他就撞在了我手里的匕首上……"

她的眼眶一阵潮湿，哽咽说："可我本来是想杀他的，但并不知道真正杀人是什么样子……我那时整个人都是蒙的，他就躺在地上，胸口流了好多血，没气了……"

韩拓静了好一会儿，静得洛晓整个人都感到害怕和愧疚。她想自己大概是完了，韩拓是疾恶如仇的刑警，是坏人都怕的刑警。她终于还是跑不掉了。她为自己感到耻辱，可又不甘，更无从解释。她不是逃避责任，只是不想为一个人渣坐一辈子的牢。妈妈死前打电话给她说："女儿啊，跑！跑！不要被抓住。我和你爸舍不得啊，你没有错，怎么应该是你坐牢？跑到越远的地方越好，一辈子都别回来了。"

于是她成了逃犯，成了老鼠，几年来都在躲避警察的追捕。

后来，躲藏就成了习惯。原本她最敬仰和喜欢的就是警察，还想过一定要找个警察男朋友。可现在，她看到警察就条件反射地怕。

她原本不知道要跑多久。可后来却与他相遇。现在想来，竟像是注定。

为他所爱，为他所获。

原本那一点点能够跟他白头偕老的侥幸心理，终于还是被击得烟消云散。可她又感觉到放松，一种异样的、悲哀的放松。

于是她笑了，哭着笑了，说："韩拓，对不起啊。我不是故意骗你的，我只是……"

韩拓踩灭烟头，抬眸望着她："只是什么？"

"我……"她的话还没说完，人已被他反手扣住，身手之快，力量之狠，不愧是曾经最优秀的刑警。

洛晓整个人都被他扣在草地上，如坠冰窟，心似死灰，而他低头逼视着她："洛晓？哦不，你自然不是叫洛晓。谈了这么多天恋爱，我连你的真名都不知道。你说你不是故意的，呵……不是故意的你他妈为什么要答应我？现在我爱上你了，以为终于找到伴儿了，你跟我说你是逃犯？背着人命的逃犯？"

洛晓什么话都说不出来，手臂被他擒得痛彻筋骨，泪水哗哗地往下落。

万般委屈，她开不了口。

韩拓也是心如刀绞，恨意难平，又说："你以为，这样我就拿你没辙了吗？姑娘，我告诉你，我韩拓手上从来没有罪犯逃脱过。哪怕曾经差点赔了这条命，那些穷凶极恶的犯人都没能逃脱过。你以为你能逃？你以为你跑得出我的手掌心？老丁他们找不到你，我循着足印一个小时就在这儿把你找着了！"

他大约是气急了，一番话说得这样快、这样狠。洛晓只感到心碎，摇头说："不是的不是的……我没有想过要利用你、欺骗你……我怎么知道你会爱上我，我怎么知道……"她一下子哭了出来，大哭起来。

她的泪水滚滚掉入草丛里，脸上还沾了地上的泥和草，在他的压制下，她像一条濒死的鱼。韩拓看着这一幕，忽地心头一震。

他在心里问，怎么就到了这个地步？怎么就对峙成了这个样子？来的路上，他心中就有百般猜测，但竟刻意不去想。直至她亲口承认犯了命案，他压抑了许久的情绪才突然爆发出来。

可是韩拓，你不该这么对她的。有个声音在心中说。

仔细一想，他俩的感情发展到今天这个地步，不是他执意求来的结果？是他先招惹她，是他怜惜她，是他被她眼中的哀愁和孤独打动，执意想要给她安定和温暖。然后他漂泊了多年的心，也可以得到温暖和幸福。

现在，终于得知了她哀愁的真相，得知了她身上背负的罪，他就要抽身离去弃她于不顾了吗？

韩拓心中一寒，刹那间松开了钳制她的手。可她还是躺在地上不动，就像死去了一样。

韩拓心口发疼，把她从地上抱起来。她的泪无声地流着，两人都没有说话。

"回去吧。"他哑着嗓子说。

他拉着她站起来，她一声不吭。月光是这样清朗，明天又是一个大晴天啊。他拉着她的手，往城镇的方向走。

堤坝上是这样安静，方圆数百米内，一个人影也没有。寂静的农舍矗立在不远处的山腰上，没有灯火。洛晓的手是冰的，他的手却是滚烫的，他握着她的手腕，走在土路上。堤坝之侧，流水无声，虫鸣阵阵。夜色这么美好，又这么悲伤。

走了有好一段，两人始终没有说话。可不知何时，也许连韩拓自己都没意识到，他的手劲慢慢松了，不再是牢牢地钳制，他的手慢慢一滑，改为握住了她的手。

仿佛只是在月夜之下，他带着她在荒野里散步。

洛晓也不哭了，整个世界仿佛都安静了下来。她轻轻反握住他的手，他察觉了，一动不动。

“跟我回去。”他微哑着嗓子说，“好好交代，把案情说清楚。有我在，不会让你多判一年，也不会少判。”

“……好。”

他的手又握紧了一些。

“韩拓。”她轻声问，“咱俩走回客栈，就算是分手了吗？”

他静了好一会儿，才答：“嗯。”

“那你……走慢一点吧。”

他答：“好。”

已经深更半夜了，远远望去，小镇的灯火熄了一大半。他真的走得非常慢，每一步仿佛正迈向无底深渊。洛晓的心中突然一片空旷，被一种奇异而安宁的情绪填满。在即将走下堤坝时，她忽然拉住他的胳膊，说：“韩拓，我想要明天再回去。我们在这里再待一个晚上，明天早上，我再去自首，我们……再分手。”

韩拓看起来就像一尊雕塑一样，洛晓只能看到他线条冷硬的侧脸。他沉默不语，洛晓的心一冷，苦笑道：“是我不知好歹了……”

话音未落，他牵着她的手突然转身，又走回了堤坝上的树林里。

洛晓心头一震。他走得这样急，害她差点摔倒。后来，他跑了起来，她也跟着跑，一直跑离了堤坝，跑到了密林中。他气喘吁吁地把她拉到一棵茂密无比的老树下，然后松开了手。

洛晓也急急喘着气。

他看着她，她也看着他，然后她按住他的肩膀，抬头吻上去。

那是多么悲伤的一个吻，几乎要花光一个女人所有的温柔和爱意。暗淡的月光下，洛晓似乎看到韩拓的眼睛里有水光闪过。于是她满足了，放下了，她知道自己得到了一个男人最真挚的爱和怜惜。他的眼中没有鄙夷，只有爱和恨。

她的手胡乱地往下，去解他的衬衣、他的牛仔裤。然后被他一把抓住，压在了树下的草地上。他始终不发一言，她也是，两人吻得衣衫凌乱，仿佛瞬间释放了这半生所有压抑的情绪、求而不得的哀苦。

有那么一瞬，他恍然惊觉自己就快被欲望吞噬，动作一顿，竟想要摆脱。她察觉了，几乎是哀求着重新圈住他的脖子，轻轻地在他耳边求："阿拓……阿拓……我这辈子也就这样了。这是我的第一次，让我给你……我不想再给别人了……"

于是他再次沉沦。明知有万般不该，不该在即将抽身离去时与她欢好，可是竟像遇见了今生唯一一次梦想幻境，他不舍得放手。他突然发现，原来在他心中，她一直美得惊心动魄。低柔的声音是美的，淋湿的身影是美的，抬头望他的样子是美的，一人独坐在那房中收拾出一个属于他们的未来时，也是美的。

韩拓的眼眶不知何时湿润了。

是什么时候，爱得这样清晰细致。没有铭心刻骨，一幕幕却刻在心头。

初次进入时，她疼得抓住身下的草，嘴唇咬得快要出血。而韩拓在极致快感的包裹中，内心刹那间竟闪过倦鸟归巢般的温暖。约莫是因为她苍白的脸上依然有温柔的笑，约莫是她抓住他手臂的手指太过纤柔。

全世界都背离在两人身后，只有黑暗与冰冷相伴。可这一刹那，韩拓却忘记了所有，愉快地动，肆意地动。她柔软的身体在他掌中如同最饱满释放的一朵花。而她起初面色痛苦，慢慢地，被一种朦胧的表情取代。他终于知道自己要往哪里去，带她去往生命最深处，去往足以宽恕所有罪和痛的地方，而她在此刻愿意陪伴他至死。

这大概是韩拓这辈子做过的最浑蛋、最疯狂的事。

他和自己要抓回去的嫌疑人在野地里好了一整个晚上。

天快亮的时候，韩拓抱着洛晓在树下坐了好一阵子。洛晓把头靠在他的肩上，看着朝阳渐渐升起，内心竟是宁静无比。

“我们回去吗？”她低声问，“再不回去，那个老刑警只怕要找来了。看到我们这个样子，会大受刺激的。”她居然有心情开玩笑。

“好。”他牵着她站起来，两人重新往小镇走去。

洛晓感觉韩拓似乎有了一些变化。昨晚他是那样愤怒、那样无情，做的时候，眼神又是迷离的。可一夜过后，他似乎沉静了许多。洛晓不知道他在想什么。

“韩拓，谢谢你啊。”洛晓低声说，“等我跟警察走了，就把我忘了吧。我觉得跟你好过几天，也挺好的。咱俩都没有遗憾了，也不必再挂念了，对不对？”

韩拓没有回头，沉默了一会儿，却淡淡反问：“你刚才不是叫我阿拓吗？怎么又改口了？”

洛晓不明所以，但竟也不想深究，于是只低低地说：“哦，阿拓。”

韩拓不再说话。

天亮的时候，他俩走到了小镇外的公路上，却意外地发现，原本设在这里的路障都拆了拿走了，不知发生了什么。

一路上，也有不少小镇居民在窃窃私语，隐约只听到有人说：“抓着了？”

“听说抓着了，是她啊！啧啧！太可怕了！”

两人心头都是一凛，继续往客栈走。

恰恰就在客栈外的路上，撞见了老丁带着两个警察匆匆而过。看到他们，老丁哈哈一笑，拍拍韩拓说：“你小子说得对，还真是镇上的熟人！就在昨天夜里被我们逮着了！大概是拼死一搏吧，她想犯第三起案子，被我的人当场抓住。哈哈哈！还有，昨天在客栈对不住了，但我也是职责所在。”说完老丁朝洛晓点了点头，又看了眼他俩牵着的手，低声对韩拓说，“剩下的就是警方的事了，带着你媳妇儿好好谈恋爱去吧。等老哥哥把案子彻底结了，请你喝酒。”

韩拓问：“凶手是谁？”

老丁笑笑："你说呢？几乎都被你料中了，还猜不出来？你也认识。先回去歇着吧，今儿个客栈可没菜了，带人家姑娘出去吃一顿，别那么抠门啊。"

老丁似乎刻意卖关子，带着人急匆匆地转身就走，只留韩拓和洛晓在原地。

两人对望一眼，洛晓挣开他的手，望着老丁的背影说："我去自首……"话没说完，手重新被他抓住。

韩拓眼眸漆黑地凝望着她，说："跟我回客栈。"

"……哦。"

他牵着她继续往前走，许是命案告破，街上人特别多，挤挤攘攘。过了一会儿，他伸手揽住她的肩，将她护进怀里。洛晓轻轻依偎着他。此刻的韩拓就像一汪冷冽的深潭，他到底在想什么，她完全看不透，心中一片忐忑与茫然。

那老丁走出一段路后，忽然像想起什么，愣了一下，回头张望，在人群中已找不到洛晓的身影。

（九）

她的故事，要从十多年前开始。

那时候，她还是个快活的少女，为人腼腆、温柔、善良、勤快，哪怕她生活在农村，书也只读到高中。2006年的时候，她们的镇子已像一座空城，所有男人和很多女人都出去打工了。过了一年，就能听说村头的谁谁谁家打工回来，盖起了新房。也时常有浓妆艳抹的谁家女儿踩着高跟鞋、拎着"LU"的包包归来。

赵素兰一点都不羡慕她们，她的生活被很多事塞满，她有好多好多活儿要忙。白天她要种家里的那两亩地，要照顾瘫痪在床的母亲。而所有时间的缝隙，她会抓紧时间做一些手工拿到集市上去卖。在她的操持下，赵家的日子过得清苦而踏实。

后来，那个男人来了。

他高大、漂亮、温柔、幽默，穿村里男人都不会穿的衬衣和休闲裤，还开着一辆小车。在赵素兰这样的农村女孩眼中，简直就是品位超群、充满魅力。

他不搭理别的女人，唯独对赵素兰亲切有加。他开车带她沿着河堤兜风，他跟着她去采春天的桑葚，他在一人高的高粱地里亲她、摸她。赵素兰一点都不觉得他不守规矩，在农村，男人要是没点胆子，那还算是男人吗？

唯一让赵素兰有些不满的是，他不许她把两个人谈恋爱的事说给村里任何人听。他给的解释是：村里想着他的女人多了去了，确定结婚之前，不想让别人知道，怕给她惹麻烦。

虽然赵素兰觉得这个理由有点牵强，但那时的她完全被爱情冲昏了头脑，哪里又会在意太多呢？

那个男人和她发生关系的那天，也是在高粱地里。末了，两人躺在高粱叶子里，他还意犹未尽地说："你这身材，比很多女人强多了。"

赵素兰心里很不舒服，什么叫"很多女人"？难道他跟很多女人搞过？

他忙说："欸，我只是随口一说，说的是电视里那些嘛。你莫要乱想。"

不祥的感觉大概就是从那时候开始的吧，可是像赵素兰这样的女子，处子之身已给了他，就像开弓没有回头箭，再大的危机感也敌不过对幸福未来的一丝渴望。

…………

赵素兰醒来时，发现自己躺在一个陌生的房间里。窗口装着铁栏杆，推门门不开，只能听见哐当的锁响。外边是一个农家小院，还有几间屋。看装饰摆设，跟她生活的地方完全不同。偶尔听见院外有人低声说话，口音竟和她完全不同。

赵素兰吓哭了，拼命哭喊呼救。他呢？两人不是一起搭火车出来旅游吗？为什么睡一觉起来，天地变色？

她哭了整整一天一夜，都没人理她。到半夜三点时，她迷迷糊糊醒来，听到窗外有人交谈。

"这样的雏儿，犟得很，就得关个几天，才会老老实实和你结婚。"正是"他"的声音！

另一个沙哑的声音笑着答："是！是！"

赵素兰只觉得整个天都要塌下来。她大声呼喊他的名字，尖叫、咒骂，回答她的却是一院寂静。她觉得茫然无助，自己这么大声喊，方圆数百米应该都能听到。她大声说自己被拐了，可为什么没有任何人出来帮助她？

难道这户人家住在荒野里？

后来才知道，他们不住在荒野，就住在村子正中，旁边都是沉默的农舍。

“他”走的时候，来跟赵素兰说过几句话。

他说：“素兰啊，老实点，就能少吃点苦头。”

那时赵素兰趴在床上，这一辈子的泪水像是已耗尽。她忽然笑了，说：“你去哪里？你不管我了吗？”

他也安静了一会儿，笑了：“我去找下一个。”

他去找下一个。

赵素兰抬头望着屋内唯一的那扇小窗，看到天是那么昏暗，而她那么无助。

原来这就是人生。

…………

罪源于罪，于是我们都忘了回家的路。

后来便如同报纸上每一个拐卖事件一样。赵素兰被那个四十多岁、有点小钱、瘸了一条腿、脾气极差的男人吃得死死的，她为他生下了一个儿子，但依然三天两头就挨一顿打。有时候被打得鼻青脸肿，连眼睛都睁不开了。赵素兰的心，也是在这一日日、一年年的折磨中，变得破碎不堪的。这世间，她好像什么都不在乎了。

唯独儿子，那个可爱又黏她的儿子是她的全部。望着他，她能忘却一切疼痛。可那个杀千刀的，连儿子都打。有一回，儿子被他丢在地上摔得哇哇哭，骨头都差点摔断了。那晚赵素兰差点跟丈夫拼命，结果被绑在柴房里，被抽了一整晚的鞭子，还被强暴了几次。

随着孩子一天天长大，这个“家”的人终于对赵素兰放松了警惕。赵素兰也恢复了从前的生活习惯，天天干农活儿，像个没有感情的机器。后来附近镇上的旅游业发展起来了，赵家面临拆迁，得了很多钱，于是全家都搬到了城里。赵素兰也不种菜了，家里雇了两个人，她开始卖菜。

中间，她逃回过老家一次。可是数年过去了，回去时，她发现物是人非。她熟悉的村庄、熟悉的人都变了。她家被铲成了一片空地。终于遇到一个熟人，那人跟她说，她跟男人“私奔”之后，她妈拖着瘫痪的身体满村爬，到处找她，数天后，被人发现死在村内一角，尸体都臭了。

那人打量着她一身不错的穿着，问：“你去哪儿了？看样子过得不错啊。”

赵素兰笑着答：“是……是不错。”

她走到当地派出所门口，却接到个急匆匆的电话。

是丈夫。

丈夫的语气头一次有点慌：“你……你快回来。孩子……”

赵素兰疯了一样跑回赵家，等着她的是一具小小的尸体。

因为她的逃离，赵家人到处找她，丈夫根本没有耐心，看着孩子就来气，把孩子打了一顿后丢在家里。小孩子无人看管，也哭着找妈妈，然后就掉进旁边的水塘里了。

赵素兰号啕大哭，等着她的，还有丈夫气急败坏的鞭打。

那一天之后，她就再也没哭过了，也再没想过报警。每天做完农活儿，她就坐在屋子里，望着头顶的天，却好像在看着许许多多人苍白的脸。

她的，妈妈的，孩子的，还有她这一生见过的许多贫穷而困顿的生命的。

这样的赵素兰，这样走投无路的赵素兰，在这片土地上，或许不是很多。大部分的赵素兰都生活在我们平常人看不见的角落里。

我们吃喝，玩乐，寻找自我的存在感，我们奋斗，竞争，相信天道酬勤，我们相信一分耕耘一分收获，我们与这个功利而真诚的世界共舞。

可是赵素兰们在那里，就在那里，没钱，接触不到新世界，一点摆脱眼前生活的希望和可能都没有。就像有一条巨大的鸿沟，把她们隔在那头，我们在这头。

同情吗？我们对她们当然是同情的。

可是这人间的有些疾苦，我们看都看不到。

一个清朗的、鸟儿啼鸣的早晨，赵素兰站在一户人家门口。

这是当地有名的小老板的家，据说这个小老板多年前干了些见不得人的勾当，发了不少财，才回老家安顿下来。

那天，他家的帮工不在家，主人亲自开的门。

那天的阳光很好，风在树梢小声对赵素兰说："是他……是他……"

赵素兰万万没想到，十多年过去了，还能看到这张脸。而且他原来住在离她这么近的地方。男人保养得很好，尽管胖了一些，眼角也平添了些皱纹，但依稀还是当年英俊风流的样子。

她愣愣地瞪大眼睛望着他，可他却已认不出她了。他的眉梢眼角还带着不安分的男人调戏女人的意味，挑拣蔬菜时，还有意无意地碰她的手。原来男人的龌龊，不会因为年龄的增长而改变。

当她第三次去他家送菜时，他一把把她拉了进去，说："我家有些很好吃的糕点，从北京带来的，要不要尝尝？"

她懵懵懂懂地跟了进去。自她与他重逢开始，她的裤腰里就藏着一把刀。

…………

那天半夜她回到家，手里还沾着血。丈夫又喝了酒，躺在屋檐下，看都不看她，只低声骂："又死到哪里去了？妈的，过来，你害死了老子的儿子，再给老子生一个。过来！把裤子脱了。"

彼时，年迈的婆婆和公公都已过世，偌大的房子里只有他们两个。赵素兰看着这个禽兽迷迷糊糊的样子，再看看手里的刀，忽地明白过来。

原来这辈子想要的答案，一直在她手里呢。

她把丈夫埋在了后院里，离孩子溺水的地方很近。

可赵素兰万万没想到，几天后，当她出门，居然又看到了"他"——另一个"他"。那是另一户人家，给她的感觉似曾相识，"他"倚在门边，对镇上有名的"卖菜西施"不怀好意地笑。

刀再次落下时，某个瞬间，赵素兰忽然想起一件事——

她其实不太记得“他”的样子了。

（十）

炽亮的灯光。

肃静的审讯室。

赵素兰坐在老丁对面，她的样子特别平静，甚至偶尔还会露出一点恍惚的、温和的笑，仿佛还是韩拓记忆中那个每天沉默地挑着菜来的朴素女子。

他不再看她，转过身，靠着墙，点了根烟慢慢地抽。旁边的刑警小谈似乎也被他的情绪感染，也点了根烟像模像样地抽，然后叹了口气说：“原来这么凶残的罪犯，也不过是个可怜人罢了。女人犯罪，尤其这种原来老实的女人犯罪，要不是被逼上了绝路，唉……真是可怜啊！”

虽是无心的话，却恰恰说中韩拓的心事。他脸色极寒地看一眼小谈，捻灭烟头，转身就走了，只留下小谈在原地丈二和尚摸不着头脑。

回客栈时，正是一场小雨过后。庭院里寂静如初，三两客人朝英俊老板客气地笑。韩拓看着这一切，只觉恍如隔世。

小梅看他回来，就立刻迎出来，一脸的小心翼翼。

韩拓抬头看一眼楼上，小梅立刻说：“她一直在房间里，没出来。”

韩拓点点头：“看着店，别上楼。”

小梅欲言又止：“老板，到底……”终究还是没问出口。

老板一旦严肃起来，谁都怕，她也怕。所以今早老板带着洛晓回来，关进了自己的房间里，还反锁了房门，小梅就知道不对劲了，要出事。

她一直坐在窗前，没有动，跟他离开去警局时一样。

她的发梢上、衣服上，还沾着今早的露水和嫩草。韩拓甚至能看到她脖子上，他昨夜疯狂时留下的吻痕。

当他推开门，她只是安静地望着他。眼中没有恨，也没有怕，只有近乎空洞的等待。韩拓在她对面坐下，低头，双手搭在膝盖上。

“你本来叫什么名字？”他忽然问。

洛晓答：“秦恩。三秦的‘秦’，恩情的‘恩’。”

她声音低柔，差点令韩拓眼中泛泪。

秦恩，秦恩，多么温柔的名字。念在心里，就叫人难忘。

“嗯，好。”韩拓笑了一下，说，“咱俩该说说后面的事了。”

洛晓睁大眼望着他。

韩拓深吸了一口气，表情也变得冷峻。这一刹那他仿佛不再是那个温柔至极的男人，而是她见识过的那个大义凛然的刑警。

他说：“我忘了件事。我已经不是刑警了，不能也不该把这事当成刑警抓罪犯去解决。你如果不爱我，如果不是我的女朋友，我根本发现不了这件事，也抓不住你。”

洛晓怔怔望着他，不知道他的用意。

韩拓心头隐隐钝痛，看着她迷茫的模样，是那么想把她拥进怀里，可是手脚却像是被钉在原地。内心越冷，他脸上的笑容越放肆。人生今后又要往哪里去，他已找不到答案。

他继续说道：“我不仅是个退役刑警，还是你的男朋友、你的爱人，哪怕只是今年一夏天的爱人。”

洛晓转过脸去，极力不让眼泪掉下来。

“所以我不能就这么抓了你。”他说，“那是不仁，也是不义。那样我还算个男人吗？”

“你其实不必……”洛晓开口，却又被他打断：“所以洛晓你跑吧……从今天开始，我让你跑三天，跑得越远越好。你本来……就不会被发现的。”

你本来会一直在自己的那条路上，如果不是遇见了我。

“三天之后，我会动身去抓你。”他的泪水慢慢溢出来，“这件事，我会承担起来。我亲手放跑的逃犯，我自己去找。我们就看天意。我若抓得住你，你就去坐牢，偿还自己犯下的罪行。我如果抓不住你，你就走，走得远远的，咱俩这辈子就当没见过，各过各的下半生吧……过好你的下半生。”

洛晓伸手捂住嘴，低着头，不让自己哭出声音，以至于连他什么时候离开都没有察觉。

又是一天，天光初晓。

韩拓之前接连熬了几个夜，昨夜睡得又香又沉。一觉醒来，却觉喉咙发疼，竟是有些病了。他推开屋门，见到一向只知道等吃的小梅居然勤快地在厨房准备早餐。而当他抬起头，看到那扇窗半开，窗外树枝轻摇。

“洛晓什么时候走的？”他哑着嗓子，淡淡地问。

小梅疑惑地望着他：“洛晓……她没走啊，我刚刚打扫楼上，看到她还在房间里。就是不知道在想什么事，一直坐着。”

韩拓一怔，再次抬头，连小梅在旁絮絮叨叨劝他俩不要闹别扭的话，都没太听清。

这一天，从日出到日落，再到一轮圆月亮莹莹地照耀在地上。韩拓一直坐在门廊下，坐在阴影中，身旁是满满一烟灰缸的烟头。

第二天，洛晓始终没下来，还在屋里。听小梅说，还是那么寂寞地坐着。韩拓半夜三点去洗脸时，看到镜中的自己长出了青黑的胡楂儿，看起来阴鸷又落魄。

第三天，她还在原地。夜里，韩拓坐在庭院里。客栈里的客人，今天一早都被他赶了出去，连小梅都被赶回了家，只余他一人坐在原地，抬起头，就能看见她窗前那一盏孤灯。

终于明白，原来天地之大，也不过只有我们两人而已。

终于明白，惊鸿一遇，爱恨交织，你却偏偏有办法，刻进我的一生。

第四天，清晨，韩拓刮干净了胡子，换了身干净的衣服。当他从箱底翻出一副手铐时，只觉得眼眶阵阵发疼。

然后上楼，推门而入。

屋内是静的，她的所有行李都已不在。窗开着，有鸟停在枝头上，怔怔望着他，唯有日光投下的影子倒映在他脚下。

她走了。

在第三天夜里的某个时分，没有惊动他，没有任何声息，没留下任何话。

韩拓把客栈暂时交给小梅打理，交代道："我要离开很长一段时间，或许一年，或许三年，你照看好客栈，记住给花浇水不要太多，不要把我养的花给浇死了。楼上……那个房间，别给任何客人住。哪怕旺季客满了涨价，也不准动。"

小梅都快哭出来了："哥，你要去哪里？怎么跟交代后事似的？洛晓姐也不见了！你们到底怎么了？"

韩拓没好气地一敲她的脑袋："你丫才交代后事呢。"顿了顿说，"我去找她。"

"哦……"

韩拓又笑了一下，小梅却觉得那笑简直跟哭似的，那么落寞，那么悲哀。

"找得到吗？"她忽然抓住他的胳膊。

韩拓静了好一会儿，答："找不到更好吧。"

韩拓走出客栈没多久，甚至还没搭上去远方的车，手机就响了。

是老丁打过来的。

他接起，没说话。老丁也静了一会儿，忽然劈头盖脸地就问："你知道秦恩的案子吗？"

韩拓顿了一下，答："不知道内情，还没来得及去查清。"

老丁又沉默了一会儿，说："她现在在我这里。今天一早，她来找我自首了。和你说一声。"

韩拓挂掉电话，抬起头，看着碧蓝寂静的天。天空万里无云，只有他站在苍穹底下。他已背好行囊，他已预备好一段为了她颠沛流离的人生，但是现在他哪里都不用去了。

（十一）

韩拓和老丁约在一家咖啡馆见面。

一支烟已燃尽，而有关她的故事也已讲完。

老丁喝了口咖啡，又皱了皱眉，说："这些洋玩意儿，我总是喝不惯。"抬眸打量着韩拓，说，"她的案子，当年也不是我经手的。我只在档案库里看过照片，所以当时第一眼看到她，并没认出来，只觉得眼熟。但我也没想到，她会来自首。"

韩拓低头抽烟，沉默不语。

老丁又问："现在她的案子你都清楚了，本来就是重罪，又逃了这么多年，判得不会轻。你有什么打算？"

韩拓笑笑："没什么打算。"

"哦。是打算就这么断了吗？"

韩拓没说话。

老丁盯着他："你不会打算等她吧？"

韩拓静了一会儿，才说："我不会等。"

老丁看着他的表情，答得这么干脆，总觉得有哪里不对，问："你小子想干什么？"

韩拓抽了口烟，慢慢地说："其实仔细想想，我并没有跟她好多长时间。好像也没有爱得撕心裂肺、非她不可。老丁，你说人活这一辈子，爱到底是什么？它就该年年月月，然后刻骨铭心吗？你说我有多爱她，其实现在没了她，我照样能好好吃饭、睡觉，看好我的那家店。

"然后我就慢慢想起了跟她相处的这段日子里的每一个细节，我想起自己为什么会爱上她了，是心疼，第一眼看到她就觉得心疼。这么好一姑娘，怎么自个儿漂泊在外呢？我知道她身上肯定有故事。说到底，吸引我的，是她的好，其实也是她身上担的罪。曾经的经历让我变得不完整，我爱她，也是在爱自己。爱上这样一个女人，才让我感觉到完整。

“所以现在也是一样，我不会为她茶饭不思，不会为她睡不着觉，也不会为她断了这辈子别的念想。我只是一想到她原本什么都没有了，这辈子不能出狱也就罢了，若是有出狱的那天，我也没在了，她就真的什么也没有了。”

次年 2 月，一起四年前的积案下了判决书。逃窜多年的杀人犯秦恩，一审被判处无期徒刑，剥夺政治权利终身。

三年后，有人向警方提供了有力证据，证明当年案件的死者其实已经被另一个仇家砍中心脏，所以才夺门而逃，正好撞见前来复仇的秦恩，并被秦恩失手刺中。当时天黑，秦恩也误以为死者是被自己杀死，逃亡多年，才导致本案误判。

真正的凶手，也就是与死者有金钱纠纷的另一人，也被举报人带来，一并交给警方，引起巨大轰动。

这年 11 月，本案重新开庭审判，秦恩因为认罪态度良好，又是自首，被改判为有期徒刑五年，还需服刑两年。

第五年的深秋，一部传闻改编自真实案件的电影上映了。据说编剧就是一名真正的老刑警，多年来一直坚持写作，无奈始终没有遇到伯乐，而当该编剧改变了写作风格，在剧本中加入爱情元素后，意外地获得了国内大投资商的青睐，作品终于成功改编成电影，并请来国内一线男女明星出演，电影的名字就叫《客从何处来》。

电影上映后，票房十分喜人，口碑也特别好。小梅也跟当年的男朋友、现在的老公去看了。

幽暗的影院里，迷离的光线中，小梅和其他所有观众一样屏住呼吸，看着男主角破了小镇连环凶杀案，看着男主角和女主角在昏暗的房间里抵死纠缠。

后来有一幕，是他俩坐在山坡上。

天特别蓝，水特别清。她低着头，那么美，但是眼神茫然。

他说：“跟我回去。有我在，不会让你多判一年，也不会少判一年。”

她说："是吗？可是我想再待一个晚上，就一个晚上，回去之后，我们再分手。"

他说："好。"

她说："你看，天那么蓝，永远那么蓝。少了谁，都不会有任何改变。我们的命运就像天空中的云，聚散无常。其实一个人这一生将要走什么路，自己根本左右不了。我知道我不该来这里的，我知道我不该爱上你。爱上你，我就完了。你留我的时候，我应该走的。可是我看到你的第一眼，就知道自己走不了了。原来爱情不是创造什么奇迹，爱情说到底是无能为力。"

影院里很多人都哭了。小梅也哭了，在老公的怀里哭得歇斯底里，哭得缓不过气来。

韩拓，北京人，时年二十九岁。

出身警察世家，屡屡参与、侦破大案，是一名年轻而优秀的刑警。

二十七岁那年，因为在某犯罪团伙当卧底，遭遇报复。家中爷爷、奶奶、父亲、母亲四口全部被杀害。韩拓最亲密的搭档，也就是另一名刑警也遇害。后虽将真凶捉拿归案，韩拓却提出了辞职，前往云南某古城，以开客栈为生。他在那里定居，直至终老。

洛晓，原名秦恩，江苏人，时年二十五岁。

父母为小生意者，原本家境殷实。二十一岁那年，父亲因为土地房产拆迁纠纷，得罪当地无良富商，被人打成重伤，而后身亡，同时破产。打手外逃，一直没有抓到。洛晓上门去找富商理论，失手杀人，洛晓成为头号嫌疑人。在其母协助下逃亡，被列为通缉犯。

洛晓逃亡两年后，其母因病不治身亡。

逃亡四年后，洛晓向警方自首。

再过了五年，洛晓刑满出狱。

你问我，最后他和她有没有在一起。

其实我也不清楚答案。

我只知道五年过去了，古镇的天还是那么蓝。这尘世间，终究还是有不受污垢沾染之地。

或许，那清风拂过的山坡上，已开满了新的鲜花。

或许，那寂静而温柔的客栈，今夜会有客来。

客从何处来？要往哪里去？

我已不想知道。

我只知道，在遇见你的那一刻，我已渐忘了这一生的苦难，只想和你缱绻到老。

夏翎

（一）

大清早，许一翎顶着黑眼圈艰难地从床上爬起来，明明困得要死，却再也睡不着。

她咳了一整个晚上。

正当换季，天气乍暖还寒，许一翎又连加了一个星期的班，熬了两三个夜。当然收获是很大，她带着小组拿下了公司头部项目，年底丰厚奖金指日可待。可感冒也没好好去医院看过，只是自己买药吃，结果越咳越厉害，已经连续两个晚上没睡好。

今天终于休假，她决定去医院。

外头太阳很大，她却把自己裹得跟棉球似的，抽着鼻涕，把车开出地库，在小区门口刚行了数十米，就看到路侧有个门面开了门——夏华中医诊所。

许一翎心中一喜，把车停到诊所门口。

夏爷爷的诊所有一段时间没开门了，说是去上海看望小孙子了。之前许一翎有个头痛脑热的，都会来诊所看看，夏爷爷总是笑眯眯的，给她开点药，几乎每次两三天就药到病除。有时候连药都不拿，就给她推拿几下，都管用。所以许一翎小病一般不去医院，嫌人多，麻烦。

不过夏爷爷这一去，怕有两个月了吧。要是他在的话，许一翎抽空来看看就能顶住，哪能把自己咳成这个人不像人鬼不像鬼的样子呢？

诊所由三间门面打通，装修简单，但是古香古色，一些陈设已经很老了，却显得更有韵味，人一走进去，就能闻到一股纯纯的中药味。这时候时间还早，一个病人都没有，只有一个人穿着白大褂坐在问诊桌后。

许一翎愣了愣。

那人也看见了她，脸上没什么表情，放下手里的手机。

许一翎笑笑：“你好，夏医生不在吗？你是？”

倒不是她多管闲事，夏爷爷在这里行医多年，左邻右舍都认识，除了他老人家就是两个抓药打杂的小工，从没见过眼前这人。

二十五六岁模样，坐着都显得很高，白瘦的脸，眉眼长长的，嘴唇有点严肃地抿着，看起来不太好相处的样子。

他静了一瞬才答：“他还在休息。”

许一翎一时没说话。

他又问：“看病？”

许一翎犹豫了一下，点头。

“坐吧。”

许一翎在桌旁坐下，椅子凉凉的，宛如他浑身毫不亲切的气场慢慢地冷到人心里。

“哪里不舒服？”他平平淡淡地问。

许一翎决定先看看他的水平如何，如实答道：“感冒七八天了，连续咳嗽了两个晚上，睡不了觉。”

他又问了几个问题，倒是和夏爷爷的套路挺像，但是似乎问得更细致，连经期都问了，然后看了看她的舌头，又让她伸手把脉。

脉枕还是夏爷爷惯用的那个，旧而干净的黑布散发着轻微的药香，许一翎把手腕搁上头，他的手指按上来。男人的手指瘦长白皙，手形很好看，许一翎无法不注意到。

把了一会儿脉，他又问了几个问题，都切中许一翎的要害，于是她暗暗放下心来。

他低头在纸上开药方，许一翎问道：“我买了上次感冒时夏医生给我开过的感冒药，这次吃了怎么没用呢？”

他笔尖一顿，抬眼看她，说：“你最近没少熬夜吧？”

许一翎老实地点头。

他有些冷淡地说：“不要仗着年纪轻，就不注意身体。这几个月你不仅熬夜，肥甘油腻还吃得多，感冒又没好好治疗。上次他给你开的感冒药，这次吃了效果当然不好，因为你已经有一些肾虚了。虚火上炎，所以咳嗽一直不好。”

许一翎就听到两个字“肾虚”，脑子里瞬间闪过很多电视广告：

“男人，肾好，腰好。”

“他好，我也好。”

活了二十五年，她从没想过有一天自己会得这种印象里的“男人病”。

“女人……也会肾虚吗？”她喃喃。

他又冷淡地扫她一眼：“你有肾吗？”

“……”

“你有两个。”

许一翎忍下心中浓浓的尴尬和不服，但语气还是有点硬了：“那怎么办？”

“吃药。”他直视着她，眼珠黑黢黢的，“一定要好好休息，别再熬夜，增强运动。”

不知道为什么，看到他那双眼，许一翎心中的气莫名就消了，说：“好。”

他开好药，又去药柜拿了给她，一共才三十块七毛。他说：“三天后再来，我给你开点补肾的药，下次就要开汤剂了。不过关键是要改变自己的生活习惯，你还年轻。”

许一翎瞅一眼他比自己大不了一两岁的面容，点头：“知道了。”

许一翎拿着药，他坐下，重新拿起手机。

许一翎又说："那个……能不能代问夏医生好？"

他看她一眼，点头："他很好。"

许一翎想到他让自己三天后来复查，而且貌似还会是他而不是夏爷爷给自己看诊，心里嘀咕了一下，于是又问："医生，还不知道你怎么称呼。"

他说："我也姓夏。"

许一翎望着他的眉眼，脑海中浮现出夏爷爷的脸，虽然满是皱纹，但斯文不减，突然间明白过来，脱口而出："小孙子！"

夏小中医一怔，脸色顿时黑了几分，说："许一翎！叫我夏医生！"

（二）

虽然许一翎感冒未愈，但白天还是坚持和同事视频连线开会，又伏案忙了很久工作。不过由于夏小中医的再三强调，她没有点外卖，而是动手给自己做了几道清淡饭食，且三餐按时吃药。

到了晚上，许一翎看了会儿电视剧，乐得呵呵笑，笑罢，突然意识到：欸？好像有一段时间没咳嗽了呢。

意识到这个事实，她心中一宽，不由得又想起某人的黑脸。当时他喊她名字时，她足足愣了几秒钟，他却没再说什么，一副好走不送的模样。

后来许一翎想想，问诊的时候他问过自己姓名、年龄、住址了。

可还是觉得哪里怪怪的，自己好像遗漏了什么。

一夜几乎安眠，中途只咳醒了一次。

许一翎再次见到夏小中医是在一天后，大清早，她拖着行李箱要出差，刚走到小区门口准备打车，就见旁边诊所已经开了，一道瘦高的影子慢吞吞地走出来，满脸的厌世感。

凭良心说，夏小中医长得还是不错的，人又嫩，身材过关，个头满分，相貌秀冷。就是……哪怕人在街头诊所里，也有种清冷不可亲近的感觉。

他也看到了许一翎。

于是许一翎发现，他和人打招呼的方式不是开口或招手，而是盯着你看，好像看完了，意念里就已经打过招呼了。

可许一翎不是他啊。被盯得略尴尬，许一翎挤出笑容朝他点头："早。"

他贵唇勉强启了启："早。"

出租车还没来，他又杵在那儿不动，许一翎注意到他的目光落到行李箱上，便开口道："我出差。"

他说："按时吃药。"

许一翎心中一暖："好，谢谢。"

夏小中医又问："会不会喝酒？"

许一翎愣了一下："呃……"还真不好说，这次要去拜访一个内蒙古客户。

前天他给她看病时，问得很细，包括她时不时会喝酒应酬的情况。

夏小中医皱了一下眉："你等一下。"转身进入诊所，很快又出来，手里拿了一个巴掌大的小玻璃瓶，里头装着咖啡色的、半透明的东西。

他说："喝酒前后各一勺。"

许一翎问："这是什么？"

"解酒的膏方，自制的。"

这下许一翎真有点不好意思了，而且她内心暗暗觉得没有必要，推拒："不用了，太麻烦你了。"

夏小中医神色淡淡，手伸着没动："拿着，我讨厌不遵医嘱的患者。"

前天他确实严令她不准喝酒，她只好接过玻璃瓶，又问："那……多少钱？"

夏小中医又扫她一眼，转身进屋："送你。"

三天两夜连轴转，两次酒局避无可避。这次也不知道是不是心理作用，当内蒙古高蓝的天空慢慢浸入夜色时，喝了半斤酒的许一翎很快就呼呼大睡，没有像以前一样呕吐难受。第二天早上起来，也只有轻微的头疼，精神不错。

缠绵数日的咳嗽不知何时也悄悄断了根。

和闺密曹佳然在电话中闲聊时，对方问了句：“感冒好啦？”

许一翎便顺口说了这事，包括夏小中医给她解酒药这件事，当然绝口不提自己肾虚。曹佳然早就听她说过几次，家门口有个做了好多年的不错的中医，此时就误以为她说的是夏老中医，曹佳然在电话里扭扭捏捏地问：“这中医真这么厉害？”

许一翎客观评价：“很不错。”她这次好像比在夏老中医那儿看病时好得还快！

曹佳然说：“那我今天下班过来看看自己有没有什么需要调理的，你陪我去。”

晚上两人一块吃饭时，曹佳然的老公也来了。许一翎没太在意，以为他是陪曹佳然来的。两口子是大学同学，感情好得不得了，和许一翎也熟。

三人走到诊所外时，晚上八点刚过，里头亮堂堂的，有一个人手里提着一大包中药走出来，看样子也是来问诊的。许一翎心想，这才几天工夫，他的生意貌似比前几天更好了，这么晚了还有人来抓药。

曹佳然戳戳许一翎的胳膊：“不是说是个老中医吗？怎么……是个小鲜肉？行不行啊？”

许一翎也望着屋里的小鲜肉，大概是准备下班，他扯开了白大褂，露出里头的黑色毛衣，柔白的光映在那张消瘦的脸上，连短短的发梢都带着利落分明的味道。

“你先看看嘛，青出于蓝。”许一翎小声说。

夏小中医的目光永远漫不经心，在她身上一扫而过，没什么温度，像看陌生人。可许一翎奇妙地觉得他就是打量过她了。她不禁汗颜，距离他让她来复诊的日子已经过了五六天。她有罪。

出差本来就耽误了几天，回来后她的大姨妈又来造访，她就不想动弹了。

夏小中医冲他们点头：“你们好。”

曹佳然虽然心里嘀咕医生太年轻，却觉得他很有礼貌，拉着丈夫坐下：“大夫，你好。”

许一翎心理又不平衡了，他居然主动打招呼，虽然这只是正常的礼数，可为什么她上回来看病时，他一声不吭的，都是等她主动打招呼。

“谁看？”夏小中医问。

曹佳然的丈夫说：“我。”

“哪里不舒服？”

曹佳然的丈夫“呃”了一声说：“就是大腿内侧总是感觉冷冷的，有时候还有点痛，去了医院拍片也没什么毛病，没长东西。”

夏小中医看了他的舌象，又把了脉，问了一些生活习惯和身体方面的问题，看向曹佳然：“这是你爱人？”

“是的。”这医生气场太强，曹佳然从进门开始就找不到机会说话，这时忙笑着说，“是一翎介绍我们来的，说您特别厉害……”夸了好几句，眼中含着隐隐的忐忑和期待。

夏小中医的目光这才落到许一翎身上，突然说：“你去给他们倒两杯水。”

三人都是一愣，曹佳然两口子忙说“不用”，许一翎却意识到了什么，站了起来。

等许一翎走到屋子对面，距离得足够远了，夏小中医才开口：“睾丸是否也经常冷痛？”

曹佳然的丈夫眼睛一亮，又有些尴尬：“是！是！”曹佳然也有点激动了。

夏小中医又问：“每次房事持续的时间有没有超过半小时？”

曹佳然的丈夫秒答：“有！”

…………

许一翎在饮水机上接好水，却没急着去送，又在抓药的柜台处磨蹭了一会儿，抓药小工和她也认识，两人笑眯眯地聊了几句。许一翎这才确认，夏小孙子是真的回来继承家业了！

北京的中医药大学的毕业生，来接手爷爷的小诊所了。

许一翎问：“夏爷爷呢？”

小工答：“出去散步了，现在老爷子整天可清闲呢。”

“许一翎！”清淡的语气，不太熟悉的嗓音。

许一翎端着两杯茶转身，就见曹佳然夫妇已起身朝自己走来，曹佳然手里拿着一张药方，两口子脸蛋都有点红扑扑的，眼睛放光，看起来很满意的样子。

“怎么样？”许一翎低声问。

“太神了！回头再说，我们去抓药！”曹佳然的丈夫也连连点头。

曹佳然又斜瞥许一翎一眼：“你和夏医生挺熟啊？”

许一翎心想：熟个鬼，也就比你多见了一面。

她走到夏小中医面前，他示意她伸手把脉。两只手都把过后，他淡道：“为什么出差回来了不马上来复诊？”

许一翎心想：你怎么知道我回来几天了？

她也不答，扭头飞快看一眼，确定曹佳然他们都没往这边看，就从随身背着的包里摸出一包奶片和牛肉干：“夏医生，这是内蒙古特产零食，没什么可带的，你吃着玩。”

许一翎不喜欢欠人人情，哪怕只是一瓶解酒药。她已经做好了和他客套地推来推去的准备，哪里知道夏小中医拉开抽屉，就把两包零食收了进去。

不知道是不是她的错觉，他原本有些严肃的脸似乎柔和了一些。

“来例假了？”他问。

许一翎一呆，想起上次告诉过他经期，点头：“嗯。”

“还是和以前一样痛经？”他神色平静。

许一翎点头，昨晚她就痛得只能躺尸在床上，虽然还可以忍受，但是也很不舒服啊。

夏小中医接着问：“是腹部两侧痛，还是肚脐以下痛？”

许一翎有点尴尬，但还是仔细回想了一下，答道：“好像是两侧，中间有时候也痛。”

“手心是热还是冷？”

许一翎感受了一下：“有点热。”

“口干吗？”

许一翎又感受了一下，猛点头：“干！”

夏小中医又看了舌象，提笔写药方。

在许一翎心中，他现在已经非常可靠啦，她问：“我这是什么毛病？”

“宫寒，寒凝血瘀。”他答，停笔抬头，目光严肃，“你才二十几岁，身体已经开始几面漏风，也就是仗着年轻，各种毛病都能扛着。以后一定要注意饮食，不要吃过于油腻的东西，尤其不要再吃生冷的东西，保证睡眠和运动，夏天别玩命吹空调。否则年纪大了，有你受的。再不注意身体，以后结婚了受孕也会有影响。”

许一翎忙点头，可心里也无奈，他也说她年轻了，现在哪个年轻人不是这么活着的啊？

哦，他不是。

这时曹佳然夫妇已经抓好药了，他们孩子还小，所以急着回家，许一翎的药还没抓，便同他们告别。

等他们走了，夏小中医的药方也写好了，他看了眼时间，又看看抓药小工一副坐不住的样子，说道：“小陈，你回去吧，剩下的我来。”

下班时间已过，小陈闻言有些不好意思地脱下白大褂，说：“谢谢夏医生，我约了女朋友，先撤了！”

夏小中医拿着药方起身，对许一翎说：“跟我过来。”

许一翎跟着他到抓药柜台前，他在里，她在外。他拿出几个铁盘子，开始往里头抓药。一室寂静，许一翎看着他瘦白的手指在药柜、电子秤、铁盘间穿梭忙碌。不知不觉，时间也就过去了。

抓好后，他把药装好，突然想起什么，抬头：“你有时间熬药吗？”

许一翎答得耿直：“能代煎吗？”

夏小中医看她两眼。

许一翎认命地去接药袋：“我争取尽量每天按时熬药、吃药。”

她没拿到，因为夏小中医已经把她的药拎起，放进了柜台里，只抓出一小包丢给她："今天太晚了，自己带回去煎药。明天开始来我这里拿煎好的。"

许一翎这下轻松极了，忙问："那我明天什么时候来拿？傍晚可以吗？"在她印象中，医院都是一次性把所有中药煎好分袋封装，回头扔冰箱里，每次喝之前用热水烫烫就好了。

夏小中医抬眸看看她："早晚各一次，你上下班的时候过来取就可以。"

许一翎听明白了，这回真不好意思了："那样太麻烦了吧？不能……一次全煎好我拿回去？"

夏小中医又皱了皱眉："每天现熬效果比较好。"

许一翎想想他还有两个小工，估计这是更细致的服务吧，也不纠结了，又问："那代煎需要多少费用？我付给你。"

夏小中医顿了顿，淡淡道："代煎免费，明天早上记得来拿。"挥挥手示意她滚蛋。

许一翎一时没动，想说点什么又不知道说什么好，总有种又占了他便宜的感觉。

就在这时，有人走进诊所，爽朗而熟悉的声音传来："冬冬，还没走？"

许一翎转身，惊喜地看到一个白发苍苍、身材高瘦的老人："夏爷爷！"

夏华也认出她了，笑眯眯地说："小翎来看病啊？哪里不舒服？"

许一翎答："老毛病了，夏小医生已经给我看过了。"

夏华点头："冬冬医术不错，放心吧，我先去喝口水啊。"他进了里屋。

夏庭冬神色不变，脱了白大褂，又走去洗手。许一翎忍了一下，没忍住，自言自语般喊道："冬冬？"

夏庭冬手一顿，没理她。

这时夏爷爷又走出来了，看许一翎还望着自己的孙子，笑眯眯地说："冬冬和你说小时候的事了吧？小翎还记得吗？"

许一翎愣住。

夏庭冬喊道："爷爷！"

夏爷爷根本不管他，哈哈大笑说：“小翎不记得了？也是，冬冬第一次来我这里是……八岁，你才三四岁吧。冬冬还抱过你呢，我还记得你那时候很喜欢冬冬哥哥，整天追着他跑！”

（三）

直至回到家，许一翎的心还被一股新奇而柔软的感觉占据着。

人的记忆是个神奇的东西，在这之前，她对于那个追着“冬冬哥哥”的四岁小女孩全无印象，可夏爷爷一说，她的脑海里就闪现过一些特别久远而模糊的画面。

瘦瘦高高、面目模糊的男孩，干净的嗓音，温暖的怀抱，还有小小的自己跟着他又哭又笑的样子……

不过最让许一翎觉得好玩的，是夏爷爷说完后夏庭冬当时的表情——仿佛冰冻了多少天的冰面出现了一丝龟裂。

他居然也会有尴尬脸红的表情。

夏庭冬吼道：“爷爷！小时候的事有什么好说的？你还不回去？”最后一句是对她说的，恢复了冰冷无情。

夜幕深深。

许一翎站在燃气灶前，一边煎药，一边发呆。一些埋藏更深的记忆画面自个儿跑了出来，在她脑海里打转。过了一会儿，她自己都没察觉，嘴巴不知道何时咧得很开。

第二天一早，许一翎跑到诊所拿药，夏庭冬给了她一个带盖子的塑料水杯，里头是褐色药汁，瓶身还很热。夏庭冬神色一如既往地冷淡：“杯子是新的，到公司热热就能喝。”

许一翎神色同样平淡地点头：“谢谢冬冬。”

“……”

她都走出好远了，如竹竿般立着不动的夏庭冬的脸上才露出一丝笑。

夏庭冬三番两次的耳提面命对许一翎而言还是起到了作用的，再加上两人既然“相认”了，许一翎心中对他的感觉自然要亲近些，对于亲近的人，他的话她也比较能听得进去。所以许一翎也强迫自己不那么拼命了，步子放慢一点，这天下班就没有加班，而是踏着夕阳余晖准时回家。

到诊所时，里头还有四五个病人，不知道是不是许一翎的错觉，那几位大妈大叔围着面皮白净的夏庭冬，似乎格外热情、亲近。而夏庭冬的表情，看起来似乎也要温柔几分，讲话都轻言细语的。许一翎还没来得及细细品味这种差别待遇，心中再次升起那一点不忿，夏庭冬已经看见了她，眸光一闪，径自扬声说：“今天回来这么早？药还没熬好。”

大妈、大叔全都看过来，许一翎说：“没事，你先忙，那我先回……”

夏庭冬叫住她：“在后面炉子上熬着，应该还有十来分钟就好了，你去看着火。”

许一翎认命地进了里屋，她和夏爷爷熟，后头也来过，这里非常宽敞，大概有两间屋，楼上还有两间。她现在进的这间大概是杂物房兼厨房，放着锅碗瓢盆，还有张小餐桌，收拾得很干净。后门开着，墙角边居然放着个煤炉子，炉子上正熬着一罐药。许一翎找了张小马扎，在炉子前坐下，发了一会儿愣，她忽然意识到一个问题：自己怎么就沦落到被他使唤来看炉火了？虽然炉子里熬的是她的药。

她又有些好奇地转头，看向身后的另一间屋子，以前那是夏爷爷的卧室，现在明显易了主——门边墙角处立着个黑色的大行李箱，书桌上多了一摞中医学的书籍和一台笔记本电脑。陈设也有了些变化，虽然多了刚才那些东西，但实际上屋里的杂物几乎都被清空了，只留下干净的一张床和一个衣柜。

夏庭冬这人挺有意思的。名牌医科大学高才生没有留在大城市的大医院，而是回到湘城。他真的回来接手诊所了，会长久留下，还仅仅是短期逗留帮忙而已？

十分钟很快过去了，许一翎把药罐子端下来放凉，还很烫，也没法往塑料水杯里倒，就把盖子打开，找了旁边的一把蒲扇，轻轻扇风。

又扇了一阵子，感觉没那么烫了，许一翎准备把药往杯子里倒，夏庭冬就走了进来，许一翎问："看完了？"

"嗯。"

几个大妈、大爷大多是来复查再开药的，所以比较快。

"我来吧。"夏庭冬接过她手里的药罐，许一翎只好松手："谢谢啊。"

因为隔得近，许一翎头一次注意到，他的两道眉毛清晰浓密，像画出来的。这样一个侧脸，倒是能和小时候那个任她予取予求的小小少年联系起来。

许一翎莞尔。

夏庭冬问："笑什么？"

许一翎答："想起小时候的一件事。"

夏庭冬没搭腔，面色冷淡地把药倒好，又替她盖好盖子。

许一翎接过："你就不想知道是什么事？"

夏庭冬看她一眼，还是不说话。

这个闷葫芦！哪有小时候活泼可爱？许一翎也不管他，自顾自说道："我昨天还专程翻了小时候的照片，我四岁的时候，就有三十多斤快四十斤呢，整个一小肉球。那时候有个小哥哥偏偏又特别喜欢我，要抱我。据说有一次非要抱我，还抱了一个多小时，最后累哭了，哭得上气不接下气回家找爷爷了——这还是我妈以前和我说的。"

沉默。

可怕的沉默。

许一翎扳回一城就想溜，拿着药往门外走去，结果某人个子高，身子一晃就把门给挡住了。

许一翎的脸热了，语气淡定："冬冬，谢谢，再见，我要回家了。"

夏庭冬盯了她一会儿，只盯得她汗毛都要竖起来了，才让开路，淡淡地说："不客气，毛毛。"

许一翎脚下差点趔趄。

“冬冬……冬冬哥哥抱……”

“乖，跟哥哥走，带你去买糖。”

“许一翎，我妈说，翎就是羽毛的意思，以后我就叫你毛毛吧。毛毛！”

“耶！我有新名字了！毛毛！我是毛毛！”

…………

此后五六天，许一翎每天都来取两趟药，夏庭冬的时间掌握得很好，每次药都还是热的。每次打照面，两人都不咸不淡说上两句话，但更多的是简单的眼神交流。

到了周末。

临近元旦，小区物业免费派发一些电影票，许一翎这周末不用出差，反正无处可去，就报名领了张票。领票的时候脑子里飞快闪过一丝念头：要不要叫上夏庭冬一起?

想完，自个儿先尴尬起来，算了算了。

而且看电影的时间是周末下午，周末正是诊所生意最好的时候，许一翎几乎可以想象出，自己若是和他提及看电影，他那意外皱眉的样子。

时间到了这天下午。许一翎提前几分钟进了放映厅，发现上座率也就三分之一。她找到自己的位子坐下，身旁有几个认识的邻居，她都打了招呼。电影还没开始，大家都笑着寒暄，嗡嗡嗡的。

“小许，现在在哪儿上班啊？”有个和许一翎的妈妈认识的阿姨问道。

“在一家 IT 公司。”

“交男朋友没有啊？”

“……”

“小夏医生！”

“小夏医生也来啦！来，坐这儿，这儿没人！”有个大叔大着嗓门招呼道。

许一翎的心突地一跳，抬头望去，就看到一道瘦高的身影站在前两排的过道旁。他穿着深灰色外套、黑色长裤，与平常很不同的样子。也就在这时，夏庭冬回过头，目光在这几排座椅间慢慢扫射，像是在寻找什么。

很快，他的目光就落在她身上，不动了。

四目遥遥对视。

许一翎的心乱跳了几下。

就在这时，全场灯光暗下来，声音也小了，他成了昏暗里一道模糊的影子。许一翎双手在黑暗里捏了捏拳，就看到那道影子开始往后走，到了她坐的这一排过道里停下，然后他躬着身体，往里来了。

眼看他越来越近，靠着屏幕的闪光，她也能看清他脸上的表情——那就是没有表情。

但是他抬头看了她一眼，那目光一如既往地幽幽，许一翎的心又蹦了一下，脸上更加若无其事。

他在她身旁的空位坐下，两人都静了几秒钟。许一翎先发制人，小声说："还以为你不会来呢，今天是周末，诊所比较忙吧。"

他的身体往她这边稍微靠了靠，说："是比较忙。"

"那你……"

"我爷爷闲好几天了。"他淡淡道。

许一翎忍不住笑了。

两人安安静静地看完了一部电影。其实电影有点无聊，中途还有人走了。许一翎也有点想走，但看着身旁人坐得四平八稳，仿佛看得极为专注，她也就没动。

散场了，两人自然而然一块儿走出去。这家影院离小区很近，许一翎就是步行来的，一问，发现夏庭冬也是，于是又一块儿往小区走。

走到半路，夏庭冬问："晚饭有没有安排？"

"啊，没有。"

夏庭冬淡淡道："那一块儿吃吧。"

"行，去哪儿吃？"

夏庭冬指了指不远处的一家饭馆，那家饭馆许一翎也经常去，干净整洁，口味不错，于是她点点头。

坐下后，夏庭冬把菜单递给她，许一翎摆摆手：“你来吧。”她自认很皮实，吃什么都行。夏庭冬也不客气，翻开菜单，但是点每道菜之前都问她要不要吃。

许一翎有点满意。

等上菜时有点尴尬，毕竟如果相对坐着玩手机也挺不礼貌的。夏庭冬只静了几秒钟，问：“这周末没加班？”

许一翎老实回答：“没，不是你说的嘛，要注意休息，我现在把加班、出差的节奏都尽量放缓了。”

夏庭冬眼中闪过一丝笑意。

许一翎又问：“听说你回来就接手诊所了？”

“嗯。”

“怎么想的？不打算留在一线城市？”

“我比较想回来。”

许一翎初初一品觉得他啥也没说，但仔细一琢磨又觉得其实什么都说了。

“夏爷爷高兴坏了吧？”她笑眯眯地问。

夏庭冬脸上也露出笑：“他巴不得把诊所甩给我。”

“你学了多长时间中医了？”

夏庭冬安静了几秒钟，答：“你不记得我当年不想背诵《汤头诀》，带着你把爷爷的药柜里长得像草和叶子的中药包走一大堆，然后去墙角烧火的事了？”

“……真不记得了。”

“你再仔细想想，毛毛。”

“不用想了，肯定是你带坏我的，冬冬。”

两人对视着，突然同时笑了，又各自看向一旁。

“其实你和小时候很不一样。”许一翎说，记忆中的那个小小少年，多么温柔、热情、可爱、任劳任怨，就像一团火温暖着四岁的小毛头啊。

夏庭冬说：“人人都会不一样的，你也不一样了。”

许一翎想翻白眼，四岁能看出什么啊？但她还是较真儿："哪里不一样？"

夏庭冬上下打量她一番，语气居然很难得地温和了几分："你小时候特别凶、特别吵，我不陪你玩，你就哭，谁都劝不住。那个暑假，真是吵得我作业都做不成，临开学连赶了好几天。而且我所有的零花钱都拿来给你买零食了，才勉强把你哄住。我以为你长大了也会让人头疼，没想到你现在……挺安静的。"

许一翎汗颜："我小时候挺让人讨厌的吧？"

夏庭冬不答反问："我哪里变了？"

许一翎心想：这还用说，小太阳变成大冰块，闻者伤心见者流泪啊。

她答："我就记得你小时候特别好，什么事都听我的，那时候我特别渴望有一个像你这样的哥哥。现在嘛……你比较高冷。"

高冷这个词，夏庭冬并不陌生，因为读大学时就有不少人这么评价过他，尤其是女生。他也没什么可申辩的，但是……

静了几秒钟，他慢慢地问："我对你哪里冷了？"

一丝热意悄悄爬上许一翎的脸，她立刻神色自若地笑着说："嗯，你对我挺够意思的。"

夏庭冬这才露出满意的表情。

（四）

一个八岁孩子的记忆远比四岁幼童深刻。

夏庭冬记得那一年父母每天都吵得不可开交，记得爷爷气得把自己带回了湘城过暑假，记得到了陌生城市里，那湿热难耐的天气，还有无数张陌生的脸。

和许一翎玩到一起的过程很简单。她妈妈来诊所看病，也带了她，夏爷爷自然无比地给在柜台前看书的夏庭冬下令："去带着你一翎妹妹。"

夏庭冬没有带这么一点的小屁孩的经验，当时能进入他朋友圈的玩伴起码六岁以上，但他是个温良又礼貌的孩子，还是认认真真问许一翎："你要不要玩奥特曼卡片？”

许一翎那时穿着白色荷叶边的小裙子，粉雕玉琢的一团子，也不答话，就是望着他笑。

夏庭冬没办法，又问：“那看连环画好不好？大闹天宫的。”全然没考虑四岁孩子只认识一、二、三、四、五。

“哥哥……”许一翎张开肥肥短短的小手，把面前瘦高白净的男孩抱得紧紧的，“哥哥好漂亮！哥哥抱我！”

夏庭冬整个人都愣住，这样一团热乎乎、软绵绵的奶香人形物体，他还是第一次亲密接触到。更别说小屁孩那双湿漉漉的眼睛充满依赖和喜爱地望着他，好像真的第一眼看到就很喜欢他的样子。

很喜欢啊。

小小少年，父母面临离异，已经很久没有感受过这样的热烈了。

夏庭冬用力“嗯”了一声，一把将团子抱起。

……好重！

呜呜呜，她是秤砣吗？好想丢掉，可是团子跟八爪鱼似的，死死搂着他的脖子。

…………

夏庭冬也没想到，自己能和一个四岁的小女孩玩一整个暑假。每天带着她，给她讲故事，教她数数、认字，带着她在小区池塘里钓鱼，在草丛里抓蝈蝈，还爬树、挖土，过了一段人嫌狗憎又快乐满满的时光。因为每天有团子在耳朵边上吵着、闹着，他都差点把父母要离婚的事情给抛在脑后了。

直至暑假结束的前两天，他要回去了。

两个小伙伴抱成一团，互相许下了很多愿望：

我明年暑假一定回来看你。

冬冬哥哥，我把所有好吃的零食都留给你。

我告诉你个秘密，你是我最好的朋友，永远永远。

好吧，呵呵，你也是哥哥最好的朋友。

…………

只是许一翎永远不会知道，第二天夏庭冬在回去的火车上，泪流满面，哭了很久。他不仅仅是舍不得许一翎，还因为少年心中有种模模糊糊的感觉，他的童年，曾经无忧无虑的童年，即将从此结束。

思及此处，夏庭冬的目光落在对面的女孩身上。当年圆圆的苹果脸早成了瓜子脸，身材更是抽条得亭亭玉立。不变的是那双圆滚滚、湿漉漉的眼睛，依稀还有童年娇憨的痕迹。她也不吵了，大多数时候安安静静，偶尔会露出调皮顽劣的目光，这时，他会微微皱眉，然后他也不知道中了什么邪，只能任劳任怨去替她解决。譬如她生着病还要去出差喝酒，譬如她明显就不愿意自己熬药。

“我对你哪里冷了？”这话一出口，夏庭冬自己都觉得暧昧。见她神色淡定，没有半点不自然，他心中一松，又隐隐有些失落。

有些念头，他自己都吃不准要不要动。

毕竟已经多年未见。

毕竟当年她是把他当成亲哥一样依恋着，纯真无邪。

毕竟现在他是医者，她是他的患者。

那念头，让他有点道德败坏的感觉。

如此又过了半个月，天气越发寒冷，临近年底，许一翎的工作很忙，夏庭冬也天天忙得脚不沾地。许多熟人知道诊所重新开业了，还是老中医的小孙子夏小中医开始支撑门庭，纷纷上门问诊，而且夏庭冬每周还要在省中医院坐诊两天。

随着治疗效果立竿见影的口碑传开，来诊所找他看病的人越来越多了。许一翎从诊所门口路过时，时常看到里头人满为患。

其间，两人一起吃过三次饭，许一翎还陪他整理过一次药材。而他还给她送过一回自己包的饺子，满满一大碗，许一翎吃了之后，很是意外——非常非常好吃嘛！

面皮筋道、馅香味美，甩了她平常吃的那些速冻饺子几条街，于是她连忙发微信向他表达强烈的赞美之情。

夜晚正在灯下看医书的夏庭冬，收到微信很满意，回复：“过几天还包，算上你一份。”

许一翎乐坏了：“谢谢冬冬。”

过了几秒钟他又发过来：“到时候要不要过来一起包饺子？”

许一翎：“只要你不嫌弃。”

夏庭冬：“不嫌弃。”

许一翎：“朋友，你不了解我的厨艺，话别说太早了。”

那天是周五，夏庭冬下午只接诊了十个病人，然后就关门大吉，开始和面，做准备工作，只等许一翎下班，就可以开始包。

到了快下午五点时，他意外地接到大学同学任凯的电话：“老夏，忙什么呢？”

夏庭冬看了看手指上的面粉，笑了笑，答：“没干什么，有什么事？”

“我来湘城出差，飞机刚到，晚上一块儿吃个饭？”

夏庭冬犹豫了一下，说：“好，介不介意在家里吃？”

“哈哈，当然不介意，好想念你的厨艺啊。”

夏庭冬笑了：“我今天包饺子，到时候见！我还有个朋友一起来吃。”

“不会是女朋友吧？”任凯看一眼身边坐着的女孩。

夏庭冬回答：“不是。”

任凯松了口气。

许一翎下班回来，就见诊所的门关了一半，外屋没人，她熟门熟路地走进去，心想要是夏庭冬正在擀面，从背后吓他一下，也挺有成就感的。

刚走到里屋，就见里头有三个人影，除了夏庭冬，还有一个戴眼镜的男人和一个相貌很秀丽的女人，看着都和他年龄相仿。

三人都抬起头，任凯笑呵呵的，目光中有些打量意味。童辞蕊目光盈盈，看着温和沉静。

夏庭冬吩咐她："先去洗手，把我的茶杯拿过来。"

许一翎回答："哦。"

任凯淡笑不语。童辞蕊脸色微变，很快恢复如常。

夏庭冬原本和任凯站在桌子一侧，童辞蕊站在另一侧，等许一翎洗了手回来，夏庭冬走到她身边，说："这是我邻居，许一翎。这是我大学同学，任凯、童辞蕊，他们来湘城出差。"

三人都笑着打了招呼，任凯笑呵呵地说："今天咱们都有口福了，我想念老夏的手艺很久了。"

童辞蕊也勉强笑着。

许一翎神色不变："今天好好跟老夏学习一下。"

夏庭冬看她一眼，嗓音很低："老夏也是你喊的？"

许一翎不甘示弱："我就喊了。"

夏庭冬的目光落在她揉面的手上，皱了皱眉："力气太小，这样揉出的面不好吃。我来吧。"

"哦。"她退位让贤，在他身旁打下手。

两人只是像平常那样相处着，虽然声音低，但对面两人都能听到，任凯在心里叹了口气，不想再掺和这事，本来他被童辞蕊缠着要来老夏这儿蹭饭，就挺对不起弟兄的了。

而童辞蕊只是安安静静地包着饺子，偶尔问夏庭冬一两句话，两人也如同正常朋友那样交谈着。只是偶尔，童辞蕊的目光也会落在许一翎的身上，一触就走。

包完饺子，准备下锅，夏庭冬说："任凯，你带童辞蕊去外面坐着，茶叶就在我桌上，自己泡一下。我来煮饺子，许一翎，给我打下手。"

两人出去了，夏庭冬起锅、烧水，又拿出四个碗，准备调料。夏爷爷今天去老哥们儿家串门了，冰箱里给他留够了饺子。

许一翎一边给他打下手，一边盯着他平平静静、全无异样的脸，说："早知道你同学来找你，我就改天再来。会不会影响你们叙旧？"

夏庭冬答："不影响。是我们先约的，任凯下午才给我打电话。"顿了顿又说，"而且他没说会来两个人。"

许一翎的心情突然就好得不可思议，嘴角微微翘着，说："哦，幸好你准备的面粉、馅料都够了。"

"嗯，足够的。"

饺子端上桌，大家都吃得很满足。任凯是个很会调节气氛的人，说大学的趣事，引得夏庭冬和童辞蕊都目露笑意，又不时拉上许一翎聊几句，气氛很不错。童辞蕊也开口问了夏庭冬今后的打算，得到他会留在湘城的肯定答复后，童辞蕊笑容淡淡。

许一翎吃得很爽，就是觉得味道还不够重，伸手刚要抓桌上的辣椒勺子，身旁的夏庭冬已经开口："许一翎，你还要加什么？"

许一翎忽觉尴尬："加点辣椒。"

"你看看自己碗里的红汤，辣椒加多了又上火，够了。"

许一翎咬咬牙，放下勺子，反正已经有九十九分的美味了。

任凯坐对面，什么也不想说了。童辞蕊的脸色白了又白。

吃完饭，夏庭冬要去洗碗，许一翎马上站起来说："我来吧，你陪同学说话。"

夏庭冬脸上露出笑意，说："不用，你坐着休息会儿。"

童辞蕊突然开口："夏庭冬，我能不能和你单独聊会儿？"

屋里静了静。

"行。"

任凯转头望天花板，许一翎也低头看手机。

一对璧人般的俊男美女走出了诊所，许一翎站起来："任凯你坐，我去把碗洗了得了。"

任凯说："你别累着了，让老夏回来自己洗得了。"

许一翎回答："没事呢。"那家伙又和面又准备调料，刚才又忙乎了半个晚上。

任凯望着她的背影，又仔仔细细把她打量了一番，心想：原来夏庭冬的口味是这样的。

十多分钟后，夏庭冬一个人回来了，对任凯说："人走了，哭了，你要不要去看看？"

任凯真是气死，他只不过是夏庭冬的哥们儿，为什么是他追上去看？可人是跟着他来的，大晚上的还真不能扔下不管。

他手指着夏庭冬："你你你！还是一样的铁石心肠啊！这到底关我什么事啊！下次请我吃大餐！"

夏庭冬干脆地点头。

任凯到底拍了拍哥们儿的肩膀："下次再聚。"赶紧跑了出去。

屋内屋外就剩下两个人，夏庭冬心想，总算清净了。

他到底有一丝心虚，不声不响走到后头的厨房。

许一翎已经洗过第一遍碗了，正在清洗第二遍。夏庭冬挽起袖子："我来吧。"

许一翎制止他："欸，你别沾手了，我都快洗完了，抢夺胜利果实啊你。"夏庭冬微微笑。

后门和窗都开着，外头夜色幽幽，一团漆黑，只有她头顶亮着橘黄的灯光，一刹那厨房里显得十分安静，只有淅淅沥沥的水声。

许一翎听着外头没动静了，诧异道："他们走了？"

"嗯。"

许一翎也不知道心里是什么滋味，又冲干净一个碗，放在沥水架上，语气轻松："前女友？"

夏庭冬往她这边迈了一步，几乎就站在她身后："当然不是。"

许一翎想笑，拼命忍住，又听到他说："和她谈完了，她不会再来了。"

许一翎盯着指间清澈的水流，一个碗冲洗了五遍也忘了放到沥水架上。

“我以为你不懂这些呢。”她说。

“我懂。”他说，“那你呢？你懂不懂？”

许一翎的心倏地跳得极快，答：“我当然懂了！”

一只手从背后伸过来，接走她手里那个干净得不能再干净的碗，放在了沥水架上。于是许一翎能感觉到他的气息离自己很近很近，她的心都快跳出来了。

夏庭冬其实也涨得满脸通红，如果许一翎此刻回头，只怕会目瞪口呆。

他很轻很轻地问：“我们懂的，是同一件事，对不对？”

许一翎的心跳都快把胸口擂破了，额头的汗也开始变得黏糊糊的，她的嗓音都有点哑了：“是什么事？”

夏庭冬不答，过了一会儿，嗓音比她还低哑：“你以前不是很喜欢我抱你吗？这么多年没抱过了，我想重新抱抱。”